CAERPHILLY COUNTY BOROUGH COUNCIL
3 8030 08074 4850

CYMER Y SEREN

D1150221

Cymer y Seren

Cefin Roberts

Argraffiad Cyntaf — Tachwedd 2009

© Cefin Roberts 2009

ISBN 978 0 86074 257 9

Cedwir pob hawl. Ni chaniateir atgynhyrchu unrhyw ran o'r cyhoeddiad
hwn na'i gadw mewn cyfundrefn adferadwy na'i drosglwyddo mewn
unrhyw ddull na thrwy unrhyw gyfrwng electronig, electrostatig,
tâp magnetig, mecanyddol, ffotogopïo, nac fel arall,
heb ganiatâd ymlaen llaw gan y cyhoeddwyr,
Gwasg Gwynedd.

Mae'r cyhoeddwyr yn cydnabod cefnogaeth ariannol
Cyngor Llyfrau Cymru.

PO
10162263
Jan 2011

Cyhoeddwyd gan
Wasg Gwynedd, Pwllheli

I gofio Nhad a Mam
– Tom a Beti Wyn Roberts

Gwae fi! O bopeth allwn i ei ddarllen 'rioed,
Neu fyth ei glywed trwy hanes neu drwy chwedl,
Ni fu i gwrs gwir serch fynd yn llyfn erioed.

– William Shakespeare, *Midsummer Night's Dream*
(addasiad Gwyn Thomas)

1

Hannar awr wedi un y bora, ac roedd 'na dincl digamsyniol ffôn yn canu. Cododd Emrys ar ei ista cyn deffro'n iawn, ac ymbalfalu am ei ffôn symudol yn y gwely.

Pam goblyn ddigwyddodd hynna rŵan, a hitha'n ddydd Sadwrn hefyd? Yr unig fora mae rhywun yn cael mwynhau cysgu 'mlaen ryw fymryn.

Mi fydda wedi mynd ar ei lw na osododd o mo'r larwm cyn mynd i gysgu, ond am ryw reswm roedd y ffôn felltith 'na yn bendant *yn* canu – ac yn dal i ganu.

* * *

Bydda Emrys bob amsar yn cysgu hefo'i 'symudol' nid nepell o ymyl ei wely, a hynny am fwy nag un rheswm. Yn un peth roedd o angan iddo fod y peth agosa at law, iddo gael ei ddiffodd yn eitha sydyn pan gana fo. Roedd yn gas ganddo'r hen 'sŵn gneud' gwirion 'na'n byddaru ei glust yn rhy hir.

Ond mi fydda hefyd yn gosod ei larwm am ei fod o'n ddeffrwr mor anwadal. Naw gwaith allan o bob deg, fydda fo mo'i angan o gan y bydda'n deffro ohono'i hun fel rheol, rwla rhwng pump a saith. Ond mi *fedra* hefyd, ar ddiwrnod gwael, gysgu mlaen tan berfeddion y bora. Bydda'n gas ganddo neud hynny, er na fuo fo rioed yn atebol i neb arall am ei oria gwaith. Roedd codi'n hwyr y bora yn rhoi'r felan i Emrys. *Colli'r rhan ora o'r diwrnod* – dyna roedd o wedi'i ddeud erioed am y bora, a doedd o ddim yn debygol o newid bellach. Roedd y penwsnosa'n stori wahanol. A deud y gwir, pan ddeffra fo'n gynnar amball fora Sadwrn, bydda'n ddigon hawdd ganddo fynd yn ôl i gysgu am ryw awran wedyn.

Ond rŵan, roedd rhaid cwffio rhwng y cwrlid a'r twllwch i ddŵad o hyd i'r ffôn, oedd yn amlwg am chwara mig hefo fo rhwng y cynfasa. Rhaid ei fod o'n eitha meddw yn mynd i'w wely i neud peth mor wirion â gosod y larwm ar nos Wenar – yn enwedig ei osod i ganu am hannar awr wedi *un*! Ffonio Carys fydda fo'n ei neud fel rheol pan fydda wedi'i gor-neud hi ryw fymryn ar y gwin coch. Honno'n flin fel tincar am iddo neud peth mor hunanol. Doedd hi'm yn trafferthu i'w atab o'r dyddia yma. Unwaith y gwela hi mai fo oedd 'na, bydda'n diffodd ei ffôn. O leia na'th o ddim ffonio Carys neithiwr – roedd o'n *meddwl* na ddaru o ddim, beth bynnag.

Dyma gael gafael ar ei ffôn o'r diwadd rhwng un o'r cynfasa a'r cwrlid. Diffoddodd o'n syth, a syrthio 'nôl i g'nesrwydd ei wely unig. Ar adega fel hyn galla ddal i arogli Carys yn gorwadd drws nesa iddo yn y gwely. Yn y bora bach, a gwawr mis Mai yn bygwth picio i mewn rhwng y llenni, mi fedra fo weithia hyd yn oed weld ei siâp hi rhyngddo fo a'r gola. Y gwin a bod yn hannar effro'n chwara hen gêm greulon hefo cilfacha'i ddychymyg. Mi daera ddu yn wyn ei bod hi yno'n anadlu wrth ei ymyl amball dro, a galla'i chyffwrdd hi bron ar adega. Mi gwelodd o hi yno'n ddigon pendant unwaith i sibrwd 'Carys?' yn ei chlust. Cyn iddo orffan deud y gair, mi wydda pa mor wirion oedd o. Ei obeithion yn drech na'i synnwyr cyffredin yn sibrwd enw'i wraig yn dyner yn oria mân y bora. '*Carys . . .?*'

Dyna pam bydda fo wedyn yn methu madda rhoi caniad iddi. Yng ngwewyr ei golled, mi fysedda'i rhif heb feddwl bron. Doedd ond rhaid i'r ffôn ganu rhyw ddwywaith a bydda undonadd y sŵn yn dŵad ag Emrys at ei goed. Mi wydda ar ôl dau ganiad na fydda hi'n atab. Yr un sŵn roedd ei ffôn o, fel ffôn pawb arall, yn ei ganu yng nghlust Carys – 'run alaw yn union â galwad gan y dyn treth, neu'r ddynas BT, neu'r dyn gwerthu ffenestri. *Does 'na'r un dôn wedi'i chyfansoddi eto i fynegi angan y sawl sy ar ben arall y lein.*

Weithia, mi adawa iddi ganu am sbel, rhag ofn . . . rhag ofn bod Carys yn dal ar ei thraed. Rhag ofn bod Carys yn unig. Rhag ofn bod Carys wedi newid ei meddwl. Rhag ofn bod Carys ei hun yn cael munud wan, ac yn disgwyl am yr alwad 'ma. Rhag ofn bod Duw wedi deud y bydda Carys yn atab, dim ond iddo adael i'r ffôn ganu am ddeg caniad, neu ugian caniad, neu ugian galwad hyd yn oed.

Neu falla mai dyma'r awr a'r dydd y plannodd Duw y gair 'maddeuant' yn ei chalon, a'i wreiddio yno yn nwfn ei henaid.

* * *

Ond fydda gobeithion felly ddim yn para'n hir iawn fel arfar. Er mai cadw siop lyfra yn y dre roedd Emrys, ac wedi'i amgylchynu â ffuglen a barddoniaeth a Beiblau, gwawriodd gwirionadd y ffaith fod Carys wedi'i adael arno cyn i'r un deryn bach fygwth telori. Roedd hi wedi mynd, ac wedi deud wrtho'n blwmp ac yn blaen na ddôi hi byth yn ei hôl.

Cofio'i geiria fydda'n cychwyn y dagra fel rheol. Ei chofio hi'n deud wrtho, 'Ti 'di 'mrifo i tro 'ma, Emrys, tu hwnt i fendio. Ma hwn yn glais nad eith o byth o'na. Fedra i'm madda i chdi tro 'ma . . . sorri' – a chau'r drws.

Roedd o wedi ailchwara'r olygfa fach yna yn ei go' dro ar ôl tro ar ôl tro, a'r llun byth yn pylu na'r sain yn gwanio dim. Roedd y darlun yr un mor glir â'r dydd y gadawodd hi'r tŷ. A phob tro y clywa fo glep y drws yn ei glust bydda'n dechra crio fel babi blwydd. Syna'n dod o'i ymysgaroedd na chlywodd o mo'u tebyg ers dyddia ysgol gynradd. Crio nes colli'i wynt, a thon ar ôl ton o ryw deimlada dwfn a chyntefig yn codi i'r wynab fel llosgfynydd yn bwrw'i berfadd.

2

Roedd gan Emrys reswm arall fil myrdd gwaith pwysicach i beidio gadael ei ffôn symudol o'i glyw drwy'r dydd, drwy'r nos, bob dydd, bob nos. Roedd o'n dal i ddisgwyl galwad gan yr heddlu. Galwad ffôn fydda'n deud wrtho eu bod nhw wedi dŵad o hyd i Mari Lisa.

Ers y diwrnod y diflannodd Mari o'i fywyd, fuodd o ddim pellach na chydig fodfeddi o afael ei ffôn symudol. Glynodd wrtho fel gelan, gan fyw mewn gobaith y dôi caniad o swyddfa'r heddlu.

Roedd pedair blynadd dda wedi mynd heibio bellach ers iddi ddiflannu o'u bywyda i'r nos. Rhyw nos Sadwrn ym mis Ionawr oedd hi. Nos Sadwrn y pedwerydd. Fo a Carys wedi dŵad adra o'r clwb ym Mhonteilian a fynta'n ddigon sobor yn ei feddwdod i ystyriad tynnu'r addurniada Dolig i lawr. Dyna'r oll a ddigwyddodd i gychwyn ffrae arall danllyd rhwng y ddau.

Yn ddiweddar, doedd hi'n cymryd fawr ddim i gynna'r ffrwgwd ryfedda rhyngddyn nhw, yn enwedig yn eu diod. Roedd Emrys fymryn bach yn ofergoelus ac yn credu bod gadael addurniada i fyny ar ôl y chwechad o Ionawr yn anlwcus, ac mi gymerodd yn ei ben yn sydyn y noson honno i'w tynnu nhw i lawr. Roedd mis Ionawr yn codi'r felan arno beth bynnag, ond roedd y flwyddyn honno wedi bod yn waeth nag arfer, gan fod Mari ac ynta wedi pellhau.

* * *

Roedd hi wedi bod yn Ddolig digon di-ddim – un o'r Nadoliga 'na na fedrwch chi ddeud fawr ddim amdanyn nhw ond 'tawal'. Dyna fydda pawb yn Llan yn ei ddeud ar ôl *pob* Dolig, beth bynnag. 'Sut Ddolig na'th hi iti, boi?' 'O, *tawal*, 'sdi – a chditha?' 'Ia . . . digon *tawal* oedd hi acw 'fyd.'

Ond doedd hi'm yn dawal yn Bryn Llan ar y pedwerydd o Ionawr, dwy fil a thair. O fewn dim roedd y tŷ'n tincian hefo rhegfeydd, a Carys ac ynta'n edliw y petha lleia i'w gilydd. Y lleisia'n codi mewn traw hefo bob cymal dadleugar a gâi ei luchio o'r naill i'r llall. Carys yn bygwth mynd i'r gwely; Emrys wedyn yn edliw ei bod hi'n troi cefn ar bob dadl yn y diwadd; Carys yn dŵad yn ei hôl wedyn i ailafael ynddi.

'Iawn 'ta, Emrys. Deud i mi lle ma'r sens mewn dringo i ben ystol ar nos Sadwrn yn feddw gaib, pan ma gin ti drw' dydd fory a drennydd i' neud o? Ateba *hynna* i mi 'ta, os medri di.'

'Pwy ddudodd 'mod i'n feddw?'

'Be ti'n drio ddeud – bo chdi'n sobor?'

'Blydi hel, ddynas, dwi ddigon sobor i fynd i ben ystol a thynnu mymryn o dinsl i lawr, dydw?'

'G'na fo 'ta, os oes raid 'ti. Dwi'n mynd i 'ngwely. Ma hyn yn wirion.'

'A pwy ddudodd bod gin i ddau ddwrnod i' neud o, beth bynnag? Y? Ei *di* i'r siop fory yn fy lle i i neud cyfrifon? Ei *di* yno i agor bora Llun?'

'Deud ydw i . . .'

'Ei *di* yno i dynnu'r trimings i lawr, Carys?'

Mi fydda 'na wastad saib yn yr hen gecru milain 'ma. Rhyw eiliad pan fydda'r ddau ohonyn nhw'n methu meddwl am ddim byd arall i'w ddeud, ond ar yr un pryd ddim yn teimlo rwsud bod eu llinell ddiweddara nhw'n ddigon da i adael i betha fynd. Weithia, yn ystod y saib, mi fydda Carys yn mynd i'r stafall molchi a dechra tynnu'i cholur, neu'n ailgydio yn yr hyn roedd hi'n ei neud cyn i'r ffrae gychwyn.

Ond ddim y noson honno. Am ryw reswm, llwyddodd y ddau i ddal llygaid ei gilydd ac ailddarganfod y meddalwch yn eu heneidia – a gneud hynny yn union yr un pryd – a'r wên fechan ar wefusa'r ddau yn deud mwy na'r rhaffu brawddega oedd newydd fod.

'Pam 'dan ni'n ffraeo gymint, Emrys?'

'Sorri. 'Mai i . . .'

'Naci ddim. Ddim i gyd . . .'

'Y ddau ohonan ni, 'ta.'

'Gas gin i pan 'dan ni fel hyn.'

'A finna.'

'Mae o'n digwydd yn amlach 'di mynd, dydi?'

'Y gwin sy'n siarad.'

'Naci, 'sdi – *ni* sy'n siarad. Ddylian ni ddim beio'r gwin am bob dim.'

'Na, beryg bo chdi'n iawn . . . Gwely?'

'O'n i'n meddwl bo chdi isio tynnu'r trimings?'

Gwenodd Emrys wên dipyn lletach tro 'ma. Roedd honna'n frawddeg ddigon da i fod yr ola ond un. Diffoddodd y gola a deud, 'Tyd – gwely!'

* * *

Does 'na ddim byd gwell na charu i anghofio petha. Mae gorchudd gwely weithia cystal, os nad gwell, na charpad i sgubo petha o'r neilltu. Roedd Carys yn braf yn y gwely, yn gynnas.

Roedd Carys yn caru hefo 'C' fawr, ac roedd pob problam, pob poen, pob arlliw o bwysa gwaith yn diflannu dros yr erchwyn pan fydda'r ddau'n ymgordeddu rhwng y cynfasa. Er bod 'na gracia wedi dechra ymddangos mewn rhai corneli o'u bywyd priodasol, roedd y caru wedi gwella. Y naill wedi dysgu mwy am anghenion y llall. Yn ddi-os, be bynnag arall oedd yn digwydd i'w priodas, doedd y nwyd ddim wedi pylu ohoni.

O fewn dim y noson honno, hefyd, roedd y cecru'n rhan o'u gorffennol ac eisoes wedi'i sgubo dan wres y dillad gwely. Roeddan nhw'n dal dwylo ac yn deud gymaint roeddan nhw'n caru'i gilydd. Coflaid boeth, dyner arall. Cusan. Siarad. Gaddo. A chusan hir eto cyn i hugan o gwsg ddod i orchuddio'u hamranna.

* * *

Pan oedd o ar fin cysgu, mi glywodd Emrys lygaid Carys yn agor led y pen. Nid eu teimlo, ond yn llythrennol eu *clywad* yn clecian ar agor.

'Faint o' gloch 'di hi?'

'Pam?'

''Di Mari ddim 'di dŵad adra.'

'Wna'th hi ddim deud ei bod hi'n mynd i barti?'

'*Neithiwr* oedd hynny, Emrys.'

Roedd Carys ar ei hista yn y gwely erbyn hyn – y gola wedi'i gynna, a hitha'n chwilota yn ei bag am ei ffôn. Y caru bellach wedi hen fynd yn angof, a chonsýrn Carys am Mari'n gneud i bob dim arall bylu i ryw orffennol newydd. Gymaint brafiach, fel arfar, ydi cysgu ar ôl caru. Mae o fel tasa cwsg yn rhoi sêl ei fendith ar y weithred ac yn ei lapio'n dyner fel anrheg Dolig y cewch chi'i agor o eto ac eto ac eto. Ond nid felly roedd hi'r noson honno. Ddôi cwsg ddim i'w hamranna bellach.

Chwipiodd Carys ei chôt nos amdani a phwnio'i ffôn symudol yn hegar hefo'i bawd, fel tasa'r grym yn mynd i neud gwahaniaeth. Ddaeth 'na ddim atab. Roedd hi ar binna erbyn hyn.

''Di ddiffod o ma hi, siŵr 'ti,' medda Emrys.

'Ond pam 'sa hi'n gneud peth felly? Tydi hi byth yn ei ddiffod o fel arfar.'

'Ella'i bod hi 'di ca'l gafal ar ryw lafnyn hyd y lle 'ma.'

'*So*?'

'Ne' *ddyn*, 'te.'

'Emrys, paid!'

'Be?'

'Paid â mynd i fan'na eto, plis.'

'Lle? Mynd i lle, Carys?'

Anwybyddu'i gwestiwn wnaeth Carys, a gadael negas i'w merch. Rhoddodd Emrys ei ben yn ôl ar y glustog a rhyw lun o edifar be oedd o newydd ei ddeud. Doedd ynta ddim am fynd i fan'na eto chwaith, os medra fo beidio.

Doedd 'na ddim blwyddyn wedi mynd heibio ers y ffrae rhyngddo fo a Mari. Y ffrae oedd wedi achosi'r rhwyg rhyfedda rhwng y ferch a'i thad. Mari Lisa – cannwyll ei lygad, perl ei fywyd. *Mae'n siŵr fod pob tad a merch yn pellhau am gyfnod*, oedd o wedi'i feddwl ar y pryd. *Ma'n naturiol fod petha fel hyn yn digwydd – ma'n digwydd i bawb yn ei dro. Mi ddaw at 'i choed eto. Gweld 'i chamgymeriad.*

'Mari? Mam sy 'ma. Fedri di'n ffonio fi 'nôl, cyw? Ma hi'n tynnu am dri, a dwi'n poeni lle rw't ti. Gad 'mi wbod os tisio i Dad ne' fi ddŵad i dy nôl di. Cym' bwyll . . . a ffonia . . .'

Trodd Emrys i'w hwynebu. 'Arglwydd, fedrwn ni'm mynd i'w *nhôl* hi i nunlla, siŵr ddyn!'

'Pam ddim?'

'Carys, 'dan ni newydd dalu drw'n trwyna am dacsi i ddŵad adra. 'Dan ni 'di gadal y car yn Clwb, os cofi di.'

'Ma 'nghar *i* yma, dydi?'

'Ond 'dan ni 'di yfad gormod! Cofio? Dyna oedd pwrpas dal tacsi adra – ia ddim?'

'Ma 'na deirawr dda ers inni ga'l diod.'

'O, ac ma hynny'n golygu pasian ni brawf yfad rŵan, ydio?'

''Mond ryw bedwar gwydryn gesh *i*.'

'Hen ddigon i fethu prawf yfad, ddudwn i.'

'Emrys, pan ma dy ferch di ar goll, ydi otsh am betha felly?'

'Arglwydd mawr, *tydi* hi'm ar goll, ddynas! Ma hi 'di bod allan tan dri cyn hyn, dydi?'

'Ddim heb ffonio i ddeud lle ma hi.'

'No wê *dwi*'n mynd i unrhyw gar.'

'Mi a' i 'ta. Dwi 'di yfad dipyn llai na chdi beth bynnag.'

* * *

Cyn iddi orffen ei brawddeg bron, roedd Carys wedi gwisgo'i chôt nos ac yn deialu rhif Mari eto. Erbyn hynny, roedd 'na ryw hedyn bach o banig wedi'i blannu yng nghefn meddwl Emrys hefyd. Roedd Carys yn iawn. Er bod Mari'n un ddigon temprus – fel ei thad – doedd hi rioed wedi gneud peth fel hyn o'r blaen. Roedd hi wedi rhoi clep ar y drws arnyn nhw sawl gwaith am iddyn nhw fod yn afresymol hefo hi am rwbath neu'i gilydd, ond rioed o'r blaen wedi'u cadw ar binna mor hwyr â hyn.

Be goblyn sy wedi dŵad dros 'i phen hi? meddyliodd. Oedd, roedd hi'n tynnu am ei deunaw oed, ond pam gneud hyn iddyn nhw heno o bob noson? Oedd hi'n trio gneud petha'n waeth rhwng ei rhieni, 'ta be?

Freuddwydiodd Emrys ddim yr eiliad honno na fydda Mari Lisa'n rhoi troed dros riniog ei chartra byth eto.

* * *

Ychydig iawn fydda'i henw hi'n llithro dros ei wefusa *fo*, hyd yn oed, y dyddia yma. Ddim ers yr helbul yn y dafarn. Byth ers y noson honno, roedd yr hogia'n mynd yn dawedog iawn, dim ond iddo grybwyll enw Mari Lisa. Roeddan nhw wedi bod yn ddigon goddefgar tan hynny. Yn enwedig Hywyn. Roedd Hywyn bob amsar yn fodlon rhoi clust iddo pan fydda angan. Ond ers y noson y meddwodd Emrys yn chwildrings a beichio crio ym mar y Goat, roedd hyd yn oed Hywyn wedi bod yn ofalus pan glywa fo Emrys yn crybwyll ei henw.

Moi Bach ddechreuodd, drwy ddeud bod ei ferch o wedi ennill rhyw ras nofio yng Ngala'r Urdd yr wsnos cynt. Un drwg am frolio fuo Moi Bach erioed. Falla nad oedd o wedi sylwi bod Emrys wedi dechra mynd i stêm ers sbel, a falla na wydda fo chwaith cystal nofwraig oedd Mari Lisa pan oedd hi'n fengach, ac mai hynny gododd wrychyn ei thad i gychwyn yr holl lanast. On'd oedd Emrys wedi cludo Mari am flynyddoedd i gael hyfforddiant bob bora yn y pwll nofio yn y dre? Wedi bod yn dacsi iddi i galas nofio ac arddangosfeydd ar hyd y blynyddoedd?

Unwaith y dechreuodd Moi Bach gyhoeddi nad oedd neb i gyffwrdd ei ferch o yn y pwll nofio, mi ddechreuodd Emrys dynnu'n groes. Mi wna'th Hywyn ei ora i drio'i gael i beidio mynd i ddadla, ond mwya'n y byd roedd Hywyn yn trio'i gael o i ista i lawr, mwya penderfynol oedd Emrys o oleuo'r cyfaill wrth ei ochor am orchestion Mari Lisa yn y pwll. Doedd 'na'm byw na marw nad oedd raid iddo brofi i Moi Bach unwaith ac am byth nad oedd 'na neb o fewn y sir fedra ddal cannwyll iddi yn y pwll nofio. *Toedd* ei record genedlaethol hi dan ddeunaw oed yn y pilipala, a'r *crawl* can metr, yn dal hyd y dydd heddiw? Dwy record nad oedd neb wedi dŵad yn agos i'w torri hyd yma. Os oedd Moi Bach isio canu clodydd ei ferch, roedd angan iddo hefyd neud tipyn o ymchwil i weld pa mor dda oedd hi mewn gwirionadd.

'A be oedd amsar Kylie yn y *crawl* 'ta – y? Fedri di ddeud *hynna*, Moi Bach?'

''Dio otsh?'

''Ol yndi, siŵr Dduw bod otsh!'

'Pam? Be ti'n drio brofi, Emrys?'

'Fetia i di na 'dio'm o fewn teirllath i'r amsar na'th Mari.'

'Tyd rŵan, Emrys, stedda. Yli, ma pawb 'di mynd yn ddistaw,' ymbiliodd Hywyn.

'*So*? Be sgin distaw i' neud efo'r peth, Hywyn? Y? Be *ffwc* sgin distaw i' neud hefo record Mari Lisa? Pam dyliwn i fod yn ddistaw, beth bynnag? Chi sy'n mynd yn ddistaw, bob tro dwi'n deud 'i henw hi. Does 'na *uffar* o neb ohonach chi isio gwbod, yn nagoes? Y?'

''Di hynna'm yn deg, Emrys.'

'Distaw o ddiawl – y ffycars!'

* * *

Falla basa petha wedi bod yn iawn tasa hi wedi dŵad i ben yn fan'na. Falla basa Moi Bach wedi sylweddoli ei fod o wedi cyffwrdd ar friw agorad ac wedi cau'i geg tasa Emrys wedi gwrando ar Hywyn ac ista i lawr. Ond nid dyna fuodd ei diwadd hi. Wrth i Emrys fynd i hwyl yn amddiffyn ei ferch (a wydda fynta ddim erbyn hynny *pam* roedd o'n ei hamddiffyn hi) – wrth iddo fynd i'r ffasiwn storm emosiynol, mi ddechreuodd grio. Roedd cwrw hefyd, wrth gwrs, yn gymysg â'r dagra a'r cariad, ac mi gododd ei lais i ddeud wrth y dafarn gyfan nad oeddan nhw wedi gneud affliw o ddim i'w helpu i ddod o hyd iddi. Mi fasa sawl cymuned a phentra arall wedi chwilio'r ddaear tasa peth fel hyn wedi digwydd iddyn nhw. Ond nid pobl Llan. *O* na! Roedd 'na amball un yma nad oeddan nhw wedi codi bys bach i helpu i chwilio am Mari Lisa. 'Y cachwrs ichi!'

Doedd hynny ddim yn wir, wrth gwrs. Roedd y chwilio wedi mynd ymlaen am ddyddia lawar, a hyd yn oed wedi i'r heddlu ddod â'r chwilio swyddogol i ben, roedd rhai o'r trigolion wedi dal ati i ymlafnio'n ddyddiol hyd fachlud haul yn crwydro'u cynefin yn y gobaith o ddod o hyd i ryw arlliw o oleuni i barhau â'r ymchwiliad. Wedi troi pob carrag, chwalu pob gwrych a chwilio pob ffos, rhag ofn y dôi rhywun ar draws rwbath a rôi ryw lygedyn bach o obaith – un darn o frethyn neu gudyn o wallt a ymdebygai i wallt Mari. Ond ofer fu'r cyfan.

Ac yna, fel sy'n digwydd yn amal mewn achosion fel hyn, fe bylodd brwdfrydedd y chwilio. Tawelodd y gymdogaeth gyfan ac aeth pob un yn raddol yn ôl i'w batrwm dyddiol, gan ama'r gwaetha. Daeth rhyw newydd arall i fynd â'u bryd gan adael Carys ac Emrys ar eu penna'u hunain yn y tŷ, yn chwilio'u calonna ac nid glanna'r afon, yn holi'u cydwybod yn hytrach na'u cymdogion. Pwy ddiawl, be goblyn *oedd* y rheswm dros ddiflaniad eu merch? Oedd hi'n fyw? Oedd hi'n farw? Ai chwerwedd aeth â hi i ffwrdd, neu a oedd rhywun wedi'i chipio?

Ar y pryd, roedd Emrys yn falch nad oeddan nhw wedi dod o hyd i'r un cliw pendant. Roedd hynny'n ei neud yn fwy crediniol fyth fod Mari Lisa'n fyw. Tasan nhw wedi dŵad o hyd i ddarn o ddilledyn o'i heiddo neu gudyn o'i gwallt, bydda hynny falla wedi bod yn arwydd o drais. A doedd o ddim isio credu hynny. Doedd o'n *dal* ddim isio credu hynny.

Wedi denig, hwyrach. Roedd hi'n gallu bod yn afresymol iawn ar brydia, a byrbwyll. Fwy nag unwaith roedd petha wedi mynd yn o flêr ar yr aelwyd oherwydd tymar eithafol wyllt Mari Lisa. Roedd 'na adega pan fydda'r tŷ yn wenfflam. Yn union fel roedd Emrys wedi ymddwyn yn y dafarn hefo'i ffrindia, fe all'sa Mari hefyd fod yn gwbwl afresymol ei dadleuon pan fydda 'na dynnu'n groes. Fel bolltan, o nunlla, fe ddôi 'na storm o brotest neu anghytundeb. O leia roedd gan Emrys yr esgus mai yn ei ddiod roedd o'n gwylltio ac yn colli'i limpin heb reswm; dôi stormydd geirwon Mari Lisa o gyfeiriada cyfnewidiol iawn.

* * *

Ond y noson honno yn y Goat, roedd hi wedi mynd o ddrwg i waeth ar Emrys. Wrth iddo fynd i hwyl, roedd o wedi dechra hitio gwydra drosodd ac roedd y crio wedi troi'n wylofain hurt, fel crio babi blwydd. Roedd Hywyn wedi trio'i lusgo allan ar un adag, ac roedd hi wedi troi'n fymryn o ffrwgwd rhyngddo fo a'i ffrind gora yng ngŵydd pawb. 'Dy ffwcin frawd di gychwynnodd hyn, Hywyn! 'Blaw amdano fo . . .'

'Yli Emrys, ti'n mynd i ddifaru deud hyn i gyd fory.'

Mi wydda Hywyn yn iawn mai'r cwrw oedd yn siarad. Er gwaetha'r ffaith mai Medwyn, brawd Hywyn, oedd cychwyn yr holl helbul rhwng Emrys a'i ferch, roedd cyfeillgarwch Emrys a Hywyn wedi para drwy'r cwbwl. 'Tyd rŵan, well 'ni fynd adra,' cynigiodd Hywyn.

'*A* chditha, Moi Bach – chdi a dy ffwcin nofio goc,' daliodd Emrys ati.

'Taw, Emrys! Ti'm yn gwbod be ti'n ddeud.'

Mi fydda Moi Bach wedi licio dechra lluchio'i ddyrna ond cyn iddo gael cyfla i lanio un, mi syrthiodd Emrys i'r llawr yn chwil ulw a chael ei luchio allan o'r dafarn yn chwdu'i berfadd dros bawb a phopeth. Rwsud, mi lwyddodd i ddenig o'u crafanga a gwrthod gadael i neb fynd â fo adra na'i ymgeleddu. Mi redodd i ganol y nos yn wylo mwy o'i alar o dan y sêr yn yr hen gae chwara lle bydda fo'n arfar dŵad â Mari Lisa slawar dydd. Roedd wedi treulio oria bwygilydd yma hefo hi ar y siglen a'r rowndabowt. Wedi chwara mig hefo hi rhwng y twyni a'r cloddia, a Mari yn ei ffrogia lliwgar a'i chwerthin bach hapus, ymhell cyn y dyddia blin. Fan hyn, yn y cae chwara. Yn Llan. *A rŵan, dim ond eco yn y co' ydi'i chwerthin. Darlunia hapus, braf, yn cronni'n hiraeth dirdynnol mewn calon frau.*

Yn ei feddwdod, allan ar y cae chwara yn rwla, roedd o wedi dŵad o hyd i allweddi'i gar ym mhocad ei drowsus. Dim ond i ben arall y pentra roedd o angan mynd. Mi fedra fo'n hawdd iawn fod wedi'i cherddad hi, ond na, doedd 'na'm byw na marw nad oedd raid mynd â'r car yn ôl adra. Roedd Hywyn wedi trio'i ora i'w berswadio i beidio gyrru, ond ar ôl i hwnnw a phawb arall fynd adra gan adael Emrys yno'n stiwio dan y sêr, roedd o'n tybio ei fod o'n ddigon o gwmpas ei betha i yrru'r car ryw hannar milltir i lawr y lôn. Dewrder yr alcohol yn deud wrtho am fentro, am beidio bod ofn, ac felly *mi* fentrodd. Gyrru'i gar i mewn i'r ffos, treulio noson yn yr ysbyty a cholli'i drwydded am dair blynadd. Dyna pam roedd o rŵan yn ddi-gar, yn ddigymar, ac yn gorfod dal y bŷs bob bora i'w siop yn y dre. Un groes arall i'w chario mewn byd oedd yn amlwg yn datgymalu'n ara bach o'i gwmpas.

* * *

Roedd Hywyn wedi dal i alw amdano bob nos Wenar i fynd i lawr i'r Goat, chwara teg iddo fo. Âi Emrys ddim hefo fo *bob* tro, chwaith. Yn amal, mi fydda'n haws gynno fo agor potelad neu ddwy o win yn y tŷ. Roedd modd yfad yn ôl mympwy wedyn – a oedd, naw gwaith allan o bob deg, yn golygu yfad dipyn cyflymach na'i fêts.

Ond pan *fydda* fo'n mynd i blith yr hogia, chydig iawn wnâi o sôn am Mari Lisa, ac os digwydda'i henw lithro'n ddiarwybod dros ei wefusa bob hyn a hyn, newid y pwnc wnâi'r gweddill bob gafael. Er yr angan enbyd i gael deud ei henw amball dro – i'w glywad yn canu oddi ar ei wefusa fel yn y dyddia fu – fentra fo mo'i ddeud o bellach. Ddim yng ngŵydd ei ffrindia, beth bynnag. Dim os medra fo beidio.

* * *

Carys ddewisodd yr enw. Er bod 'Mari' a 'Lisa' yn enwa digon henffasiwn ar y pryd, roedd 'na ryw dinc gwahanol wrth ddeud y ddau enw hefo'i gilydd. Enwa'r ddwy nain oeddan nhw mewn gwirionadd, ond o gyplysu'r ddau roedd o'n creu enw newydd sbon danlli – ac yn cadw'r ddesgil yn wastad rhwng y ddwy nain.

Mari Lisa, eu hunig-anedig ferch.

Roedd Carys wedi bod yn bendant o'r dechra nad oedd hi ddim isio plant. Roedd ei gyrfa yn y brifysgol yn llawar rhy bwysig iddi feddwl am gychwyn teulu. A ph'run bynnag, doedd hi, fel nifer fawr o'i chyd-weithwyr ar y pryd, ddim isio llusgo plentyn 'mewn i fyd mor anwadal – byd oedd yn haws ei roi dan chwyddwydr mewn seminar yn y coleg na llusgo enaid arall i drio byw ynddo fo. Ond mi ddaeth 'na gyfnod pan gafodd Carys dipyn o drafferthion hefo'r bilsen yr oedd hi'n ei chymryd, a bu'n rhaid i'r ddau geisio bod yn ofalus am sbel. Dim cweit digon gofalus, mae'n amlwg – a rhyw noson chwil, ddi-ffrae oedd egin stori Mari Lisa.

Ar y pryd doedd Emrys yn hidio 'run ffeuan y naill ffordd na'r llall am gael plant. Roedd Carys wedi egluro'i safbwynt iddo'n ddigon plaen o'r cychwyn, ac roedd Emrys gymaint dros ei ben a'i glustia mewn cariad fel nad oedd o'n poeni dim am epilio. Y cyfan oedd yn bwysig iddo fo oedd cael Carys yn ei freichia drwy'r nos, bob nos.

Roedd o wedi bod â'i lygaid arni o'r diwrnod cynta y gwelodd o hi yn y Belle Vue yn sipian ei seidar a blac. Roedd hi mor wahanol i'r gweddill. Bob hogan arall yn yfad lagyr a leim neu fodca a leim. Bob un wan jac ohonyn nhw'n *edrach* fel myfyrwyr. Ond nid Carys. Fasach chi ddim yn deud ei bod hi'n aeddfetach nac yn ddelach na'r un ferch arall o'i chwmpas – dim ond ei bod hi'n *wahanol*. Roedd hyd yn oed ei stafall hi yn y coleg yn wahanol i stafall pawb arall.

Tuedd sy 'na mewn neuadda coleg i'r un arogl dreiddio i bob congl o'ch bywyd chi. Mae o ar eich dillad chi, ar eich croen chi, hyd yn oed ar eich anadl chi os ewch chi'n ddigon agos at rywun. Roedd Emrys wedi'i arogli fo yn ystod nifer o nosweithia di-fflach yn y gwely hefo'i gariadon unnos. Roedd o'n mynd ar ei lestri, ei lyfra, a hyd yn oed ar ei ddillad isa fo. Dim rhyfadd, felly, fod Hywyn wedi deud wrtho un noson yn y Goat fod ogla coleg 'di dechra mynd arno!

Ond roedd gan Carys ei harogl unigryw ei hun. Roedd o'n gymysg o bersawr a phridd, o berygl a chariad, o ofn ac o nwyd. Arogl y medra Emrys fyw o fewn hyd braich i'w grëwr am byth. Erbyn hyn, dim ond yr arlliw lleia o'r arogl hwnnw oedd 'na ar ôl yn y tŷ, ond er bod bron i flwyddyn bellach ers i Carys adael, *mi* glywa Emrys amball i chwa ohono'n codi i'w ffroena bob yn hyn a hyn. Falla mai dim ond atgof oedd o – yr isymwybod yn ail-greu arogleuon, yn union fel y syna a'r siapia y bydda fo'n eu gweld a'u clywad hyd y tŷ 'ma weithia. Y synhwyra'n hiraethu am y dyddia pan oedd y ddwy ferch yn ei fywyd yn llenwi'r tŷ â'u chwerthin a'u cariad a'u cân.

A rŵan mi oedd y cwbwl oll wedi chwalu'n deilchion o'i gwmpas. Darna mwya cywrain ei fywyd wedi'u malu'n rhy fân iddo wbod i ba ran roeddan nhw'n perthyn, hyd yn oed – fel darna dau jig-sô rhy debyg i'w gilydd wedi cymysgu, ac amball ddarn wedi mynd ar goll am byth.

* * *

Chyffyrddodd o mo pen ei fys yn stafall Mari Lisa wedi iddi fynd, a châi neb arall fynd ar ei chyfyl hi ganddo bellach. Ddim hyd yn oed Olwen, ei chwaer, ddôi draw rŵan ac yn y man i neud rhyw fymryn o dacluso iddo. Dim ond unwaith yn y pedwar amsar yr âi o ei hun, bellach, i mewn i stafall Mari. Roedd hi'n ormod o artaith iddo – os na fydda wedi meddwi mymryn mwy na'r arfar, a hyder y meddwdod wedi troi'n angan.

Mi weddïodd wrth erchwyn ei gwely unwaith neu ddwy. Nid ei fod o'n rhy siŵr o'i betha wrth fynd ar ei linia i ymbil ar be bynnag oedd allan yn fan'na. Fuo fo rioed yn gredwr mawr ond roedd o'n ei chael hi'n anodd i *beidio* credu hefyd, rwsud. Yn ei ddiod y bydda fo'n credu fwya.

Doedd o byth yn twllu capal y dyddia yma. Fedra fo'm cofio'r tro dwytha y buo fo dros riniog drws Calfaria. Unwaith y dudodd Mari Lisa wrtho nad oedd hi'n credu yn Nuw, mi gollodd ynta'r trywydd yn syth ar ei hôl. Doedd Carys ddim yn gapelwraig beth bynnag, ac felly mi ddaeth sŵn pob emyn a sain pob adnod i ben yn ddisymwth iawn yn ei fywyd.

'Dwi'm yn credu yn Nuw, 'sdi Dad.'

'Nag w't ti, cyw?'

'Felly 'sna'm point imi *fynd* i capal, nagoes?'

'Ti'n siŵr na dim jest *deud* hynna w't ti . . . i ti ga'l sbario mynd bora 'ma?'

'Naci! Dwi jest ddim yn coelio, iawn?'

'Ia . . . iawn . . .'

Galla Emrys gofio'r saib yn eu sgwrs yn iawn, ac yna fynta'n gofyn:

'Pryd 'nest ti ddechra peidio credu 'ta, Mari?'

'Unwaith dudist *ti* wrtha fi nad o'dd 'na'm Siôn Corn.'

Mi suddodd ei galon pan ddudodd hi'r frawddeg fach yna. Roedd Siôn Corn wedi golygu cymaint iddi. Wedi chwara bob matha o gêma a sgwennu'r llythyra rhyfedda ato, a chael atebion rhyfeddach yn ôl ganddo o bellafoedd y ddaear. Wedi canu'n daer i fyny'r simdda a gadael hwda o fwyd iddo tu allan i'r drws ffrynt.

Un flwyddyn roedd Siôn Corn wedi anghofio byta'r loddest, ond buan iawn y cafodd Mari lythyr o ymddiheuriad ganddo'n egluro ei fod o wedi cael cymaint o fwyd ar ei deithia fel na fedra'r ceirw yn eu byw ei gario tasa fo'n byta gronyn yn chwanag! Roedd o hyd yn oed wedi rhoi anrheg ychwanegol iddi am fod mor garedig hefo fo bob blwyddyn, ac wedi gaddo dŵad draw i'w thŷ hi yn gynta y flwyddyn nesa, gan fod y bwyd yn ei chartra hi yn amlwg yn well nag yn unman arall yn yr holl fyd.

'Ti'n gweld, Dad,' medda hi wrtho fo'n dyner, 'o'n i wastad wedi meddwl mai Duw mewn gwisg ffansi oedd Siôn Corn. Wedyn mi 'nest titha chwalu hynny'n llwyr.'

'Ond nid Duw *ydi* Siôn Corn, Mari – ddudish i rioed *hynny* wrthach chdi, naddo?'

'Naddo . . . Ond os medri di ddeud clwydda am Siôn Corn, mi fedri di ddeud clwydda am Dduw hefyd, medri?'

'Wel,' cyfaddefodd Emrys, 'dwi ddim yn rhy siŵr ohono fo fy hun, a deud y gwir 'tha chdi, Mari bach.'

'O, dyna fo 'ta. Os nad w't *ti*'n siŵr, sut goblyn w't ti'n disgwl i *mi* fod?'

Ac felly'n ddisymwth iawn y daeth teithia wythnosol Emrys a Mari i Galfaria i ben. Mi fuodd Emrys yn ymlwybro yno'n ysbeidiol am sbelan bach wedyn, yn waglaw o gwmni, yn hesb o awydd ac yn ddigyfeiriad. Doedd mynd yno heb ei gydymaith bach ymholgar ddim hannar cymaint o hwyl, a phrinhau wnaeth ei ymweliada ynta nes dod i stop. Roedd y fintai selog oedd yn dal i deithio i'r hen le yn edwino o Sul i Sul, a Chalfaria'n mynd â'i ben iddo. Beryg na fydda fo'm yno'n hir iawn eto.

Roedd Emrys yn dal i ddarllan ei Feibl yn ysbeidiol. Dim ond i chwilio am gysur. Weithia mi oedd 'na ryw gyffur yn y geiria a fydda'n gafael ynddo – yn cydio cystal â'r gwin coch ar amball noson go unig. Ond fydda'r *fix* ddim yn para rhyw lawar, chwaith. Fe rôi yfad potelad o win, neu hyd yn oed yr adega prin pan âi o i mewn i stafall Mari Lisa, fwy o gysur o lawar iddo. Tan y bora wedyn. A thrannoeth, bydda'r tŷ mor dawal. Gwactar ei stafall hi'n sgrechian arno, heb iddo orfod agor y drws hyd yn oed.

Y lle mor wag â'i fywyd.

* * *

Roedd Carys 'nôl hefo'i mam yn Llangefni. Mi aeth â'r hyn oedd hi'i angan o'r tŷ cyn dychwelyd i'w hen gynefin ym mherfeddion Môn.

Doeddan nhw'n dal ddim wedi setlo petha'n ariannol nac yn gyfreithiol: Emrys yn dal i ddisgwyl i Carys gychwyn petha hefo'i thwrna hi, ond chlywodd o byth 'run gair. *Mi ddaw 'na rybudd ryw fora dydd Gwenar g'lyb, ma siŵr – pan fydda i'n ei ddisgwl o leia, a phan fydd hitha fwya mewn angan.*

Ond, mewn gwirionadd, câi Emrys hi'n anodd credu y bydda Carys byth mewn angan go iawn. Roedd hi'n unig blentyn i feddyg teulu go lewyrchus. Bu farw'i thad ar ddiwrnod pen-blwydd Mari Lisa yn ddeg oed a Carys wedi etifeddu'r cwbwl, dim ond iddi addo bod yn gysur i'w mam yn ei henaint. Roedd ei rhieni yn eu pedwardega pan anwyd Carys, ac felly bu hi'n gannwyll eu llygaid ar hyd eu bywyda – yn berchen ar geffyl ers pan oedd hi'n ddim o beth, a'i stafall yn rhubana o bob sioe yn y sir. A phan laniodd Mari Lisa, roedd ei llwyddianna hitha yn y pwll nofio'n rhoi modd i fyw i Nain a Taid Sir Fôn.

Nid nad oedd Nain a Taid Pen Llŷn hefyd yn falch o'i llwyddiant, ond gan fod plant Olwen, chwaer Emrys, a William ei frawd yn steddfotwrs heb eu hail, doedd llwyddiant Mari Lisa yn y pwll nofio ddim yn rhoi'r un wefr iddyn nhw rwsud. Yn fwy na hynny, roedd William a'i wraig yn ffarmio'r hen gartra, a'u plant yn byw a bod yng nghesail Nain a Taid bob cyfla gaen nhw. Gan fod cartra Emrys a Carys gryn dri deg milltir o Ben Llŷn, dim ond amball dro y caen nhw amsar i alw yn y ffarm. A phan *fydda* Mari Lisa'n galw hefo'i medala o'r gala nofio diweddara, on'd oedd cwpana Guto a Siôn a Lleucu yno'n serennu o silff ben tân yr hen dŷ ffarm? Yna, drwy gydol y pnawn, mi fydda'n rhaid diodda perfformiada o 'Pero'r Ci' a'r 'Jymbo Jet' am allan o hydion, nes bydda Mari Lisa'n sowldiwr. Ac os digwydda fod plant Olwen hefyd wedi galw 'run pryd, mi fydda'r ddefod gymaint â hynny'n hirach, gan droi'n gymanfa o gydganu a chydadrodd cyn diwadd y pnawn. Ennill ar sgwennu y bydda plant Olwen bob gafael, ac wrth gwrs roedd yn rhaid i Nain gael clywad pob gair o'r cynnyrch o'r dechra i'r diwadd, a hyd yn oed yr ymdrechion anfuddugol yn cael clust yn ddi-ffael.

Ar ben hynny, doedd anwes Nain Pen Llŷn ddim yn para mor hir i Mari Lisa ag y bydda hi i weddill y tylwyth chwaith, ac mi fydda hi wastad yn ymwybodol o hynny. Ac er bod yr hannar can ceiniog i bawb yn rhyw fath o abwyd iddi ddiodda hyd y diwadd, doedd o ddim yn talu'r pris yn llawn am y syrffad oedd yn troi'n fwy o artaith i Mari hefo pob ymweliad.

Ar bnawnia hir o haf mi fydda Mari'n edrach drwy'r ffenast ar waelod y grisia am Borthdinllaen, ac yn ysu am gael rhedag ar hyd y traeth a phlymio i'r tonna anfarth oedd yn erfyn am i'w breichia eu cofleidio a'u herio. Fe rôi hi dipyn mwy na hannar can ceiniog am gael llithro dan yr ewyn a blasu'r heli'n llenwi'i henaid.

'Dwi *byth* isio mynd i tŷ Nain a Taid Pen Llŷn eto,' medda hi ryw bnawn go boeth ym mis Awst.

'Pam ti'n deud hynna, Mari Lisa?' gofynnodd Carys yn llywaeth, fel tasa hi wedi bod yn hannar ei ddisgwyl.

'Gawn ni fynd i Berffro fory?'

'Pam Berffro?' gofynnodd Emrys, gan agor ffenast y car i gael mymryn o awyr iach i'w ben wedi'r holl ganu.

'Well gin i Sir Fôn,' oedd yr unig atab ddaeth ganddi. Ond roedd o'n atab oedd yn siarad cyfrola.

* * *

Olwen oedd yn gofalu am y siop i Emrys ar foreua Sadwrn bellach. Mi neidiodd ei chwaer i'r adwy fel rhyw *understudy* orfrwdfrydig yn disgwyl ei chyfla wedi i Carys adael. Ddaru Olwen ddim c'nesu at Carys o'r cychwyn, ac roedd o'n loes calon i Emrys nad oedd y ddwy'n gweld lygad yn llygad. Erbyn hyn roedd Emrys yn falch o'i chymorth, ac yn brathu'i dafod pan wela Olwen ei chyfla weithia i ddeud petha go filain am Carys. Ond *roedd* o'n frawd iddi, wedi'r cwbwl, a rhoddodd yr hyn wnaeth Carys iddo ar awr dywylla'i fywyd ddigon o esgus i Olwen droi'i chefn ar ei chwaer-yng-nghyfraith.

'Dwn i'm be ddudwn i wrthi taswn i'n digwydd taro arni ryw dro, na wn i wir,' fydda byrdwn Olwen.

'Dw't ti'm yn debygol o neud, Olwen bach. Prin iawn bydd hi'n dŵad dros y bont i'r tir mawr bellach, heb sôn am ddŵad i'r dre. A does 'na'm math o beryg iddi hi roi'i throed dros riniog y siop, ma hynny'n saff 'ti.'

'Gwynt teg ar 'i hôl hi.'

'Be ti'n ddeud?'

'Dyna ma Mam yn 'i ddeud, Emrys.'

'Ia, debyg.'

'Dyna ma *pawb* yn 'i ddeud, tasa hi'n dŵad i hynny.'

'Gin inna deimlada o hyd, cofia.'

'Gynnon ni i *gyd* deimlada, Emrys, a ma'n iawn i bawb ga'l eu lleisio nhw.'

'Ydi, Ol. Ma siŵr bo chdi'n iawn . . .'

* * *

Er mai o'i gwirfodd y cynigiodd Olwen helpu, talodd Emrys gyflog llawn iddi o'r dechra'n deg. Roedd hi'n haws gneud hynny na gofyn am gymorth yn achlysurol a thalu drwy gymwynas. Roedd o angan help yn y siop, beth bynnag, ac yn sicir roedd sbario gorfod mynd i mewn ar foreua Sadwrn o fendith iddo. Roedd hynny'n golygu y câi o ymlacio rhyw fymryn ar nos Wenar fel y rhan fwya o'i ffrindia, ac Olwen hitha'n falch o'r cyfla i gael y siop iddi'i hun weithia.

Er cystal oedd Emrys am ddallt y stoc a nabod ei gwsmeriaid, roedd y siop yn dipyn o gybolfa nes i Olwen dorchi'i llewys a dechra rhoi trefn ar betha. Roedd hynny'n codi gwrychyn Emrys ar y cychwyn, gan y gwydda *fo*'n iawn lle i roi ei bump ar bob cyfrol fawr neu fach o fewn y siop. Ond roedd yn rhaid iddo gyfadda fod gwell siâp ar betha ers i'w chwaer adael ei marc, ac roedd y cwsmeriaid yn dyst i hynny hefyd. Un peth ydi gwbod eich hun lle mae petha, ond mae'n bwysicach o beth mwdril fod pobol eraill yn gwbod lle i chwilio – mewn siop lyfra, o bobman.

Ond wedi deud hynny, roedd 'na rai o gwsmeriaid Emrys fel tasan nhw'n dal i hiraethu am yr hen drefn – yn dal i weld chwith ar ôl yr hen lanast!

'Ma hi'n ryw dwt iawn 'di mynd yma, Emrys,' medda Mari Glanrabar wrtho fo'n ddiweddar iawn.

'Ydi, tydi,' medda fynta, gan feddwl yn siŵr mai rhyw lun ar gompliment oedd ar ei gwefla hi. Prin iawn y dôi unrhyw ganmoliaeth o gyfeiriad Mari fel rheol. Yna, fel roedd hi'n cau drws y siop, daeth hon – 'Ddim hannar mor ddifyr ag y bydda hi.' Wydda fo ddim p'run 'ta fo 'ta Olwen oedd yn cael y gelpan i gyfeiliant y drws yn cau. Prin iawn y cymera Olwen unrhyw sylw o Mari, p'run bynnag. Roedd hi'n un dda am neud hynny rioed – chymera hi ddim sweipan gan neb yn y byd. Roedd y grefft o adael i betha fynd i mewn drwy un glust ac allan drwy'r llall heb adael dim o'u hôl yn un roedd Emrys yn ei hedmygu fwyfwy bob dydd yn ei chwaer.

Hogyn o'r dre briododd Olwen, a byw yno yn yr un tŷ ers ei phriodas – felly, chwadal hitha, 'Tydi picio i'r siop ddim traffath yn byd, siŵr iawn.' Yn bymthang mlynadd yn hŷn nag Emrys, mi briododd a chael plant yn eitha hwyr – dyna sut roedd ei phlant hi a Mari Lisa'n gyfoedion. William, brawd Emrys ac Olwen, fydda'n etifeddu'r cyfan o'r eiddo ar ôl i Nain a Taid Pen Llŷn ymado â'r fuchedd hon. Felly buo petha rioed yn hanas y teulu – y mab hyna'n etifeddu'r ffarm a'r eiddo – ac roedd Emrys ac Olwen wedi hen dderbyn y drefn honno.

Do, mi fuodd Olwen yn driw iawn iddo wedi i Carys ei adael. Er bod Emrys yn byw gryn chwe milltir o'r dre, mi bicia hi i mewn bob hyn a hyn i neud yn siŵr ei fod o'n byta'n dda, a bod Helga, yr hogan llnau, yn gadael rhywfaint o'i marc. Roedd Olwen hefyd wastad yn gneud rhyw botas iddo, neu bwdin afal a mwyar duon. Roedd Emrys yn sgut am fwyar duon, a Mari hitha wedi etifeddu'r un gwendid â'i thad. Mi fydda'r ddau'n treulio oria'n eu casglu hyd y cloddia ar lonydd Uwchmynydd ar eu ffordd i dŷ Nain Pen Llŷn. Fuo gan Emrys mo'r awydd i fynd i hel mwyar ers sbel go faith. Ac er bod ei chwaer yn dueddol o roi gormod o'i thrwyn yn ei fywyd yn ddiweddar, roedd yn falch o'i chael serch hynny. Ac mi fydda'n sicir ddigon yn falch o'i chymorth hi'r bora arbennig hwn.

3

Be aflwydd ddoth dros 'y mhen i'n gosod y blwming larwm 'na i 'neffro i am hannar awr wedi un y bora – ac ar ddydd Sadwrn?

Diflannodd i glydwch ei glustoga a thrio ailafael yn ei gwsg. Ond y tro yma, roedd o'n teimlo'n wahanol rwsud – yn methu'n lân â mynd 'nôl at ei freuddwydion na'i atgofion. Doedd dim hyd yn oed yr arlliw lleia o arogl Carys yn unman, ddim hyd yn oed ar ei hochor hi o'r gwely. Dim.

Ond y gwir ydi *nad* dyma'r tro cynta i Emrys ddeffro yn teimlo'n wahanol a rhyw don ddiarth o iseldar neu o hunandosturi'n dŵad drosto – fel tasa fo wedi deffro mewn cyweirnod diarth i fysadd ei enaid. Roedd o'n nabod yr alaw bob tro – yr un hen alaw leddf, ddolefus, a dim ond unigrwydd yn ei melodïa. Ar yr adega hynny, bydda'r noda duon fel tasan nhw'n teimlo'n ddiarth i batrwm ei fysadd, yn estron iddo.

Felly roedd o'n teimlo'r bora 'ma. Be oedd y rheswm, tybad? Ai'r ffaith ei fod o'n methu credu y bydda fo, o bawb, yn gosod larwm i ganu ar fora Sadwrn ac ar awr mor annaearol o gynnar? Ond pwy arall fasa wedi gallu na meiddio mela hefo'i ffôn o, 'neno'r tad?

Wrth droi a throsi rhyw hen gwestiyna felly yn ei feddwl, dyma rwbath arall yn ei daro am ei ffôn symudol. Wrth iddo ddiffodd y ffôn wedi i hwnnw ei ddeffro o'i drymgwsg, tybad a sylwodd o fod 'na negas arno? Oedd, roedd o bron yn siŵr bod yr hen arwydd bach 'na ar gongl y sgrin yn deud bod 'na negas destun iddo yn ei grombil.

Beth os mai Mari Lisa oedd 'na, a fynta wedi'i hanwybyddu? Eto, dim ond *meddwl* bod 'na negas oedd o.

Ama. Ac amheuaeth am beth mor fach yn ei gadw'n effro ac yn troi a throsi.

* * *

Yn y diwadd, cododd o'i wely a chwilio am ei ffôn o dan y gwely. Mae'n rhaid ei fod o wedi rhoi lluch go hegar iddo yn ei dymar gynna, gan fod y ffôn ymhell o dan y gwely yn rwla. Wrth iddo ymestyn amdano yng nghanol llwch misoedd, sylweddolodd am y tro cynta ers i Carys fynd nad oedd yr un sglein ar y lle bellach. Er bod yr Helga 'na o'r asiantaeth llnau yn dŵad yno unwaith yr wsnos, doedd hi ddim hannar mor fanwl â Carys. Dim rhyfadd iddo disian dros y tŷ wrth gyrraedd am ei ffôn.

Ond yna, dyma'i galon yn llamu wrth iddo weld pais fach felan yn perthyn i Carys yng nghanol y llwch. Yn y dechra, bydda Emrys yn dŵad ar draws rhyw betha fel hyn yn amal, a hynny wastad yn torri'i galon o. Y fanag fach werdd oedd y ddwytha cyn heddiw, a hen basbort o'i heiddo'r tro cyn hynny, hefo llun ohoni'n serennu allan ohono a golwg fodlon, braf, ar ei gwynab.

Roedd Emrys hyd yn oed wedi cadw llais Carys ar y peiriant atab yn y stydi. Mi ffonia adra weithia dim ond er mwyn cael clywad ei llais yn deud wrtho am adael negas: 'Mae arna i ofn nad ydi Carys nac Emrys i mewn i dderbyn eich galwad ar hyn o bryd. Os liciach chi adal negas, yna gnewch hynny ar ôl y sŵn.' Erfyniodd Olwen arno i'w newid sawl gwaith, ond fedra fo ddim. Os na fedra fo gael Carys yn ôl, mi fedra gadw'r darna bach 'na oedd yn dal o gwmpas y lle, er mor frau oeddan nhw.

Na, châi Olwen mo'i ffordd ei hun efo hynna – byth.

* * *

Roedd 'na negas iddo fo, a'r ffôn yn gofyn iddo a oedd o isio'i gweld. Wrth gwrs ei fod o, neu fasa fo ddim wedi ymbalfalu dan ei wely llychlyd rhwng un a dau y bora. Ond fasa fo byth, byth wedi dychmygu, er yr holl flynyddoedd o ymgolli mewn ffuglen ac o fyw yng nghanol dychmygion awduron di-ri – fasa fo byth wedi medru creu dim byd fel hyn.

Saith gair oedd o i gyd. Dim ond saith gair. Ond roeddan nhw'n ddigon i yrru ias i lawr ei feingefn.

'Dos allan i ben y drws – rŵan.'

4

Fuodd Emrys rioed yn un ofnus, ond roedd ei galon yn ei wddw wrth iddo ddarllan y negas.

Be ar wynab y ddaear mae o'n drio'i ddeud? Pwy yn ei iawn bwyll fasa'n danfon y fath negas ata i?

Edrychodd arni eto. Doedd rhif y danfonwr yn golygu dim iddo, felly fedra fo ddim bod yn un o'i ffrindia'n chwara rhyw dric gwirion arno. P'run bynnag, fasa'n rhaid i hwnnw fod wedi bod yn llai na chwartar call i fod yn chwara gêm mor ddi-chwaeth, a fynta yn y fath gyflwr. Fasa hyd yn oed Moi Bach ddim yn plygu mor isal â hyn i gael hwyl.

Be ddyla fo neud? Ffonio'r heddlu? Yr adag yma o'r bora? Ond roedd o wedi gneud petha dwl felly cyn heddiw – wedi meddwl bod ganddo ryw abwyd iddyn nhw ailgydio yn yr achos, ac wedi mynd i lawr i swyddfa'r heddlu'n llawn syniada a chael croeso digon llugoer ganddyn nhw. Mi aeth dros ben llestri fwy nag unwaith hefo nhw am beidio gneud digon yn y misoedd cynta, ac mi wydda nad oedd o bellach yn y llyfra yn y stesion, yn enwedig hefo amball un.

Ond be tasa hwn yn arwydd go iawn gan Mari Lisa? Neu rywun allan yn fan'na yn rwla yn trio cael negas iddo gan ei ferch?

Gwawriodd ar Emrys mai dim ond dau ddewis oedd ganddo – un ai ymatab yn bositif i'r negas neu ei hanwybyddu'n llwyr. Roedd yn demtasiwn i geisio anghofio'r cyfan, ond roedd ei reddf yn deud wrtho am ufuddhau i'r alwad.

Ond be'n union ma'r negas 'ma'n ddeud wrtha i am 'i neud? Ar ôl 'mi fynd allan i'r nos, ydw i i sefyll fel postyn ar stepan drws?

Chafodd o ddim cyfla i feddwl ymhellach. Daeth y sŵn

’na eto ar ei ffôn, a gwelodd fod negas arall iddo. Dewisodd ‘Select’, er y bydda’n fil myrdd gwell ganddo beidio.

Unwaith eto, cyflymodd ei galon wrth iddo ddarllan y negas gwta.

‘Pam ti’n aros?’

* * *

Gwisgodd amdano. Roedd ei feddwl mor effro erbyn hyn. Os oedd ’na unrhyw bosibilrwydd fod ’na rywun y tu allan i’w dŷ yn aros amdano, mi fydda’n well ganddo’i wynebu yn ei lawn synnwyr hefo’i ddillad amdano nag yn hannar effro ac yn hannar noeth. Duw a ŵyr pam y bydda’n debycach o fedru amddiffyn ei hun yn well wedi gwisgo amdano, ond dyna’i reddf. A chan nad oedd ei synnwyr cyffredin yn deud fawr ddim wrtho ar y pryd, roedd hi’n naturiol ddigon iddo ddilyn ei reddf.

Wrth iddo luchio dŵr oer dros ei wynab, triodd gofio a oedd y rhif ffôn diweddara’n canu unrhyw gloch iddo. Ond waeth faint yr edrycha fo arni, na chwaith faint o weithia’r adrodda fo’r rhif yn uchal wrtho’i hun, doedd dim oll yn deffro unrhyw atgof na chynnig ’run enw iddo.

* * *

Aeth lawr y grisia a tharo’r teciall mlaen, fel pob bora arall. Fedra Emrys ddim meddwl am wynebu unrhyw fora cyffredin heb banad o goffi go gry – *dwy*, os bydda ganddo’r amsar. Tra oedd o’n aros i’r teciall ferwi, agorodd gil y llenni ac edrach allan ar lonyddwch y stryd fawr. Roedd pentra’r Llan yn hollol farw.

Meddylia am wallgofrwydd y peth. Yma yn dy stafall fyw yn sbecian ar lonyddwch y pentra – dy gymdogion di i gyd siŵr o fod yn cysgu’n sownd, a rhesi o finia gwyrddion y Cyngor fel mintai o sowldiwrs yn aros i’w gwagio yr holl ffordd i fyny’r stryd. Be aflwydd ti’n neud yn syllu allan ar y stryd anial yr adag yma o’r dydd?

Doedd ’na neb yn y Llan yn berchen ar ardd ffrynt. Dwy res lwyd o dai chwarelwrs wedi syllu’n dawal ar ei gilydd am ganrif a mwy – dyna'r cwbwl oedd i'r pentra. Ac ar wahân i ryw boeriad o dai cyngor ac amball i fynglo newydd, welodd yr hen le fawr o newid arall yn ei hanas tlawd. Amball i gapal wedi'i ddymchwal, amball siop wedi'i throi'n dŷ – dim byd mwy na hynny . . .

Cafodd y teimlad fod rhywun yn ei wylio. Os oedd y negas ddwytha 'na wedi gofyn iddo pam roedd o'n aros, yna *roedd* 'na rywun, rwla, yn ei wylio. Os felly, roedd y rhywun hwnnw hefyd yn gwbod ei fod bellach ar ddi-hun ac yn oedi.

Craffodd i weld oedd llenni un o'r tai cyfagos yn symud, ac ar yr un pryd teimlo bod yr holl beth yn wallgo. Yn sydyn, neidiodd hen lygodan fawr allan o un o finia Alice Barbar nes peri i'w galon roi llam. Roedd yn gas ganddo lygod, ac ar noson fel heno mi fydda'n well ganddo neud heb fraw bach fel'na. Yn amlwg doedd hi ddim yn llygodan oedd wedi'i digoni, achos mi aeth ar ei phen i'r bin sbwrial drws nesa i chwilota am fwy. Alice druan – gwraig weddw yn byw ar ryw grystyn o bensiwn, ac yn gorfod gneud yn fawr o'r hyn gâi hi'n fara beunyddiol. Yn sicir, fasa 'na'm tamad o wastraff ym min sbwriel Alice Barbar.

Mae'n rhyfadd be sy'n gwibio drwy feddwl dyn ar yr awr ryfedda. Am y tro cynta ers iddo symud i'r pentra – a *rŵan*, o bob adag – cafodd Emrys ei hun yn meddwl tybad pam galwyd hi'n Alice Barbar. Oedd hi'n ferch i farbwr, tybad, 'ta cneifiwr defaid go dda oedd ei thad? Roedd y Llan yn llawn o ryw enwa a llysenwa na wydda Emrys ddim am eu tarddiad – Megan Tu Chwithig, Amos Hen Geir, Johnnie Call Again, Glyn Cysgod Angau, Harri Dau Drwyn. Yn wir, rhoddodd ei droed ynddi unwaith pan oedd o ar ryw bwyllgor hefo Alice druan, a'i galw hi'n 'Mrs Barber'! Doedd hi ddim dicach, diolch i'r drefn, ac mi dynnodd ei goes sawl gwaith wedyn am y peth, ac fel 'Miss Barber' y bydda hi'n arwyddo'i cherdyn Dolig iddo byth oddi ar hynny.

* * *

Buan y dychwelodd ofn ac ansicrwydd i aelwyd ei feddylia. Edrychodd unwaith eto drwy'r llenni ond doedd na 'run symudiad, bach na mawr, i'w weld yn unman. Pob ffenast, pob llen, pob drws mor ddisymud â'r bedd.

Tywalltodd goffi a dŵr i fŷg ac ychwanegu rhyw boeriad o lefrith am ei ben. Cafodd gip ar y negas unwaith eto, a chysidro'n sydyn y galla fo ffonio'r rhif yn ei ôl. Fel roedd o'n synfyfyrio am hynny, dyma'r ffôn yn canu eto. Neidiodd gymaint nes colli hannar y coffi dros ei drowsus. Thrafferthodd o ddim i'w sychu gan gymaint ei frys i ddarllan y negas.

Dau farc cwestiwn yn unig oedd 'na'r tro hwn.

Daeth awydd cry ynddo i alw'r heddlu eto, ond unwaith y rhoddodd wyneba i'r gleision, newidiodd ei feddwl yn syth. Cofiodd yr holl ddadla a'r colli mynadd, y gweiddi a'r anghytuno.

Na, gwell fydda cadw'r heddlu allan o hyn. Am rŵan, beth bynnag.

Agorodd ddrws y lobi oedd yn arwain i'r drws ffrynt, heb gynna'r gola. Doedd o ddim am roi'r boddhad o gael ei ragrybuddio i bwy bynnag a arhosai amdano'r tu allan – os *oedd* 'na rywun. Oedodd wrth afael yn nolen y drws, anadlu'n dyfn, ac yna'i agor.

Neb. Doedd 'na neb i'w weld yn unman. Edrychodd i fyny ac i lawr y stryd ond doedd 'na 'run symudiad, 'run smic – dim ond chydig o geir llonydd hwnt ac yma bob ochor i'r ffordd i dorri ar ei gwacter.

Wnaeth Emrys ddim aros allan yno'n hir. Doedd o ddim am ddechra chwara mig hefo'r cyfaill, pwy bynnag oedd wrthi.

Aeth yn ei ôl i'r gegin i sychu'i drowsus. Mi ddôi 'na alwad arall cyn bo hir, doedd dim byd sicrach. Roedd Dwynwen y gath yno yn y gegin yn llyfu gweddillion ei goffi oddi ar y llawr, ac yn edrach i fyny arno'n ymbilgar am soserad o lefrith. Rhwbiodd yn fwythus yn erbyn ei goes, ac Emrys yn cael traffath i sychu'r staen gan fod Dwynwen mor daer. 'Dos o'na, pws!' medda fo'n flin, gan ei gwthio'n ysgafn â chefn ei law.

Llwyddodd i agor drws yr oergell ac estyn am y botal lefrith. Roedd o'n trio'i ora i neud y 'petha bob dydd' mwya cyffredin, ac eto roedd ei ddychymyg yn gwibio i bobman – yn hannar disgwyl caniad arall ar y ffôn, a hannar disgwyl gweld pen yn codi i'w ddychryn yn y ffenast uwchben y sinc, lle roedd o rŵan yn ymbalfalu am sosar y gath yng nghanol y llestri budron fuo'n mwydo mewn dŵr oer ers iddo fynd i'w wely.

Penderfynodd olchi'r llestri i'r diawl. *Be arall sy 'na i'w neud am hannar awr wedi dau ar fora Sadwrn glawog?*

* * *

Roedd Emrys newydd ddechra ymosod ar y llestri pan glywodd gloch y drws ffrynt yn canu, sŵn a wnaeth iddo fferru. *Pwy ddiawl sy 'na'r adag yma o'r dydd?* Roedd ei feddwl fel rhyw ffilm arswyd wedi'i weindio mlaen yn rhy gyflym. Dal i sefyll yno wedi'i hoelio wrth ymyl y sinc a'i galon yn curo fatha cyw dryw mewn llaw yr oedd o pan ganodd y gloch am yr eildro. Y tro yma roedd o'n ganiad hirach na'r cynta, a galla deimlo fod y sawl oedd ar ben arall ei ddrws yn dechra colli mynadd.

Mentrodd i'r lobi unwaith eto, a sefyll â'i glust yn erbyn y drws. Yna rhoi'i law ar y ddolen unwaith eto ond heb feiddio agor. Roedd hi'n saffach peidio, felly galwodd mewn llais bach gwantan, 'Who's there?' Pam gofyn y cwestiwn yn Saesneg, Duw'n unig a ŵyr!

Pa ymatab bynnag roedd Emrys yn ei ddisgwyl, doedd o ddim byd tebyg i'r hyn gafodd o.

'Taxi?' medda llais bach main yr ochor arall i'r drws.

* * *

'*What*?' oedd yr unig ymatab y medra Emrys ei gynnig.

'You've ordered a taxi? Pritchard? Twen'y to three?'

Doedd 'na ddim bygythiad o gwbwl yn y llais, a mentrodd

Emrys agor y drws. Syllodd i wynab y dyn bach am sbelan. Stwcyn go dew oedd o, heb arlliw o ddim yn ei fynegiant i gyfleu dim byd sinistr, nac arwydd fod 'na unrhyw 'gêm' o fath yn y byd yn mynd ymlaen tu ôl i'r llygaid bach duon, a syllai'n ôl ar Emrys erbyn hyn hefo'r un dryswch ag ynta.

'Taxi?' holodd Emrys, yn edrach yr un pryd ar gar mawr gwyn hefo 'City Cabs' wedi'i sgwennu ar ei ddrws.

'Aye,' medda'r gyrrwr bach ffrwcslyd mewn acen Bangor go hegar, 'you ordered it this afternoon, the boss said. Goin' to *this* place.' Cynigiodd y gyrrwr damad o bapur melyn i Emrys ac fe gymrodd ynta'r darn papur o'i law ac edrach arno.

'The boss wrote it down for me, cuz I couldn't say it proper, no? I was hopin' you could tell me how to get there.'

Y cyfan oedd ar y darn papur oedd 'Nant Guthern, Language Centere'.

Doedd gan Emrys ddim syniad sut i ymatab erbyn hyn.

'This *is* Bryn Clan, fifty-two Snowdon Terrace, is it mate?' gofynnodd y dyn bach yn reit betrus. Er bod ei beiriant *sat nav* wedi'i arwain at yr union ddrws yma, roedd o wedi dechra ama erbyn hyn oedd o wedi ca'l y cyfeiriad iawn, ac roedd ymatab Emrys fel tasa fo'n cadarnhau hynny.

'Bryn Llan, yes . . . but . . .' oedd yr unig eiria fedra Emrys lwyddo i'w rhaffu.

'Thank God for that!' medda'r boi bach hefo cryn dipyn o ryddhad. 'I thought for a minute there I'd got the wrong 'ouse, aye? My boss would kill me if I got the wrong place at this hour of the mornin'.'

'Did they leave a contact number?'

'Who?'

'Whoever booked this taxi!' medda Emrys, fymryn yn fyr ei dymar erbyn hyn. Doedd o ddim wedi bwriadu swnio mor biwis ond roedd y sefyllfa'n cymhlethu fesul brawddeg.

'Is this a joke or somethin'?' medda'r boi.

'I'm not sure, to be honest with you.'

'Listen, if you're tellin' me that I've come all this way for nothin', aye . . .'

'Don't worry. I'll pay for the taxi anyway. I just need to know who ordered the damn thing.'

'I can ring Sophie for you, aye. She should 'ave the number.'

'Yes . . . I'd be grateful if you would ring . . . ring Sophie . . . Yes, thank you.'

'You know nothin' about this, then?'

'*No*! Well – not yet. But I bloody well intend to.'

'I'll get the number for you now.'

Dychwelodd y dyn bach i'w gar gan ddeud rwbath o dan ei wynt, ac yn difaru'i enaid cynnig gneud y shifft nos i Sophie heno o bob noson. Roedd o wedi atab galwada digon od o'r blaen ond roedd hon ymysg y goreuon.

Rhedodd Dwynwen rhwng coesa Emrys ac allan o'r tŷ. Galwodd ar ei hôl, ond roedd rwbath yn amlwg wedi denu'r hen gath i fyny'r stryd. 'Tyd, pws!' medda fo'n dawal – yn trio cofio am ei gymdogion oedd yn dal i rochian cysgu. '*Dwynwen*! Pssst! Tyd 'wan, pws bach.'

* * *

'Hi, Sophie luv – listen, 'ave you got the number for this Pritchard bloke?'

Syllodd y gyrrwr bach ar Emrys yn rhedag yn droednoeth i fyny'r stryd ar ôl ei gath, tra clywa fo Sophie'n chwilota am y rhif. Pan ddaeth hi'n ôl, gofynnodd iddo oedd 'na rwbath yn bod.

'Dunnow! He must be on drugs or somethin', aye. He's runnin' up the street after his cat now, and he's got no shoes on.'

'Zero, one, two, eight, six, eight, eight, zero . . .' Adroddodd Sophie y rhif ddwywaith drosodd, tra oedd y gyrrwr ffrwcslyd yn ei sgwennu.

Gwelodd y gyrrwr Emrys yn dod yn ei ôl am y tŷ yn mwytho'i gath.

'He's takin' the cat back to the 'ouse now, and he's closed the bloody front door.'

'Listen, Ken, I've got to go now, OK? Ring me back if you get any trouble, right?'

'Aye, OK, Sophie luv. Ta-ra . . .'

'G'night, Ken!'

'Oh! And Sophie?'

'What?'

'Remind me not to do a late shift for you on Fridays from now on, right?'

* * *

Wrth ollwng y gath i'r llawr, teimlai Emrys ei galon yn curo eto yn erbyn ei grys. Bron na alla'i chlywad hi'n drybowndian yn ei frest. Tra oedd o'n rhedag ar ôl Dwynwen, roedd o wedi derbyn negas arall. Rhuthrodd i dynnu'r ffôn o'i bocad a'i ddwylo'n gryndod i gyd. Roedd hon yn negas dipyn hirach na'r rhai cynt.

'Dos. Hwn 'di dy gyfla ola di, Emrys. Paid â mynd at yr heddlu. Dos!'

Canodd cloch y drws ffrynt unwaith eto, gan ei ddychryn drwyddo unwaith yn rhagor, ond gwaeddodd bron yn syth – 'OK, I'm coming now!' Yna rhedodd i fyny i'r llofft a tharo pâr o sgidia am ei draed, a lluchio'i frwsh dannadd a rhyw chydig ddilladach i mewn i'w fag *gym*. Gwnaeth yn siŵr fod ei ffôn ganddo, a'r *charger* ar ei chyfar.

Wydda fo ddim yn iawn pam roedd o'n gneud hyn, ond roedd o newydd neud penderfyniad cyflym yn ei ben fod yn rhaid iddo fynd. Doedd ganddo ddim dewis arall, mewn gwirionadd, ond mynd hefo'r tacsi i'r diawl.

Am ryw reswm, roedd yr ofn wedi diflannu o'i galon ers iddo ddarllan y negas ddwytha 'na.

Roedd o *angan* gneud hyn.

* * *

Edrychodd Ken yn wirion ar Emrys pan laniodd hwnnw yn sedd flaen y tacsi wrth ei ymyl ryw ddau funud yn ddiweddarach, ond y cwbwl ddudodd y dyn bach oedd, 'Right then! Let's go!' hefo ryw ryddhad yn ogystal â phendantrwydd yn ei lais.

Ac i'r sawl fydda wedi nabod Emrys dros y blynyddoedd dwytha 'ma, mi fyddan nhw wedi sylwi ar ryw olwg o ryddhad ar ei wyneb ynta. Nid hwn oedd yr Emrys roeddan nhw wedi'i nabod ers sbel go faith. Ond i Ken druan, roedd y newid mor rhyfadd ac annisgwyl â gweld dyn yn cael tröedigaeth o flaen ei lygaid.

'Don't you want to know, then?' medda fo wedyn, a'i lais fel tasa fo'n meinhau wrth y frawddeg yn ei ddryswch.

'Sorry?' medda Emrys, gan luchio'i fag i'r sedd gefn.

'The number of the guy who booked the taxi?'

'Oh yes, of course I do,' medda fo, ac fe roddodd Ken y rhif roedd o wedi'i sgriblo yn llaw Emrys.

'So we're off to this "language" place after all then, are we?'

'Yes . . .' medda Emrys, heb fawr o arddeliad yn ei lais mwya sydyn. Roedd o'n syllu'n fud ar y rhif roedd Ken wedi'i sgwennu ar y darn papur o'i flaen. Ei rif o oedd o. Rhif Bryn Llan! Roedd yn dal i syllu arno pan glywodd o'r dyn tacsi'n gofyn, 'Which way?'

'Sorry?'

'Which way do I go – up or down?'

'Oh yes, sorry . . . No, straight up the road, for about two miles. I'll tell you when you need to turn.'

'Thanks,' oedd yr ymatab, a hwnnw'n un digon surbwch. Roedd Ken wedi rhyw led obeithio ar un adag y bydda fo wedi cael sbario mynd ar gyfyl y lle 'ma o gwbwl (*a* chael ei bres yr un pryd), a rŵan roedd o isio'i wely'n fwy na dim arall yn y byd. Ond tanio'r injan oedd raid, a ffwrdd â nhw i fyny'r allt i gychwyn am Nant Gwrtheyrn.

* * *

Roedd Emrys wedi dechra anghofio'r cynnwrf a barodd iddo hwylio 'mewn i'r tacsi mor benderfynol ryw ddau funud ynghynt.

Lle aflwydd dwi'n mynd? Pam goblyn dwi'n cytuno i chwara'r gêm ddiawl 'ma? A be ar wynab daear dwi'n mynd i'w neud yn Nant Gwrtheyrn cyn toriad gwawr ar fora Sadwrn smwclyd ym mis Mai?

Roedd o fwy yn y niwl rŵan nag oedd o cynt. A tasa fo wedi gweld ei ddrws ffrynt yn agor yr eiliad honno a rhywun yn cerddad allan o'r tŷ i'r stryd, mi fasa'r niwl wedi cau'n dynnach fyth amdano.

5

Reit dawedog fuo'r gyrrwr bach drwy gydol y siwrna. Roedd meddwl Emrys hefyd yn bell, bell i ffwrdd, ac felly fuo 'na fawr o sgwrsio rhwng y ddau. Yr hyn oedd yn gwibio trwy feddwl Emrys oedd y galla hyn un ai ei arwain at Mari Lisa neu ei arwain i goblyn o drybini. *Does 'na ddim posibilrwydd arall*, meddyliodd eto – dim posib i hyn droi allan i fod yn jôc fach gan un o'r hogia, neu'n gamgymeriad ar ran rhyw lembo yn rwla. Roedd petha eisoes wedi mynd yn rhy bell i hynny.

Edrychodd ar y negas eto.

'Dos. Hwn 'di dy gyfla ola di, Emrys. Paid â mynd at yr heddlu. Dos!'

Bob tro yr edrychai ar y negas o'r newydd, roedd 'na ryw sŵn yn yr ychydig eiria oedd yn rhoi hwb rhyfadd iddo am ryw reswm.

Ond os oedd y negas yn mynd i'w arwain at Mari Lisa, pam nad deud wrtho'n blwmp ac yn blaen lle roedd hi?

Oedd 'na rywun wedi'i chipio? Yn ei chadw yn erbyn ei 'wyllys?

* * *

Doedd o ddim wedi bod yn Nant Gwrtheyrn ers tro byd. Roedd Carys wedi bod yn tiwtora yno o bryd i'w gilydd pan oedd Mari'n llai. Rhyw gyrsia penwsnos oeddan nhw fel arfar, a Carys yn gweld ei chyfla i neud ceiniog neu ddwy'n ychwanegol i dalu am wylia neu rwbath newydd i'r tŷ. Doedd y ddau ddim yn graig o arian 'radag honno, ac er bod pawb yn meddwl bod Carys yn gneud celc go lew yn y coleg, doedd o ddim yn ffortiwn o bell ffordd.

Roedd y Nant yn un antur enfawr i blentyn bach. Mi chwaraeodd Emrys a Mari ar hyd y llethra, yn y bythynnod ac ar y traeth – chwara am oria, a'r cwlwm rhyngddyn nhw'n tynhau hefo pob chwerthiniad, pob coflaid a phob cusan.

'Poeth ac Oer' oedd hoff gêm y ddau. Ar ei symla, hyd a lled y gêm oedd bod y naill yn cuddio rhyw 'drysor' yn rwla a'r llall yn trio dod o hyd iddo, ond roedd gan Mari ac Emrys bob matha o amrywiada arni erbyn y diwadd.

Chwilio am anrheg pen-blwydd oedd yr amrywiad gora. Yn gynta, roedd yn rhaid dŵad o hyd i bedwar cliw, a'r pedwar cliw yn ffurfio brawddeg oedd yn deud ym mha stafall yn y bwthyn roedd yr anrheg yn llechu. O'u rhoi at ei gilydd mi fydda'r frawddeg rwbath tebyg i 'Mae o yn y llofft, ond 'dio ddim isio molchi nac isio cysgu, ond mae o'n licio sgwennu.' Yna bydda Mari'n rhedag i'r llofft ac yn mynd ar ei phen i'r stydi i chwilio am ei hanrheg. Adrodd 'poeth ac oer' wedyn i drio cyrraedd yr anrheg, a sgrech fawr pan ddôi'r fechan o hyd iddo. Coflaid a chusan, a theimlo nad oedd o byth isio i'r goflaid honno orffan. Teimlo gwres ei chariad bach hi mor onast â'r dydd ac mor ddiamod. 'Dwi'n caru chdi, Dad,' fydda hi'n ei ddeud, hefo'r ffasiwn arddeliad. Mi rodda'r byd yn grwn ar adega felly am gael rhewi amsar.

Roedd o'n trio dychmygu'n amal sut bydda Mari Lisa'n edrach erbyn hyn. Tebyg i'w mam oedd hi o ran pryd a gwedd. Gwallt du fel y frân, a hwnnw'n hollol syth – dim pwt o gyrlan yn agos iddo. Roedd Carys wastad wedi'i gadw'n hir iddi pan oedd Mari'n blentyn. Yna'r ddau lygad mawr glas a'r croen gwelw, a dwy wefus lawn.

Mi dorrodd ei gwallt pan aeth i'r ysgol uwchradd, gan beri loes calon i Emrys. Diflannodd y ferch fach ynddi dros nos o flaen ei lygaid. Dechreuodd ddefnyddio colur a'i gwnaeth hi'n ddiarth iddo am sbel, nes iddo ddechra cynefino â'i diwyg newydd. Fel roedd hi'n mynd yn hŷn dechreuodd newid lliw'r gwallt ac arbrofi hefo'i dorri'n bob siâp. Aeth y cofleidio'n brinnach, a chusan gyflym ar foch oedd y gora alla Emrys ei ddisgwyl yn y diwadd.

Cerddoriaeth, chwaraeon a'r theatr gadwodd eu cyfeillgarwch i fynd yr adag honno. A chwerthin. Roeddan nhw'n rhannu 'run chwaeth mewn bandia cyfoes, a'r ddau'n cefnogi Lerpwl. Gneud croeseiria a chwara cardia byddan nhw i basio'r amsar ar y tren i Anfield, a gwrando ar y Manics a'r Stereophonics am yn ail.

Roedd Mari Lisa wedi dewis Drama fel un o'i phyncia TGAU, ac Emrys ar ben ei ddigon yn trafod y llyfra gosod hefo hi. Mari'n methu dallt pam roedd pawb yn gweld Blodeuwedd yn ddynas ddrwg. Onid dilyn ei hanian roedd hi, ac onid Gwydion oedd wedi *rhoi*'r anian hwnnw ynddi wrth ei chreu? Torrodd Mari'i gwallt yn fyrrach fyth yn y cyfnod hwnnw. Roedd hi a'i ffrind wedi dewis yr olygfa rhwng Blodeuwedd a Rhagnell ar gyfar eu harholiad ymarferol, ac wrth reswm roedd yn rhaid i Rhagnell gael gwallt hir gan fod Blodeuwedd yn ei chrogi â'i phleth. Roedd gan ffrind Mari wallt melyn, hir, ac i wneud yn siŵr na fydda hi'n addas ar gyfar rhan y forwyn, aeth y Fari Lisa benderfynol yn syth i'r lle gwallt a'i dorri bron at yr asgwrn a'i lifo'n goch a gwyrdd. 'Ysbryd y fforest' fedyddiodd hi'r steil, a doedd gan yr athrawes Ddrama wedyn ddim dewis *ond* ei chastio fel Blodeuwedd!

Ond, beth bynnag am ei phryd a'i gwedd, merch ei thad oedd Mari Lisa trwy'r cwbwl. Er yr arbrofi allanol a'r newid mewnol naturiol oedd yn digwydd iddi, roedd y llinyn cyswllt yn dal yn ei le. Roedd yr un chwerthin afreolus i'w glywad yn y tŷ yn gyson. Chwerthin weithia nes bydda'r ddau'n sâl, a'u bolia'n gwegian o ddiffyg anadl.

Yna, mi ddigwyddodd 'na rwbath a ddiffoddodd fflam eu cyfeillgarwch, a hyd y dydd heddiw roedd Emrys yn poeni'i enaid mai dyna oedd achos diflaniad ei ferch. Yn ogystal â'r hiraeth ofnadwy a'i llethai, roedd o hefyd yn cael ei bigo gan donna o euogrwydd mwya diawledig. Yr euogrwydd yma oedd yn ei lethu bob nos, nes iddo ddeffro sawl tro yn chwys laddar o'i hunllefa dirdynnol.

* * *

Rhyw naw mis cyn iddi fynd y digwyddodd y ffrae, a fuo petha byth yr un fath rhwng y ddau wedyn.

Hogia'r Goat oedd wedi trefnu i fynd draw i Werddon ar drip rygbi, a'u teuluoedd yn gweld cyfla i gael trip yn eu sgil. Y merchaid a'r plant am fynd i siopa i Grafton Street ac ymuno hefo'r hogia yn y gwesty ar ôl y gêm – os nad oeddan nhw isio gweld y Cymry'n cael eu colbio eto gan y Gwyddelod.

Carys oedd wedi dechra'r swnian ymysg ei ffrindia ym mar y Goat ryw gyda'r nos. Pam dylia'r gwŷr gael mynd am sbri benwsnos ddwywaith 'dair y flwyddyn, a nhwtha'r gwragadd adra'n cicio'u sodla?

Doedd gan y dynion ddim dadl gre, wrth gwrs, er bod Moi Bach yn gandryll am y peth. 'Be 'di'r point ichi ddŵad efo ni os na sgynnoch chi ddiddordab yn y bali gêm?'

'Ma 'na fwy i Ddulyn na Lansdowne Road, 'sdi Moi,' oedd ateb cyflym Carys.

'Be 'lly?' cynigiodd Moi Bach iddi ar blât.

'Theatra, amgueddfeydd, arddangosfeydd, Grafton Street, Temple Bar, pobol ddifyr, llefydd byta da, siopa llyfra gwell . . .'

Doedd gin Moi Bach ddim atab parod iddi. Doedd ganddo fo byth os bydda Carys yn dewis rhoi'i phig i mewn. Welodd Carys rioed unrhyw rinwedd yn Moi Bach, ac roedd hitha'n ddraenan yn ei ystlys ynta ar adega fel hyn.

'Ia, wel . . . mi fedrwch chi ga'l hynny *ryw* dro 'dach chi isio, medrwch?'

'*Yn* y gêm 'ta *ar ôl* y gêm ti ddim isio i Carolyn fod yna, Moi?'

'Be ti'n feddwl?' medda fo, yn dal i ymbalfalu am atab fydda'n cau ceg ei ddraenan.

Prin iawn y bydda Carolyn, gwraig Moi, yn dŵad allan i'r Goat, felly doedd hi byth yno i amddiffyn ei chongol. 'Adra'n magu mae'i lle hi,' yn ôl Moi, ac roedd hynny wastad wedi corddi Carys.

'A beth bynnag,' medda hi wedyn, fel ci'n mynnu dal gafael ar ei asgwrn, 'ma *gin* i ddiddordab yn y gêm. Dwi'm yn ei weld o'n deg bod Emrys yn ca'l gwatshiad y gêm yn fyw yn un o fy hoff ddinasoedd i, a finna adra'n 'i gwylio hi ar y bocs.'

''Dio'm yn lle i blant, siŵr dduw.'

'Be ti'n feddwl, Moi?'

'Tripia rygbi, 'de. Does wbod be ddigwyddith.'

'Ddim isio i ni weld be sy'n mynd ymlaen ydach chi felly?'

Roedd yn gas gan Moi deimlo'i dafod yn troi'n gwlwm yn ei wddw, ond dyna fydda'n digwydd bron bob tro y dewisai Carys roi'i phig i mewn fel hyn i'w herio.

'Blydi merchaid!' neu ryw gyffelyb ebwch fydda'n dŵad â'r sgwrs i ben fel arfar, cyn i Moi fynd i'r bar i nôl peint iddo fo'i hun. 'Dwi'n mynd am bishiad!' fydda'r ciw iddo godi a mynd at y bar, a wedyn dŵad yn ei ôl hefo diod iddo fo'i hun a heb gynnig dim i neb arall, ar ôl loetran yn y bar am sbel fel na fasa 'na neb yn sylwi ei fod wedi colli'i dro yn y rownd.

Emrys ei hun roddodd hwyth pellach i'r cwch trwy ddeud ei fod o'n cytuno hefo Carys. Be goblyn oedd o'i le ar ei neud o'n drip teuluol? 'Rhydd i bawb neud fel fynno fo ar ôl cyrradd, dydi?' Ar wahân i ryw un neu ddau oedd yn deud bod Emrys yn amlwg dan y fawd, rhyw led gytuno ag o wna'th gweddill y criw. Nesta, gwraig Hywyn, yn deud falla fod ei phlant hi'n rhy fân i ddŵad, ond roedd hi'n siŵr y bydda Nain yn gwarchod iddi hi ei hun gael trip.

Ac felly, o dipyn i beth, mi droth penwsnos g'lyb yr hogia'n benwsnos teuluol i'r rhan fwya o'r criw.

Ond yn sgil yr hyn ddigwyddodd, hwn fydda'r cynta a'r ola.

* * *

Mi aeth y croesiad i Werddon yn ddigon hwylus. Er bod 'na yfad ar y cwch fel tasa 'na ddim fory, roedd pawb mewn hwylia go lew ac yn darogan bod gan Gymru siawns go dda i ennill leni. Yr un hen gân! Moi ar ben cadar yn gneud ei 'Agi, Agi' arferol, a dangos ei dacla i'r byd a'r betws ar y diwadd fel tasa fo'n trio herio Carys trwy siglo rhych ei din bach claerwyn o dan ei thrwyn.

'Ddudish i wrthach chdi nad oedd o'm yn lle i ddŵad â plant, yn do Carys?'

''Di petha pitw fel'na'n poeni dim arna i, siŵr iawn. Dwi'n dallt rŵan pam ma nhw'n d'alw di'n "Moi *Bach*"!'

Chwara cardia roedd Mari Lisa a'i thad, hefo Medwyn (brawd fenga Hywyn) a Nesta. 'Nine card brag' oedd y gêm, a'r pedwar wedi ymgolli'n llwyr ynddi, fel na sylwon nhw ar y perfformiad bach tila yn y bar. Roedd Mari ac Emrys yn giamstars ar chwara brag, ac ymhell ar y blaen erbyn i'r siwrna dynnu at ei therfyn.

''Dach chi 'di chwara'r gêm yma o'r blaen, 'do?' holodd Medwyn, pan sylwodd ei fod o a'i chwaer-yng-nghyfraith ymhell ar ei hôl hi.

'Tro cynta i Mari chwara brag.' Winciodd Emrys ar ei ferch.

'Ia wir?' ebychodd Nesta, heb sylwi fod ganddi breil dwbwl go uchal yn ei llaw ei hun

'"Beginner's luck" 'dio felly 'ta, ia?' holodd Medwyn, gan roi gwên fach annwyl ar Mari.

'Ella,' medda hitha, dan wenu 'nôl a rhoi tair llaw ddiguro ar y bwrdd.

Gwenodd Emrys a chasglu llond llaw o newid mân i'w ferch, gan ddeud, ''Na chdi, yli del. Gei di brynu'r rownd nesa i bawb, ocê?'

Mi basiodd yr amsar fel y gwynt weddill y daith, ac erbyn iddyn nhw gyrraedd y gwesty a chael rwbath bach i'w fyta roedd hi'n amsar ei gneud hi am Lansdowne Road. Roedd pawb yn ei goch, gwyn a gwyrdd, a Mari Lisa wedi paentio draig goch ar wyneba'r rhai fenga – a Moi i'w canlyn! Roedd modd cerddad i'r stadiwm o'r gwesty, ac mi aethon nhw i gyd yn un llinyn hir i lawr y ffordd, yn griw hwyliog.

Dyna pryd y sylwodd Emrys gynta fod 'na rwbath yn mynd ymlaen rhwng Mari Lisa a Medwyn. Roedd Medwyn wedi rhoi'i fraich am wasg Mari, a hitha'n amlwg yn mwynhau'r sylw. Mae'n wir bod 'na dipyn o'r criw yn mynd fraich ym mraich erbyn hynny, ond sylwodd Emrys fod 'na rwbath mwy na'r miri arferol yn y goflaid. Teimlodd ei ymysgaroedd yn rhoi tro a'i gyhyra'n tynhau. Tybiodd fod Carys wedi sylwi hefyd, ond roedd hi'n amlwg yn gallu rheoli'i theimlada'n well nag roedd o. Yn bendant roedd Moi Bach wedi sylwi, ac yn mwynhau pob eiliad. Cilwenodd ar Emrys, gystal ag awgrymu ei fod wedi'u rhybuddio, ac mai fo oedd yn iawn.

Roedd y gêm ei hun yn un go flêr ar y cyfan. Dim digon o symud y bêl, a mwy o gicio nag o basio o law i law oedd y gŵyn. Llawar yn hiraethu am yr hen ddyddia pan oedd Cymru'n llawn syniada, a chyfrwystra'u chwarae'n sicrhau buddugoliaeth yn amlach na pheidio. Y styfnigrwydd Gwyddelig wedi golygu eu bod nhw wedi llwyddo i gadw'u trwyna ar y blaen, a'r cochion yn gadael y maes a'u cynffonna rhwng eu geifl unwaith eto.

''Sdim rhyfadd eu bod nhw 'di mynnu'u hannibyniaeth,' medda Hywyn ar ei ffordd allan o'r stadiwm, 'mi ddalian i gwffio tan y chwiban ola, myn uffar i.'

'Chdi ddudodd bod gynnon ni jans go lew 'fyd, 'de Hywyn?' medda Moi Bach, yn bwdfa o Gymro meddw. '"Tîm bach go dda gynnon ni leni" oedd dy fyrdwn di gynna, os cofia i.'

'Tîm da ar *bapur*, doeddan?' dadleuodd Hywyn yn ddigon gwantan.

'Ar bapur ffwcin lafytri ella,' oedd ymdrech Moi i gau pen y mwdwl. Lluchiodd ei raglen dan draed y dorf oedd eisoes yn bloeddio canu 'Danny Boy' nes llenwi pob cwr o'r stadiwm. Roedd 'na ddyrnad o Gymry go feddw'n trio taro 'Yma o Hyd', ond ofer fu'u hymdrechion. Doedd neb o'u cyd-Gymry i weld mewn hwyl i ymuno yn y gystadleuaeth ryng-Geltaidd, a buan iawn y boddwyd y lleisia amhersain wrth i'r Gwyddelod chwyddo'r canu i'w anterth:

> 'Tis I'll be here in sunshine or in shadow,
> Oh Danny boy, oh Danny boy, I love you so.

* * *

Rhyfadd, meddyliodd Emrys, *mi fedrwch chi rannu car hefo rhywun ar siwrna fel hyn, a munuda mawr eich bywyd yn gwibio drwy ril y cof, a'r person drws nesa i chi'n gwbod dim am yr hyn sy'n mynd ymlaen.*

Roedd yr hannar awr dwytha wedi diflannu heb iddo sylwi. Doedd o'n cofio dim am fynd trwy Bontllyfni, Aberdesach na Chlynnog. Roedd ail-fyw'r noson ddu honno yn Nulyn wedi meddiannu'i holl fodolaeth unwaith eto. Ail-greu darlunia ac ailglywad lleisia wedi gneud iddo lwyr anghofio'i fod o mewn tacsi hefo 'dyn bach o Fangor'! Mae'n ddigon posib bod hwnnw hefyd yn ail-fyw rhyw ddrama o'i fywyd ei hun ar yr un eiliad yn union. Dwy blaned gyfan gwbwl ar wahân mewn gofod mor fach.

Crychodd Emrys ei aelia pan welodd 'Llanaelhaearn' ar arwydd.

'Sorry!' medda fo'n sydyn, pan wawriodd arno lle roedd o, a ble roedd o'n mynd. 'We've missed the turning . . . so sorry.'

Heb ddeud 'run gair mi drodd y gyrrwr y car yn ôl yng nghanol y pentra, nes bod boch ac ysgwydd Emrys yn swat yn erbyn ffenast y car. Er na ddudodd y llall ddim byd, roedd Emrys yn gallu clywad y rhegfeydd oedd yn ysu i ddŵad allan.

'Turn left just here, sorry,' medda fo, 'and straight up the hill.'

'The boss said it was *down* a hill,' oedd ymatab swta Ken.

'Yes it is . . . well . . . up and *then* down. Nearly there now,' triodd gysuro'r boliog.

'Good.'

Tawelwch eto, ac Emrys yn dychwelyd at ei atgofion, a'r düwch yn dychwelyd i'w enaid a'r boen i'w lygaid wrth iddo gofio'r hyn y bu'n edifar ganddo'i neud, ac y bydda'n difaru amdano weddill ei oes.

* * *

Ddaeth Medwyn a Mari Lisa ddim yn ôl i'r gwesty y gyda'r nos honno, a chynddaredd Emrys yn cronni wrth y funud. Carys yn trio rhesymu hefo fo, a thrio'i ddarbwyllo ei fod o'n gorymatab ac yn mynd o flaen gofid. Doedd deud peth felly'n gneud dim i liniaru gwylltinab Emrys, ac erbyn hynny roedd rhai o'r hogia'n dechra mwynhau'r sefyllfa.

'Yli'r basdyn Moi Bach 'na'n gwenu fatha giât,' poerodd Emrys rhwng ei ddannadd.

'Mwynhau dy weld ti'n mynd i stêm mae o, Emrys,' medda Carys yn ddistaw am y canfad gwaith. 'Mwynhau'n gweld ni'n dau'n dadla, a chditha'n afresymol.'

'Felly doeddat *ti*'m yn meddwl bod 'na ddim byd yn mynd ymlaen rhwng y ddau pnawn 'ma, oeddat ti, Carys?'

''Mond mwynhau'r gêm oeddan nhw, fel pawb arall.'

'Ffwcin 'el, oeddan nhw mwy ne' lai yn gega'i gilydd!'

'Nag oeddan, Emrys. Dim mwy na pawb arall. Oedd *pawb* wrthi'n hygio'i gilydd fel ffyliad bob tro oedd Cymru'n sgorio.'

'*Fo* oedd yn bwriadu sgorio, Carys! Hefo dy ferch di a fi! A fynta flynyddoedd yn hŷn na hi – yn *ddyn*, Carys!'

Roedd yr holl sefyllfa wedi lladd pob awydd yn Emrys i'w fwynhau'i hun, ond roedd y cwrw'n dal i fynd i lawr yr un mor gyflym, a'r wisgis oedd yn dilyn y peintia'n mynd i lawr ar yr un cyflymdra hefyd. Mi awgrymodd Carys falla y dylia fo arafu ond wnaeth hynny ddim ond codi'i wrychyn o'n fwy fyth. Pan gododd i fynd i'r lle chwech roedd o'n sigledig iawn ar ei draed, ac erbyn iddo gyrraedd derbynfa'r gwesty mi wydda'n iawn na fedra fo mo'i gneud hi i'r tŷ bach cyn chwdu'i berfadd allan. Felly mi anelodd am y drws ffrynt a bu ond y dim iddo daflu i fyny dros sgidia'r *concierge*.

'Everything alright, sir?' holodd hwnnw, wrth i Emrys ymbalfalu am ddolen y drws.

'Yesh, thanks,' medda Emrys, gan drio tynnu'r drws tuag ato. Doedd o ddim digon o gwmpas ei betha i sylweddoli mai *gwthio*'r drws oedd ei angan. A hyd yn oed tasa fo wedi dallt, ac wedi llwyddo i agor y drws, yn swyddfa'r rheolwr y basa fo wedi glanio p'run bynnag.

'Fuck!' medda Emrys, pan sylweddolodd o lle roedd o. 'I'm going the wrong way.'

'And what, if I may kindly enquire, would the young gentleman be looking for?'

'Anywhere – out – *rwla* . . .'

Daeth Carys o'r bar, yn poeni amdano.

'Emrys!'

'Fuck off!'

'Emrys, lle ti'n *mynd*?'

'Par cark.'

'Be?'

'I think, sir, that this might be the door you're looking for.'

Cael a chael oedd hi i Emrys gyrraedd y maes parcio a chwdu gwerth arian mawr i'r ffowntan oedd gyferbyn â'r dderbynfa. Lluchiodd beth o'r dŵr yn ôl dros ei wynab i drio dŵad ato'i hun.

'Emrys! Os oes raid iti luchio dŵr dros dy ddillad, tria ddewis dŵr *heb* chŵd ynddo fo, 'nei di!'

'Fuck off, Carys.'

'A stopia ddeud "fuck off" bob munud – ti'n gwbod na ti'm yn 'i feddwl o.'

'Ydw, Carys. FUCK OFF!'

* * *

Yna, mi gwelodd o nhw. Er bod y darlun yn un go niwlog i ddechra, unwaith y cliriodd petha doedd ganddo ddim amheuaeth beth roedd o'n ei weld: Mari Lisa a Medwyn yn dychwelyd i'r gwesty law yn llaw. Roedd y ddau'n chwerthin wrth ganu rhyw gân Wyddelig am fynyddoedd Tralee, a'r ddau wedi ymgolli cymaint yn eu byd bach eu hunain fel na sylwon nhw ar y fam a'r tad yn edrach arnyn nhw'n gegrwth wrth y ffowntan. Mi oedon am sbel wrth ymyl y giât, a Medwyn yn sbio i fyw llygaid gleision Mari Lisa.

Mi wydda Carys yn union be fydda'n digwydd nesa, ond ar ôl yr holl ganu yn y bar doedd ganddi ddim math o lais i'w rhybuddio. Mi wydda fod Emrys yn gwbod hynny hefyd, ac nad oedd gan hwnnw unrhyw fwriad i'w rhwystro nhw rhag cusanu'n wyllt a nwydus yn erbyn y wal roedd Mari Lisa wedi pwyso arni.

'Be sgin ti i' ddeud rŵan 'ta? 'Di hynna'm digon o brawf i chdi?'

'O, dwi'n mynd 'mewn,' oedd unig ymatab Carys.

'Be ti'n feddwl ti'n mynd i mewn?'

'Dwi'm isio bod yn . . .'

Cyn i Carys gael cyfla i ddeud rhagor, roedd Emrys yn cerddad yn wyllt i gyfeiriad y cariadon llesmeiriol.

'*Medwyn*!'

'Emrys, plis!' Ceisiodd Carys alw arno.

Dychrynodd Mari am ei bywyd. Trodd Medwyn pan glywodd lais Emrys yn galw, ac mi wydda fod 'na ddyn meddw wedi'i feddiannu'n llwyr gan ddialedd yn ei gneud hi'n syth amdano.

'Cadwa dy facha budron 'ddar 'yn merch i – ti 'nghlwad i?'

'Dad!' ymbiliodd Mari, ond i ddim diben.

'A hegla ditha hi am dy stafall. Casgla dy betha reit blydi ffast, 'fyd. Ti'n dŵad adra hefo fi ar y cwch nesa.'

'O Emrys, *plis*!' bytheiriodd Carys, ond erbyn hyn doedd ei gŵr yn clywad dim ond lleisia afresymol ei lid o'r tu mewn iddo. Roedd Medwyn wedi llwyddo i reoli rhywfaint ar ei gynnwrf ond roedd yn anadlu'n ddwfn ac yn gyflym.

'Be sy'n bod arnach chdi, Emrys?' Roedd o'n trio'i ora i swnio'n rhesymol, ond mi wydda nad oedd Emrys yn gwrando dim arno. Bwlad oedd o, yn symud yn syth i gyfeiriad ei ysglyfaeth a doedd neb na dim yn mynd i'w rwystro. Gafaelodd Emrys yn sgrepan Medwyn a'i wthio yn erbyn y wal a bytheirio i'w wynab.

'Y ffwcin mochyn! Y ffwcin, ffwcin mochyn!'

'Emrys, *paid*!' ymbiliodd Carys, ac erbyn hyn roedd rhai o'r criw wedi clywad sŵn y gyflafan ac wedi dŵad i geg y drws i weld be oedd yn digwydd. Roedd Mari Lisa'n trio tynnu'i thad yn ôl gerfydd ei fraich ond rhoddodd Emrys hergwd iddi o'r ffordd nes bod ei ferch ar wastad ei chefn a'i mam yn trio'i chysuro. Roedd y ddau ddyn yn ymladd yn ffyrnig a'u crysa'n diferu o waed pan laniodd yr heddlu.

Ceisiodd Hywyn gael rhai o'r criw i dynnu'r ddau o yddfa'i gilydd, ond roedd Emrys yn cicio a chwifio'i ddyrna bob tro y dôi neb yn agos iddo. Yr heddlu lwyddodd i'w gwahanu yn y diwadd, ac yn raddol mi wasgarodd y dorf wrth i Emrys gael ei lusgo i mewn i fan yr heddlu. Feiriolodd o ddim yn fan'no chwaith, a chafodd ei rybuddio mai mynd i lawr i'r celloedd oedd yr unig opsiwn iddo os nad oedd o'n dŵad at ei goed.

'I don't intend to stop 'till I kill the bastard!' oedd ei unig ymatab, ac felly doedd gan yr heddlu ddim dewis ond cadw at eu bygythiad.

* * *

Ar ôl y noson honno, doedd gan Emrys ddim math o go' am ddim byd a ddigwyddodd yn y celloedd, a'r co' am y siwrna adra hefyd mor ddu iddo â'r Guinness y bu'n ei chwdu am ddwrnodia wedi'r gyflafan. Fedra fo ddim cofio chwaith pryd y dechreuodd o a Carys siarad â'i gilydd ar ôl y trip. Er bod petha wedi dŵad yn ôl i ryw lun o normalrwydd rhyngddyn nhw'u dau o fewn ychydig wsnosa, mi wydda'n iawn na faddeuodd ei ferch byth iddo. Ymdrech fawr oedd y cyfan iddi wedyn. Roedd Emrys wedi methu trafod y peth hefo hi, ac er i Carys drio clirio'r awyr rywfaint rhwng y ddau, fuo dim byd 'run fath rhwng Emrys a Mari ar ôl hynny.

Roedd Hywyn wedi trafod y peth hefo fo. Er ei fod o'n

frawd i Medwyn, roedd ganddo ferch ei hun ac felly roedd ganddo rywfaint o gydymdeimlad hefo Emrys, a sylweddolai Hywyn hefyd fod y cwrw a'r wisgi wedi gneud eu siâr i chwyddo'r sefyllfa allan o bob rheolaeth.

'Fydd yr holl siarad 'ma wedi hen fygu 'mhen rhyw wsnos 'ddwy, gei di weld.'

Doedd hynny'n ddim math o gysur i Emrys, wrth gwrs. Nid y siarad a'r cilwenu oedd yn ei boeni, ond y ffaith fod fflam ei berthynas o a'i ferch wedi'i diffodd dros nos.

Deud dim ddaru Moi Bach – am newid. Falla bod rhywun wedi'i rybuddio mai cau'i geg fydda ora. Neu falla'i fod o wedi cael sioc o weld Emrys yn hannar lladd rhywun fengach a nobliach na fo'i hun. Yn sicir roedd o'n un o'r criw oedd ar ben y drws yn gwylio'r ymladdfa, ac wedi gweld be oedd Emrys yn gallu'i neud yn ei gynddaredd.

Wedi mynd ar y trip yn sgil ei frawd yr oedd Medwyn – doedd o ddim yn un o griw arferol y Goat. Cynghorydd ariannol yn y dre oedd o, felly dim ond yn anamal iawn y dôi o i'r Goat fel amball straglar arall i ganlyn y lleill, a chyn bod sôn am yr helynt fydda gan Emrys fawr i'w ddeud wrtho. Ac os *buo* Medwyn mewn gêm rygbi hefo'r criw ar ôl y ffrae, fydda hynny ddim wedi effeithio dim ar Emrys – fuo *fo* ddim ar gyfyl unrhyw gêm ers y llanast, a doedd ganddo ddim math o fwriad i fynd eto chwaith, tasa hi'n dŵad i hynny.

* * *

Ond rŵan, wrth i'r tacsi droi am y Nant yn Llithfaen, teimlai Emrys fel tasa fo'n chwara gêm fwya'i fywyd.

Negas arall yn ymddangos ar y ffôn. Be goblyn . . .?

Y cyfan oedd ar y sgrin oedd 'Cymer'.

Cymer be?

Be ddiawl oedd hynna i fod i feddwl?

Ia, o'r un rhif y danfonwyd hon eto – ond be oedd diben *un* gair fel hyn? Cymer be? Cymer dacsi? Ond roedd o eisoes wedi gneud hynny! Falla mai ardal y Cymer oedd 'ma? Neu hyd yn oed 'cymêr'? Oedd y negesydd yn trio deud wrtho'i fod o'n ddigon o gymeriad i gymryd jôc?

Daeth at ei synhwyra pan fu bron i'r gyrrwr fethu'r drofa hegar sydd ar y ffordd gul i lawr i Nant Gwrtheyrn. 'What the . . .?!' ebychodd Ken wrth stopio'n stond uwchben dibyn serth.

'Oh, *sorry*,' medda Emrys, 'I should have warned you about that one.' Roedd o wedi colli cownt sawl gwaith roedd o wedi ymddiheuro i'r gyrrwr bach mewn un bora.

Biti na fasa fo wedi medru ymddiheuro yr un mor rhwydd i Mari Lisa, meddyliodd. A doedd 'sorri' ddim wedi golygu dim i Carys chwaith y diwrnod y cerddodd hi allan o'r tŷ am y tro ola.

* * *

'What *is* this place?' gofynnodd Ken yn anghrediniol.

'It's a language centre,' eglurodd Emrys.

'I know that – my boss told me that much. But why did they build it in the middle of nowhere? If they want people to learn the bloody language, why don't they have it in the middle of a main street or somethin'?'

'I've no idea,' oedd unig ymateb Emrys.

Wedi ail-fyw hunllef fawr ei fywyd, doedd ganddo mo'r nerth i drafod lleoliad Nant Gwrtheyrn hefo neb.

Ddim bora 'ma.

Ddim rŵan.

Daeth y tacsi i stop pan na fedra Ken fynd dim pellach.

'Well! That's it, mate. Can't take you much further than that!'

'How much?' gofynnodd Emrys, gan ymbalfalu yn ei bocad am newid mân.

'Thir'y five quid,' medda'r gyrrwr, ac aeth Emrys i'w fag i chwilio am ei walad. Doedd o rioed yn ei fywyd wedi talu'r ffasiwn swm am dacsi i neb. Ond os oedd diwadd y siwrna hon yn mynd i'w arwain at ysbail bwysica'i fywyd, yna roedd o'n bris bach iawn i'w dalu.

Wedi setlo'i ddylad a ffarwelio â'i gydymaith, agorodd y drws a chamu allan. Fel y rhuai olwynion y tacsi 'nôl i fyny'r rhiw serth, roedd y cwm yn sydyn mewn twllwch dudew. Ar wahân i lampa'r car, doedd dim gola bach na mawr i'w weld yn unman – dim ond un gewin o ola i'w weld yn bell ar y môr. Ar wahân i hynny – neb, na dim.

Dechreuodd deimlo'n annifyr o ansicir unwaith eto, a heb y syniad lleia be i'w neud nesa. Cerddodd yn ôl ar hyd y llwybr yn ara. Gwelodd y tacsi'n arafu wrth fynd rownd y gongol gas ar ei ffordd yn ôl i fyny, a chafodd un cip ar belydra lampa'r car fel rhyw oleudy'n chwilio'r cwm am y tro ola, cyn i'r car a'i yrrwr ddiflannu o'i olwg.

6

Safodd yno yn y twllwch yn gwrando ar sŵn y tacsi'n diflannu yn y pellter. Am y tro cynta ers iddo godi dechreuodd deimlo'n oer. Doedd Emrys ddim yn berson rhynllyd o gwbwl fel arfar, ond roedd 'na hen wynt digon main yn troelli o gwmpas y bowlan ryfadd yma o gwm ac yn cyrraedd mêr ei esgyrn. Roedd 'na ryw fymryn o leuad yn chwara mig hefo'r cymyla, ac unwaith y dechreuodd ei lygaid gynefino hefo'r twllwch, mi alla fo weithia weld y rhesiad tai enwog yn ei wynebu. Ond doedd 'na ddim arlliw o ola yn yr un o'r ffenestri.

Tybad oedd Meistr y gêm fach 'ma'n ei wylio ar hyn o bryd – yn sbecian tu ôl i lenni un o'r tai? Aeth rhyw ias i lawr ei feingefn wrth iddo feddwl am y peth. Rhaid bod hwnnw'n gwbod ei fod o wedi cyrraedd erbyn hyn, ac o bosib yn ei wylio'r funud yma. Oedd ganddo ryw ddyfais dechnegol i'w ddilyn? Roedd Emrys wedi ufuddhau i reola'i gêm hyd yma, ac wedi gneud pob symudiad y gorchymynnwyd iddo'i neud. Be nesa, tybad?

Yna cofiodd am yr hyn a aeth drwy'i feddwl yn gynharach yn y noson, y galla fo'n hawdd alw rhif y sawl oedd yn gadael y negeseuon iddo, dim ond wrth bwyso un botwm ar y ffôn. Cyflymodd ei galon wrth feddwl am y peth. Oedd o'n debygol o gael atab?

Doedd ganddo ddim i'w golli. Cydiodd yn y ffôn i atab y negas.

Edrychodd arni eto.

'Dos allan i ben y drws – rŵan.'

Symudiad cynta'r gêm, meddyliodd, a fynta'r *pawn* wedi ufuddhau i ddymuniad ei feistr – yn wir, wedi gneud sawl symudiad iddo erbyn hyn. Be fydda'r symudiad nesa?

Yn gymysgedd o ofn a chwilfrydedd, pwysodd y botwm i alw'r negesydd. Mi fydda gneud hyn yn sicir o newid gêr y gêm i'r ddau ohonyn nhw, gydag Emrys yn cymryd yr awena am ennyd. Tybad be fydda'r ymatab o'r pen arall?

Damia! damia! damia! – dim signal! melltithiodd dan ei wynt. Ai dyna pam nad oedd o wedi cael negas ers sbel gan y Meistr? Tybed oedd o'n trio cysylltu hefo Emrys yr eiliad yma i roi'r cyfarwyddiada nesa iddo, ac yn methu? O fynd i'r ffasiwn draffath i ddyfeisio gêm mor astrus, siawns na fasa fo'n gwbod yn iawn nad oedd signal ar gael mewn cwm mor gaeedig â hwn? Doedd bosib y bydda rhywun oedd wedi mynd i'r fath fanylder yn gneud y camgymeriad elfennol yna.

Penderfynodd gerddad rhyw fymryn ar hyd y ffordd rhag ofn y ceid rhywfaint o signal wrth fynd chydig yn uwch. Pa ddewis arall oedd ganddo? Fedra fo ddim sefyll yn ei unfan yn aros i'r wawr dorri. Mi basiodd ddigon o geir wedi'u parcio ar ochor y ffordd i awgrymu iddo fod 'na ryw lun o gwrs ar ei ganol yn y Nant. Mae'n siŵr hefyd fod rhywrai'n aros yn y rhan fwya o'r bythynnod dros y penwsnos. Be feddylien nhw tasan nhw'n gweld rhywun yn sefyll yno fel sowldiwr fel roeddan nhw'n codi? Dyn yn ei oed a'i amsar yn stelcian hyd y lle, yn amlwg ddim yn siŵr ohono'i hun. *Ar ôl chydig oria mae pawb yn gwbod pwy 'di pwy yn y Nant. Mae pob dieithryn yn sefyll allan fel blaidd mewn rasys cŵn defaid.*

Cyflymodd ei galon unwaith eto wrth weld gola'n cynna yn ffenast llofft un o'r bythynnod agosa ato. Ai hwn fydda symudiad nesa'r gêm? Safodd mor llonydd ag y galla fo. Os nad oedd y boragodwr hwn yn rhan o'r holl fusnas, yna fasa'm gwell iddo fo, Emrys, guddio?

Roedd ei lygaid wedi hen gynefino â'r twllwch erbyn hyn, ac o'r llewyrch gola ddaeth o'r ffenast, sylwodd mai 'Trem y Môr' oedd enw'r bwthyn.

Cyn iddo gael cyfla i symud modfadd, gwthiwyd drws y

bwthyn ar agor a daeth rhywun allan o'r tŷ yn cario fflachlamp. O'r hyn alla Emrys ei weld, dyn yn gwisgo cap a phig oedd o, ac yn bustachu i roi'i gôt amdano gan gau drws y bwthyn yr un pryd. Bytheiriai rwbath go hegar dan ei wynt wrth gerddad ar hyd y llwybr, gan anelu'r fflachlamp tuag at Emrys fel na alla hwnnw weld wynab y dieithryn yn iawn.

'O – fama 'dach chi,' oedd y cyfarchiad swta.

'Sorri?' medda Emrys, am yr hyn oedd yn teimlo fel y milfad tro o fewn un bora.

'O'n i 'di ca'l ar ddallt y byddach chi i gyd yma ymhell cyn hyn.'

Cafodd Emrys ei lorio gan y fath gyfarchiad agoriadol. *Yn union fel Ken, y gyrrwr tacsi,* meddyliodd, *mae gan hwn sgript ddigon cynnil a fedra i'm meddwl sut i ymatab*.

O'r hyn alla fo weld, dyn yn ei chwedega oedd o, ond bod ei wallt yn dal yn ddu fel y frân ac aelia duon trwchus yn hannar cuddio pâr o lygaid eryr a syllai'n ddifynegiant ar Emrys. 'Dalia honna i mi, 'nei di?' gofynnodd, gan roi'r fflachlamp iddo i'w dal.

Taniodd y dyn y sigarét oedd wedi glynu wrth ei wefus isa ers iddo ddod o'r tŷ. Tynnodd yn ddyfn arni, cyn chwythu'r mwg o'i ffroena yn un cwmwl o brotest i gyfeiriad yr awyr.

''Na welliant,' medda fo, ar ôl i'r tamad ola o fwg adael ei sgyfaint.

'*I gyd,* ddudsoch chi . . .?' mentrodd Emrys.

'Be?'

'Faint yn union ohonan ni 'dach chi'n ddisgwl, felly?'

'*Un* arall i fod,' medda fo, gan dynnu hyd yn oed yn gletach ar yr ail ddrag.

'Wela i.'

'*Tri* ohonach chi ddudon nhw. Gyrhaeddodd y llall 'cw ryw awr yn ôl.'

'Llall?'

'Allan yn yr iot 'na. Dyna lle dwi i fod i fynd â chi. Dyna'r unig gyfarwyddiada dwi 'di ga'l.'

Cipiodd y fflachlamp yn ei hôl a dechra ymlwybro tua'r môr. Dilynodd Emrys o yn ddigon petrus, a chant a mil o gwestiyna'n rhedag drwy'i feddwl ond na feiddia fo ddim gofyn yr un ohonyn nhw. Yn gynta, wydda fo ddim ym mha drefn i'w gofyn, ac yn ail, wydda fo ddim sut groeso gâi o gan y surbwchyn tasa fo'n mentro arni. Roedd goslef ei frawddeg ola cystal ag awgrymu nad oedd o'n gwbod mwy na'r hyn yr oedd o wedi'i ddeud yn barod.

Eto i gyd, falla mai lluchio llwch i lygad yr oedd o. Ond roedd hwn eto i'w weld gymaint yn y niwl ag roedd y dreifar tacsi.

Os oedd *Ken yn y niwl . . . Oes posib fod y rhain i gyd yn rhan o'r un gêm? Ac ydio'n bosib mai'r cradur sarrug hwn ydi'r Meistr*?

Wrth ymbalfalu am atebion llithrodd Emrys ar sgri, a syrthio ar wastad ei gefn. Yn y Nant, mae'r tirwedd yn newid yn gyflym o'r corslyd i'r sgythrog, o redyn i weddillion y chwaral gerrig a fu'n cadw'r hen gwm yn gymdogaeth ar un amsar. Fe daerai Emrys iddo glywad y llall yn chwerthin dan ei wynt, ond falla ma'i ddychymyg o ei hun oedd hynny. Ddaru'r dyn yn sicir ddim cynnig help llaw iddo, na gofyn oedd o'n iawn. Aeth yn ei flaen heb aros dim, a chododd Emrys ar ei draed yn drwsgwl a dilyn ei dywysydd i lawr at y traeth, ac at gwch bychan oren oedd wedi'i dynnu fymryn at y lan.

'Sgin ti rwbath call am dy draed?'

'Pam?'

'Os oes gin ti sgidia go ddrud, 'sa well ti'u tynnu nhw, dallta.'

Gwthiodd y dyn y cwch ryw fymryn i'r dŵr. 'Reit 'ta – neidia 'mewn.'

Roedd Emrys yn hen gyfarwydd â mynd i mewn ac allan o gychod bach – rhai pysgota ac ati – ond doedd o rioed o'r blaen wedi gorfod ymdopi hefo gneud hynny ar y fath adag o'r dydd. Lluchiodd ei sgidia a'i fag i mewn i'r cwch, a daliodd y dyn o'n weddol sownd iddo gael neidio i mewn iddo. Yna gwthiodd y cwch ychydig pellach allan i'r môr, cyn neidio iddo'n ddigon teidi a'r stwmp yn dal i lynu'n gelfydd wrth ochor ei geg. Roedd o'n amlwg wedi hen arfar â gneud hyn.

Taniodd yr injan a dechreuodd y cwch bach oren suo'i ffordd dros y tonna i gyfeiriad y gola o'u blaena. Wrth nesu at y gola, mi fedrai Emrys weld hwylbren gwyn cadarn yr iot yn saethu i'r awyr a chlywad sŵn y cloncian cyfarwydd wrth i'r tonna siglo'r bad yn dyner 'nôl a blaen ar wynab y dŵr.

Os oedd o am gael unrhyw wybodaeth, dyma'r amsar i ofyn.

''Mond *un* o'r ddau arall sy 'di cyrradd 'ta?' holodd Emrys, gan drio swnio'n ffwrdd â hi.

'Ia.' Daeth yr atab unsill fel bwlad – doedd hwn yn amlwg ddim yn mynd i rannu unrhyw wybodaeth hefo Emrys os medra fo beidio. Yna lluchiodd y dyn ei stwmp i'r dŵr, a hisiodd hwnnw'i anadl ola ar y dylif. 'Tsss . . .'

Penderfynodd Emrys ddal ati. *Rŵan neu ddim.*

'Ydi hi'n un go smart?'

Cododd y dyn un ael, cystal â deud 'Sut gwyddat ti hynna?' Yn amlwg roedd Emrys wedi taro ar ryw gord ynddo hefo'i awgrym ola, gan mai dyma'r tro cynta i wynab ei gydymaith newid i unrhyw gyweirnod heblaw'r sarrug.

'Be ti'n feddwl "smart"?' Roedd wedi codi'i lais draw neu ddau, fel bod mymryn mwy o oslef yn ei gwestiwn na'r siarad undonog a gafwyd hyd yma.

O, Pen Llŷn 'di hwn, yn saff, meddyliodd Emrys. Mae pobol Pen Llŷn yn dda iawn am neud yr hen dôn fach ddifynegiant yna os nad ydyn nhw wedi c'nesu atoch chi. Chewch chi fawr o eiria, na fawr o oslef, os mai cael gwarad â chi sy'n benna ar eu meddylia. Galla Emrys ei neud o cystal â 'run ohonyn nhw tasa angan, ac roedd yr hen gychwr yma'n amlwg yn hen law ar beidio bachu mewn abwyd sgwrs. Ond roedd Emrys o'r diwadd wedi'i gael o i ryw hannar llyncu'i abwyd dwytha.

'*Del* 'ta,' aeth Emrys yn ei flaen, 'ydi hi'n beth go ddymunol?'

'Sut gwyddat ti mai hogan ydi hi?'

'Gesio . . .'

'O ia – a ti'n meddwl bo chdi 'di gesio'n iawn . . .?'

'Ydw . . .'

Roedd y seibia'n siarad cyfrola rhwng y ddau, ac roedd y saib nesa'n un go hir.

'Wel . . . *ydw* i?'

'Gei di weld drostat dy hun, 'cei?' oedd yr unig atab gafodd Emrys. Dychwelodd yr undonadd i lais y llall, a'r aelia trwchus yn creu cysgod dros ei lygaid a chuddio unrhyw arlliw o fynegiant pellach.

'Dim mwy o groesholi' roedd hynna'n ei olygu, roedd hi'n amlwg.

* * *

Wrth nesu at yr iot, sylwodd Emrys mai canhwylla bychan mewn lanterni oren oedd ffynhonnell yr holl ola. Roeddan nhw'n hongian yma ac acw ar hyd-ddi, yn ysgwyd yn ysgafn wrth i'r tonna siglo'r bad yn dyner. C'nesodd Emrys ryw ychydig dim ond o weld y gola, ac wrth iddo graffu'n iawn sylwodd fod yr iot wedi'i haddurno yma ac acw hefo sawl tusw o floda bach melyn – i fyny'r hwylbren, ar hyd y riging, ac ar y reilings a'i hamgylchynai. Ond yr hyn a ddaliodd sylw Emrys fwya oedd y faner fechan oedd yn hongian dros yr ymyl, a 'CROESO' wedi'i sgwennu arni mewn coch llachar.

Llywiodd y surbwchyn y cwch bach oren yn fedrus i gefn yr iot, a llwyddodd Emrys i ddringo'n hawdd i fyny'r ystol fechan heb wlychu dim ar ei draed.

'Well 'ti roi dy sgidia'n ôl,' oedd yr awgrym swta, a'r peth ola a ddwedodd ei gludwr wrth Emrys.

'Diolch.'

* * *

Roedd Emrys wedi sylwi ar enw'r iot ar ei hochor – *Lazy Mary*.

Sais ddiawl! meddyliodd. Dim ond Saeson oedd yn berchen ar iots fel hyn pan oedd Emrys yn fach. Dwsina ohonyn nhw'n ymddangos dros nos ger y glanna bob ha', fel haid o bilipalas ar y môr, a'r hogia lleol yn edrach arnyn nhw o'u cychod pysgota bach tlawd yn llawn dirmyg ac â joch go helaeth o eiddigedd i'w ganlyn. Roedd 'na dipyn o Gymry bellach wedi troi'n bilipalas dros nos. Gwyfynod Pen Llŷn wedi trawsnewid yn sydyn ar yr elw oedd i'w neud ar gorn perchnogion yr iots.

Ddaeth neb i'w gyfarch wrth iddo ddringo i fyny'r ystol fach loyw tua'r dec, a wnaeth y surbwchyn chwaith ddim aros yn ddigon hir iddo gyrraedd top yr ystol – yn syth ar ôl i ddwydroed Emrys ei tharo, roedd y cwch bach oren wedi'i miglo hi am y lan heb hyd yn oed arwydd o 'Nos Da'.

Tybad oedd y sawl oedd yn aros amdano ar yr iot yn cysgu? Daeth atab i'w gwestiwn yn syth pan glywodd gerddoriaeth ysgafn yn dod o'r caban. 'Nwy yn y Nen' oedd y gân! Llamodd calon Emrys unwaith eto. Un o hoff ganeuon Carys. Doedd bosib mai *Carys* fydda yn y caban?

Mentrodd alw'n ysgafn. 'Helô – 'rhywun i mewn?'

Atebodd llais a thinc addfwyn iddo. 'Ddo i yna rŵan. Wrthi'n tywallt y gwin.'

Llais merch. Ac o be fedra Emrys ei gasglu, llais eitha ifanc. Yn sicir nid llais Carys oedd o. Acen Pen Llŷn yn bendant oedd honna. Dim ond dwy frawddeg, a galla Emrys ddeud yn syth wrth y 'gân' yn yr oslef nad oedd hon wedi'i geni a'i magu ymhell o Fwlchtocyn. Tiwn y pen yma i'r byd oedd gan hon yn saff. Yn wahanol i'r cychwr sarrug, roedd tiwn hon yn felodi i gyd. Pen Llŷn ar ei ora, ar ei addfwyna, ac roedd tensiwn yr oria blaenorol yn dechra cilio'n barod.

O'r lle roedd o'n sefyll, galla Emrys weld godra'i ffrog wen, gwta, a phâr o goesa hirion, noeth, yn frown gwylia ha' mewn gwlad dramor. Coesa siapus, a phâr o sgidia ysgafn gwynion, a bysadd y traed yn sbecian drwy'r blaena, a'u hewinadd wedi'u llathru â haen o farnish perlog, chwaethus. Roedd hi'n gallu canu hefyd. Yn hymian yr alaw mewn harmoni i lais hiraethus Dewi Pws – 'Mae'r plant yn gadael am y wlad, mae'r plant yn rhedeg 'nôl i'r wlad.'

Symudodd y coesa brown yn ara tuag at y grisia oedd yn esgyn o'r caban i fwrdd y llong. Dwy law yn dal dau wydriad o win byrlymus. Ei gwinadd hirion yn amlwg wedi cael yr un driniaeth ofalus â bodia'i thraed. Sylwodd Emrys ar ei bronna llawnion wrth iddi esgyn i fyny'r grisia tuag ato. Roedd ei gwallt tonnog o liw brown a rhyw wawr goch ynddo, ac yn sgleinio – yn union fel tasa hi ar fin mynd i ffilmio hysbyseb siampŵ.

'Sorri,' medda hi, gan edrach i fyw llygad Emrys, 'mi syrthish i gysgu, ma raid. Mi ddeffrish pan glywish i sŵn y cwch bach yn nesu . . . Iechyd da.' Cododd ei gwydryn a gwnaeth Emrys yr un peth.

'Ia, iechyd da.' Roedd o'n win da. Gwin byrlymus, Ffrengig, sych. Doedd Emrys ddim yn rhy hoff o swigod yn ei win fel arfar, ond roedd hwn yn plesio.

Doedd o ddim yn cofio iddo rioed yfad gwin ar fora Sadwrn o'r blaen! Y drefn arferol fydda dwy Solpadeine, panad go gry o goffi, a Resolve.

'Ma siŵr na sgynnoch chi 'run syniad be 'dan ni'n da yma, mwy na finna?'

'Be . . . Wyddoch chitha ddim chwaith?' Roedd o wedi gobeithio am ryw fath o eglurhad.

'Na – yn y niwl – niwl dopyn,' medda hi, gan gymryd llymad o'i gwin.

Damia! meddyliodd. *Mae hon eto un ai'n deud celwydd neu'n wirioneddol ar goll fel finna*.

Ond o leia bydda ganddo fo amsar i holi y tro yma. Doedd hon ddim yn mynd i gael denig heb atab rhai cwestiyna.

'Sawl negas ydach *chi* 'di ga'l 'ta?' gofynnodd Emrys, heb ddisgwyl yr ymatab dryslyd.

'Negas? Negas be?'

'Negas ar 'ych ffôn symudol. Chafoch chi 'run negas annisgwl?'

'Yn deud be?'

'Wel, dwn 'im. Dyna ges i . . . Dwi 'di ca'l rhes o negeseuon – yn eu plith orchymyn i ddŵad yma.'

'Wannwl, gin bwy?'

Roedd ei steil yn dipyn mwy soffistigedig na'i hacen. Roedd ei llafariaid yn agorad iawn a'i llais yn eitha main, ond roedd Emrys yn reit siŵr ei bod yn ddidwyll yn ei hymatebion. Os oedd hon yn rhan o'r cynllwyn yna roedd hi'n chwara gêm glyfar iawn.

'Sgin i'm syniad pwy danfonodd nhw,' atebodd Emrys, 'ond yma glanish i.'

'Be? 'Dach chi rioed 'di dŵad yr holl ffor' i fama heb wbod pwy sy 'di'ch danfon chi yma?'

'Do. 'Dach chi ddim?'

'Naddo i. Fy chwaer ddudodd wrtha i am ddŵad.'

''Ych *chwaer*?' Tro Emrys oedd hi rŵan i newid cyweirnod ei lais. Sut aflwydd y gwydda chwaer hon y bydda 'na iot smart allan yn fan hyn yng nghanol nunlla?

''I glwad o ar y radio ddaru hi. Mi oedd 'na fatha cwis yn gofyn tri chwestiwn am Nant Gwrtheyrn, ac mi ga'th 'yn chwaer y tri'n iawn, a'i henw hi ddoth allan o'r het. Y cynnig oedd dŵad draw yma i weld be oedd y wobr.'

'Doedd 'ych chwaer ddim ffansi dŵad draw ei hun, dwi'n cymyd?'

'Na. Roeddan nhw 'di deud wrthi bydda'n rhaid iddi fynd allan i'r môr mawr cyn ca'l 'i gwobr, a ma hi'n mynd yn sâl môr 'mond wrth groesi pont Brithdir.'

'Felly mi ddaethoch chi yn 'i lle hi.'

'Wrthoda i'm preis, 'de – byth!'

Gwenodd yn annwyl ar Emrys a chymryd llwnc arall o'i

gwin. 'Dwi 'di bod yn chwilio am gam'ra ym mhobman,' medda hi wedyn, ''cofn ma rhyw raglan deledu ydi hi, a rhywun 'di gosod y cam'ra cudd yn rwla i ffilmio bob dim dwi'n ei neud.'

'Be wna'th ichi feddwl hynny?'

'Dyna pam tarish i'r ffrog 'ma amdana i. Ama bydda fo'n rwbath go wahanol.'

'Wela i.'

'Efo tacsi daethoch chi hefyd?'

'Ia.'

'Wedi costio ffortiwn iddyn nhw felly, dydi? Y tacsi, yr iot, y gwin . . . be gawn ni nesa, sgwn i?'

'*Thaloch* chi ddim am 'ych tacsi?'

'Argol, naddo siŵr. 'Dach chi'm yn talu os 'dach chi'n ennill gwobr, nag'dach?'

'Nag'dach debyg.'

Roedd 'Nwy yn y Nen' wedi darfod ers sbel, a'r boi sarrug wedi hen gyrraedd 'nôl i'r Nant, a 'nôl hefyd ym mherfeddion ei wely ers meitin, siŵr o fod. Teimlodd Emrys ei gyhyra'n ymlacio am y tro cynta ers iddo ddeffro, rai oria'n ôl erbyn hyn. Tywalltodd y ferch wydriad arall i'r ddau, a sylwodd Emrys fod ganddi datŵ uwchben ei bron chwith ar ffurf dagr bychan oedd wedi'i anelu yn syth i gyfeiriad ei chalon. Roedd 'na ysgrifen ar y dagr, ond feiddia Emrys ddim ei astudio'n rhy fanwl rhag ofn i'r ferch ga'l y negeseuon anghywir. Sylwodd hefyd fod cynllun ei ffrog yn dangos ei botwm bol i'r byd a'r betws. Roedd 'na ddeiamwnt o gnawd yn y golwg i arddangos ei lliw haul a'i chanol siapus. O, ac roedd ganddi datŵ ar ei bol hefyd. Dagr arall, ac annel hwn yn syth at y botwm bol.

'Rhiain 'di'r enw, gyda llaw.'

'Rhiain?'

'Ia. Rhan fwya o'n ffrindia yn 'y ngalw fi'n Rhi – a gas gin i i neb fy ngalw i'n *Rhian*, 'de.'

'Lot yn gneud, beryg?'

'Oes, ond Rhiain ydio.'

'Dda gin i'ch cyfarfod chi, Rhiain. Er na wn i yn y byd mawr pam ma rhywun wedi *trefnu* inni gyfarfod chwaith!'

'Sgynnoch chi'm enw?'

'O, sorri – Emrys. Rhan fwya o'n ffrindia i'n 'y ngalw fi'n Ems – ond gas gin i i neb fy ngalw i'n Emily!'

'Oes 'na rywun 'di gneud?'

'Dim eto.'

Chwarddodd Rhiain ar ymdrech Emrys i drio bod yn ddigri. Chwerthin braidd yn rhy uchal o ystyriad pa mor dila oedd y jôc.

'Sorri. Dwi'n un ddrwg am giglo unwaith dwi 'di dechra.'

'Y swigod 'ma'n mynd i'ch pen chi?'

'Ia, ma raid. Gesh i ddau wydriad cyn i chi ddŵad.'

Mae hon wir *yn meddwl ei bod wedi ennill gwobr*, meddyliodd Emrys. Yn amlwg, roedd y Meistr – pwy bynnag oedd o, neu hi – wedi bod yn gyfrwys iawn yn llwyddo i gael y Rhiain bach 'ma ar fwrdd yr iot. Roedd hi'n amlwg yn rhan o'r cyfan rwsud, neu fydda hi ddim yma. Ond sut goblyn y llwyddwyd i gael y radio i fod yn rhan o'r cynllwyn?

Sylwodd Emrys fod y wawr yn ara dorri dros grib y brynia oedd yn swatio'r hen gwm yn eu côl. *Gwawr goch, beryglus*, meddyliodd. Fesul un roedd y canhwylla bach yn diffodd, a'r lliw oren, cynnas yn diflannu'n fora rhyfadd a newydd. Tywalltodd Rhiain y dropyn ola i wydryn Emrys, a gofyn iddo, ''Dach chi'n llwglyd?'

'Dim felly. Pam, Rhi?'

O diar, ma'r gwin 'ma'n dechra gneud ei waith arna i.

'Ma nhw 'di paratoi llond bwr' o fwyd lawr grisia. Dowch i weld.'

Er bod y gwin wedi'i g'nesu, roedd y wawr fel tasa hi wedi dŵad â rhyw ias rynllyd efo hi. Dilynodd Emrys y ferch i lawr i'r caban a theimlo'r gwres o'r fan honno'n codi i'w focha'n syth. Roedd y bwrdd ar ganol y caban yn llawn o fwydiach digon blasus yr olwg, a dechreuodd Emrys bigo.

Roedd yna'r gymysgfa ryfedda o gigoedd a bwyd môr, salad egsotig iawn yr olwg, a bara a chawsia o bob lliw a llun. Daeth dŵr i'w ddannadd yn sydyn, a dechreuodd lenwi platiad go helaeth iddo'i hun.

'Hwyl, 'de?' medda Rhiain, a'r swigod yn amlwg yn dal yn ei llais hitha.

'Ydi . . .'

'Gwynt y môr wedi dechra gneud ei farc ar yr hen stumog mwya sydyn.'

'Digon o fwyd i borthi'r pum mil yma, ddudwn i. A 'mond tri ma nhw'n ddisgwl.'

'*Tri*?' Tro Rhiain oedd hi i fod mewn penbleth rŵan.

'Dyna ddudodd y boi yn y cwch. Yr un ddoth â ni drosodd. Deud eu bod nhw'n disgwl un arall.'

'Ddim dyna ddudodd o wrtha *i*.'

'O?'

'"Does wbod faint ddaw i gyd" ges i gynno fo.'

'Lluchio llwch i'n llygad ni eto, mwn.'

* * *

Doedd Emrys ddim yn siŵr *be* i feddwl erbyn hyn. Ond roedd y gwin wedi'i ymlacio bron yn llwyr, a phenderfynodd nad oedd am boeni am sbel. Rhwng y gwin a'r blindar a'r cwmni roedd yn rhyw hannar mwynhau'r profiad. Edrychodd ar Rhiain yn agor potelaid arall o win. Roedd hi'n ferch hynod o ddeniadol. Gallasa'n hawdd fod yr un oed â Mari Lisa, ond am ryw reswm teimlai nad oedd yn briodol iddo ofyn ei hoed. Wydda fo ddim pam.

Syllodd yn fwy manwl ar y tatŵ uwchben ei botwm bol. Gan ei bod hi'n sefyll a fynta'n ista, doedd llinell ei edrychiad ddim cweit mor amlwg iddi. Sylwodd mai 'Mam' oedd wedi'i sgwennu ar y dagr ar y tatŵ yna. Meddyliodd beth tybad oedd wedi'i sgwennu ar y llall? Pan blygodd hi i lawr i lenwi'i wydryn, cafodd ynta gyfla i graffu mymryn a sylwi mai 'Nhad' oedd y geiria ar y tatŵ oedd ar ei bron chwith.

''Dach chi'n agos iawn at 'ych rhieni, dwi'n gweld,' mentrodd.

'Wel ydw, mi ydw i.'

'Sylwi ar y ddau datŵ 'nes i. Maddeuwch fy hyfdra.'

'Fi sy'n eu dangos nhw, 'te!'

Gwenodd Emrys. Roedd yn c'nesu fwyfwy at y ferch ifanc landeg o'i flaen.

'Ga i ofyn rwbath go bersonol ichi, Rhiain?'

'Cewch tad, does gin i affliw o ddim i'w guddio, fel 'dach chi'n gweld. Be 'dach chi isio'i wbod?'

Doedd gan yr hogan dlws 'ma oedd o'i flaen ddim pwt o swildod, roedd hynny'n amlwg. Roedd 'na ryw ryddid gonest o'i chwmpas hi, a theimlodd Emrys ynta'n gwbwl rydd o'r chwithdod a'i llyffetheiriai fel arfar wrth siarad hefo merch ifanc ddiarth.

'Pam ma enw'ch mam uwchben eich botwm bol ac enw'ch tad ar eich calon?'

'Am 'mod i'n eu caru nhw,' medda hi, heb gymryd eiliad i feddwl am yr atab. 'Yn fwy na neb arall yn y byd. Wel, y nhw a Dafydd 'y nghariad i, wrth reswm.'

Dychwelodd Emrys at fatar y tatŵs. 'Pam un ar y galon a'r llall ar eich bol?'

'Tasach chi'n ddynas, mi fyddach chi'n dallt.'

'Ond tydw i ddim.'

'Nag'dach . . .' Aeth yn ddwys am eiliad a phylodd peth o'r disgleirdeb yn ei llygaid.

'Ma bob un dim dwi'n 'i deimlo yn dŵad o fan hyn,' medda hi, gan gyffwrdd ei bol. 'Ofn, cynnwrf, cariad, nwyd, galar . . . O fama maen nhw i gyd yn dŵad, a Mam rhoth nhw imi. Oedd Mam a finna *mor* agos. Ac ers iddi fynd, yn fama dwi'n teimlo'i cholli hi – bob dydd.'

Roedd 'na ddeigryn mawr yn cronni yn ei llygad, a wydda Emrys ddim be i'w neud. Doedd o ddim yn dda iawn hefo dagra neb arall. Llithrodd y deigryn i lawr ei grudd, gan adael llwybr bach du o golur ar draws ei boch.

Lledwenodd Rhiain. 'Tydw i'm yn drist go iawn. Ma Mam yn dal hefo fi. Dwi'n siarad hefo hi ryw ben bob dydd.'

'A'ch tad?'

Rhoddodd ei llaw ar ei bron ac anwesu'r tatŵ arall. 'Ma Nhad 'di torri'i galon . . . Ond mae o'n dŵad yn well bob dydd. Ma Mam am inni *fyw*'n bywyda, nid eu gwastraffu nhw.'

'A Dafydd . . .?'

'Be amdano fo?'

'Sgynnoch chi datŵ o Dafydd yn rwla?'

Gwenodd Rhiain wên lydan braf. 'Dwi'm yn dangos tatŵ Dafydd i neb,' medda hi. 'Ddim hyd yn oed i Dafydd!'

'Dim hyd yn oed i'ch cariad?'

'Wel – dim ond weithia, pan mae o'n hogyn da!'

Chwarddodd y ddau eto, a thywalltodd Rhiain wydriad hael arall o win iddo. Roedd Emrys yn mwynhau'r cwmni cymaint nes anghofio am sbel pam roedd o yno. Roedd 'na betha dyrys angan eu datrys, ond roedd siarad fel hyn hefo merch ifanc annwyl, ddifyr, yn gneud y tro am rŵan.

'Sgynnoch *chi* blant?' holodd Rhiain, heb feddwl dim.

Dychwelodd y nos i lais Emrys.

'Oes . . . un ferch. Mari Lisa.'

'Sorri, dwi'n amlwg wedi gofyn y peth anghywir.'

'Mi ddiflannodd o'n bywyda ni bedair blynadd yn ôl. A dwi'm yn ama mai arna *i* oedd y bai.'

'Mari Lisa, Mari Lisa . . .' sibrydodd Rhiain, fel tasa'r enw'n canu cloch iddi.

'Falla ichi ddarllan yr hanas yn y papur. Roedd o'n dew yn y newyddion ar y pryd.'

'Ydw, mi ydw i'n cofio. Ddrwg gin i.'

'Dyna pam dois i draw yma heno. Ca'l y negeseuon rhyfedda 'ma'n gofyn i mi fynd i ben y drws yn y tŷ 'cw berfeddion nos, wedyn dal tacsi, wedyn dal cwch. Ac am ryw reswm, mi gredish i mai f'arwain i at Mari oeddan nhw.'

'Falla'u bod nhw!' Roedd 'na ryw arddeliad yn ei llais, ond

roedd Emrys wedi mynd i hwyl erbyn hyn, a chlywodd o mo'r gobaith didwyll oedd yn llais ei ffrind newydd.

'Am eiliad, es i hyd yn oed mor bell â meddwl fod 'na ryw arwyddocâd yn enw'r iot 'ma.'

'Enw'r iot?'

'*Lazy Mary*. Digon tebyg – 'dach chi'm yn meddwl?'

'Wel ydi, erbyn ichi ddeud.'

'Ac eto *ddim*, ia?'

'Wel, Mary Lissie oedd enw nain.'

'Ond welwch chi ddim unrhyw arwyddocâd yn yr enw. Dyna ydach chi'n 'i ddeud?'

'Ia, falla – ond tydw *i* ddim yn chwilio am fy nain.'

'Yn union.'

'Ma honno'n dal yn Morfa Nefyn yn gneud jam cyrainj duon a darllan y *Daily Post*.'

Chwarddodd y ddau unwaith eto. Ond chwerthiniad bach o ddealltwriaeth oedd o'r tro yma. *Mae hon yn 'y neall i*, meddyliodd Emrys, *yn gallu cydymdeimlo â 'nghollad*.

''Dach chi'n gweld, pan 'dach chi wedi deisyfu am i rwbath ddigwydd am gymint o amsar, mi welwch chi'r arwyddion ym mhobman. Ma 'na nifar o bobol sy wedi colli rywun annwl yn deud eu bod nhw'n cael arwyddion gan yr ymadawedig am sbel. Methu derbyn bod y gwahanu mawr ola 'na wedi digwydd ydi peth felly. Methu gollwng gafael. Creu arwyddion a chynnal y gobaith nad ydi bob dim ddim drosodd go *iawn*. Felly rydw inna 'di bod. Yn ysu am i rywun greu'r freuddwyd yma imi – i 'ngharío i 'nôl i freichia'r un y gwnes i gymint o gam â hi.'

Tro Emrys oedd hi rŵan i sychu deigryn o'i lygad, a thro Rhiain i lenwi'r tawelwch.

'Ydach chi'n teimlo'i bod hi'n dal yn fyw?'

'Wrth gwrs 'mod i. Dyna'r unig beth sy'n 'y nghadw fi i fynd. Dyna pam dwi'n codi bob bora a mynd i 'ngwaith, yn byta 'nghinio, rhoi bwyd i'r gath, a'r cant a mil o "betha bach bob dydd" y gwn i'n iawn na fydda gen i'm math o awydd eu gneud oni bai fod y gobaith hwnnw'n dal yn fyw yndda i.'

'A be sy 'di gneud ichi ama nad ffordd i'ch arwain chi at Mari Lisa ydi heno wedi'r cwbwl 'ta?'

'Y ffaith 'ych bod chi yma.'

'Fi?'

'A'ch bod chitha wedi ca'l 'ych arwain yma gan rywun. Stori'r radio. Tydi hi'm yn asio rwsud hefo fy stori i, nag'di?'

'Nag'di – tydi hi ddim.'

'Dyna pam dwi'n ama falla 'mod i'n dechra drysu . . . stori'ch nain . . . nwy yn y nen . . . jam . . .'

Edrychodd Rhiain yn eitha dryslyd arno. 'Jam? . . . Nwy yn y nen? . . .' – ond cyn iddi gael amsar i'w holi ymhellach, canodd ffôn Emrys eto. *Mae'n rhaid bod 'na signal allan ar y môr mawr 'ma, felly.* Edrychodd yn ffrwcslyd ar y negas ond alla fo ddim ei gweld yn ddigon clir i neud synnwyr ohoni.

'Nefi . . . y gwin 'ma'n dechra chwara mig yn . . . ym . . . Fedrwch chi weld be ma hwnna'n 'i ddeud?'

Bron nad oedd ganddo ddigon o nerth i godi'i fraich i estyn y ffôn i Rhiain. Ma'n rhaid bod y blindar yn dal i fyny hefo fo go iawn erbyn hyn. Cyrhaeddodd Rhiain am y ffôn a darllan y negas iddo – 'Sorri os deffra i di'n wirion o fuan efo'r negas 'ma, ond faint o'r gloch tisio i mi ddod i mewn? Olwen'.

'Pwy?' gofynnodd Emrys.

'Olwen – isio gwbod faint o'r gloch ma hi i fod i ddod i mewn i rwla.'

'Olwen? . . . Dwi'm yn nabod 'im un Olwen. Lazy Mary sy 'na, saff 'ti . . . trio 'nrysu fi eto . . . Sgin i'm pres i dalu'r dyn, beth bynnag . . . a Dwynwen ar goll . . . wedi mynd i'r gala nofio, debyg . . . yn cae chwara ma siŵr . . . yn siŵr . . . yn y cae a jam . . . a'r gwin . . . jam a gwin . . . yn y gwin mae o, Hermia . . . ym Morfa Nefyn . . . naci . . . Bwlchtocyn. . . . Cymer . . . ia, cymer ddudodd o . . . ond *ysgol* 'di Cymer . . .'

Syrthiodd Emrys yn glewt ar y bwrdd i ganol y wledd. Diffoddodd Rhiain ei ffôn symudol a'i roi o'r neilltu. Cododd dderbynnydd ffôn yr iot, a ffonio'r tir mawr.

'Haia, Rhys? Ydi . . . ydi . . . newydd fynd. Allan fel cannwyll.'

7

Does 'na ddim byd tebyg i ddeffro i sŵn tonna'r môr yn llapio'n ddiog ar draethell unig, a chri gwylan yn wylofain yn y pellter fel tasa hi'n galaru am yr hyn a fu. Y tonna'n ildio'n dawal i batrwm y llanw, a'r graean yn ca'l 'i lusgo'n ara yn ôl ac ymlaen i batrwm y cread, heb gwestiynu dim ar eu tynged a'u rhan yn nhrefn y gynfas fawr.

Roedd yr haul eisoes yn taro'n gynnas ar wegil Emrys, a theimlai'r tywod fel sidan llyfn rhwng ei fysadd. Hyd y gwyddai, roedd o'n gorwadd ar ryw fath o flancad, ond o'r hyn a *glywai* roedd yn yr awyr agorad ac yn deffro ar lan y môr. Doedd y diwrnod na'r achlysur yn golygu dim iddo yr eiliad honno wrth ddod yn hannar ymwybodol o'r hyn oedd yn mynd ymlaen o'i gwmpas.

* * *

Roedd o'n licio glan y môr ers pan oedd o'n hogyn. Pa blentyn sy *ddim* yn hoff o fynd i'r traeth? Fydda dim yn well ganddo na chael denig yno ar bnawnia poeth yn yr ha', a gadael y tractor a'r gweision dwl, y defaid a'r gwartheg o'i ôl. Doedd o ddim yr un fath â'i frawd mawr. Mi fedra William aros drwy'r dydd ar gefn tractor mewn cae ŷd yn yr haul crasboeth, a heb awydd denig i'r traeth arno o gwbwl. Ffermio oedd petha William ers pan oedd o'n ddim o beth, ac felly roedd o a'i dad yn llawia o'r dechra. Doedd eu mam ddim yn ddynas traeth chwaith, ac er y dôi Olwen hefo Emrys o bryd i'w gilydd i gadw llygad arno, mi fydda'n rhaid iddi hitha hefyd neud ei siâr ar y ffarm. Felly, yn amlach na pheidio, ar ei ben ei hun bach yr âi Emrys i lan y môr.

Doeddan nhw'n sicir ddim y math o deulu âi hefo'i gilydd i'r traeth hefo basgedad o bicnic a *deck-chairs* streips glas a gwyn, a thywelion mawr cynnas. Roedd ganddo go' o *weld* teuluoedd felly, wrth gwrs – torath ohonyn nhw, yn heidio fel morgrug i Forfa Nefyn a'r traetha cyfagos. Plant yn gweiddi a sgrechian wrth i'r llanw ddŵad i mewn a chwalu'r cestyll y bydda'u tada wedi'u codi, ac yn dychwelyd yn wlyb diferol o'r môr i glydwch eu tiriogaetha bach sgwâr a gawsai eu hamgylchynu'n gaera taclus gan warchodwyr gwynt lliwgar. Pob teulu i'w glwt bach ei hun o dywod, a fydda fiw i neb drebasu ar glwt neb arall chwaith neu gwae chi. Basgedi diwaelod o drugaredda am y gwelach chi, yn bwcedi a rhawia, peli a chychod bach, fflagia a rhwydi, heb sôn am frechdana a chacenna. Plant yn crynu, tada'n chwyrnu, plant yn hewian, mama'n mewian, a phawb yn trio tynnu'r graean o'r tomatos yn y brechdana.

Falla mai'r ffaith fod Olwen a William yn hŷn nag o oedd y rheswm pam nad oedd yna byth dynfa iddyn nhw fel teulu i lan y môr o fewn co' Emrys. Ei rieni erbyn hynny'n hŷn, a'r un awydd ddim yn eu crwyn bellach. Neu falla mai felly roedd hi hefo *pob* plentyn ffarm – pan oedd y tywydd yn braf, roedd yn rhaid bod yng nghanol y gwair.

Gan na ddaru'i dad rioed ddangos holl ddirgelion hyd ffarmio iddo, mi dyfodd yr ysfa i ddenig i draetha'r ardal yn fwy fyth yn Emrys. Roedd yn well ganddo'r gwanwyn, pan na fydda'r traetha wedi'u llenwi gan holl firi penllanw tymor yr ymwelwyr. Ar yr adega prysur, mi chwilia am gilfach iddo fo'i hun ar draeth bach dirgel – mi fasa wedi teimlo'n unig iawn yn ista yn y traetha mwya poblogaidd yng nghanol yr ymwelwyr hefo'u miri a'u petheuach diweddara, a fynta hefo'i liain bach tyllog a'i siwt nofio henffasiwn. Bydda'n mynd â llyfr go dda hefo fo, a thafall o fara a chaws, ac mi alla dreulio'r diwrnod ar ei hyd yno heb angan am ddim, yn plymio i'r gwyrddlas diwaelod a darllan bob yn ail. Ddim angan hyd yn oed gwmni ei ffrindia gora. Be oedd diben cael y rheiny yno'n swnian bod y dŵr yn rhy oer neu'r haul yn rhy boeth? Dihangfa. Dyna oedd yr hen gildraetha bach yma iddo fo. Rhyddid.

‘Lle ti ’di bod?’ fydda’r croeso iddo’n wastadol wedi iddo gyrraedd adra.

‘Lan môr,’ fydda’i atab ynta, heb ymhelaethu dim.

‘’Sa rheitiach o beth mwdril iti fod wedi aros adra i roi help llaw i dy dad.’

‘Doedd o’m isio help.’

‘Sut gwyddost ti?’

‘’Na’th o’m gofyn.’

‘A ’nest titha’m cynnig, mwn.’

Wydda Emrys ddim nes ei fod o yn ei arddega hwyr pam roedd ei rieni mor llugoer hefo fo. Nid nad oedd o’n cael gofal a lloches fel ei frawd mawr, ond yn sicir ddigon doedd ’na mo’r un tynerwch. Cariad lled braich oedd o bob amsar. Ac wrth iddo fynta ddenig bob cyfla o waith y ffarm, roedd yn pellhau fwy fyth o ffafra’i dad. Erbyn i Emrys gyrraedd ei arddega, pan fasa fo wedi bod yn ddigon tebol i dorchi llewys ryw fymryn, doedd ganddo fo mo’r awydd na’r gallu i afael ynddi.

‘Paid â disgwl cei di hannar gymint o bres pocad â William pan ddoi di i’w oed o, ’de,’ fydda rhybudd ei fam.

‘Wna i ddim.’

‘Ac os nad wyt ti’n helpu i sgwyddo’r baich yn y lle ’ma, fedri di’m disgwl i ninna fod mor hael hefo chditha wedyn, cofia.’

‘Ia . . . na . . . dwi’n gwbod.’

‘Dyna chdi ’ta – ’mond inni fod yn dallt yn gilydd.’

‘Ia . . . ydan . . . mi rydan ni.’

Rhyw sgyrsia digon bratiog fel hyn oedd yr unig rai a fodolai rhyngddo a’i fam erbyn i Emrys fynd i’r ysgol uwchradd – llai fyth hefo’i dad. Prin y bydda’r ddau’n siarad erbyn hynny. Dim nes i Emrys fynd i’r coleg y daeth petha ’nôl yn weddol sifil rhyngddyn nhw.

Hefo Olwen roedd o’n gneud fwya yn y cyfnod anodd yma. Hi oedd agosa ato fo drwy’r cyfan.

A hi ddaru egluro iddo un diwrnod nad *oedd* o ddim,

mewn gwirionadd, yn frawd cyfan iddi hi a William. Fedra hi ddim deud mwy na hynny wrtho – bydda hi ac ynta mewn dŵr poeth ’dat eu ceseilia tasa’u rhieni’n dŵad i wbod fod ei chwaer wedi ymddiriad cymaint â hynny iddo.

Cuddiodd Emrys y wybodaeth yng nghrombil ei enaid a chadw’r gyfrinach ar hyd y blynyddoedd.

8

A dyma fo eto ar ei ben ei hun ar draeth ar fora braf, a'r tywod yn gynnas rhwng ei fysadd. Bora newydd wedi ymagor o'i flaen a fynta'n cael y draffath ryfedda i agor ei lygaid. Mentrodd neud hynny'n ara deg a gweld bod yr haul wedi troi wynab y môr yn blât casgliad enfawr o arian gwynion, a'r rheiny'n wincio arno'n slei. Roedd 'na ddau neu dri o gychod yn hwylio ar y dŵr, a methai'n lân â dallt pam roedd hynny'n creu rhyw gynnwrf o'i fewn. Edrychodd heibio i'r cychod a gweld yr Eifl yn codi'n urddasol yn gefnlen i'r holl ddarlun – ac yna fe ffrydiodd y cyfan yn ôl i'w gof.

Yn ei ddychryn, ceisiodd godi ar ei draed ond roedd o'n teimlo fel petai rhywun wedi'i glymu i lawr. Er bod ei freichia'n teimlo'n gymharol rydd, fedra Emrys yn ei fyw â'i gael ei hun i sefyll. Roedd pwy bynnag oedd wedi'i adael yno'n gynharach y bora hwnnw wedi'i roi mewn sach gysgu go drwchus a'i lapio wedyn mewn bag bifi arian – fel rhyw gocŵn rhyfadd. Llwyddodd rywsut i wingo'i ffordd yn rhydd o'r sach ond roedd yr ymdrech wedi'i lorio, a'r cur pen a gafodd ar ôl codi ar ei draed yn drybowndio yn erbyn ei benglog.

Llanddwyn?! Be goblyn dwi'n 'i neud yn Llanddwyn?

Doedd yna'r un adyn ar y traeth er bod y tywydd yn braf. Rhaid ei bod hi'n rhy gynnar i'r ymdrochwyr felly, meddyliodd, ac edrych ar ei wats. Hannar awr wedi wyth. Gwibiodd rhai o ddigwyddiada'r noson cynt drwy'i feddwl o un i un, a theimlodd Emrys isio sgrechian.

Be aflwydd . . .?

Yna gwelodd fod y sawl oedd wedi'i adael o yno wedi rhoi dwy botelad o ddŵr ar y tywod i'w ddisychedu, wrth ochor ei fag *gym*. Roedd ei gorff yn ysu am y dŵr, a llowciodd y botal gynta ar ei dalcan. Cofiodd wedyn am y gwin, ac am Rhiain, a chafodd fflach go niwlog o'r eiliada ola cyn iddo ddisgyn yn glewt i'w fabinogi o freuddwyd ryfadd. I ble yn y byd mawr yr aeth y ferch a'i swynodd yng nghanol y môr, ac ai *hi* a'i gadawodd o yma wedi'r wledd? Ond wedyn, alla hi byth â bod wedi'i lusgo yma ar ei phen ei hun.

O'i flaen, roedd Caer Arianrhod yn codi'n bowld uwch Clynnog Fawr, ac oddi tani roedd Maen Dylan yn rwla. Un o hoff straeon Emrys o'r Mabinogi oedd stori Dylan Eil Don – y mab ddaru osgoi tynghedion ei fam drwy ddenig i'r dŵr – *tybad lle mae* o *heddiw*? Ond nid dyma'r amsar i ddilyn mabinogi neb arall!

Be yn y byd mawr ddoth dros 'y mhen i'*n dilyn y fath antur*?

Pam na faswn i wedi gneud y peth mwya synhwyrol a mynd at yr heddlu?

Doedd o ddim tan yr eiliad honno wedi sylwi bod 'na hen gi bach coch a gwyn yn s'nwyro yn ei sach gysgu. Cyn iddo gael cyfla i droi i weld oedd 'na rywun hefo fo, clywodd lais o'i tu cefn iddo'n galw ar y ci, 'Siencyn! Siencyn, tyd o'na!' Trodd Emrys i edrach, ond roedd y ddynes o'i flaen yn sefyll rhyngddo a'r haul, a wela fo moni'n iawn.

'Emrys . . .? Be *ti*'n da fan hyn?'

'Car . . .? *Carys*? Be . . . be *ddiawl* sy'n mynd mlaen?'

'O'n i 'di gobeithio 'sa rhywun yn medru deud hynny wrtha i.'

Roedd Siencyn bellach yn rhedag i lawr traeth Llanddwyn hefo'r bag bifi arian yn ei geg yn cael yr antur ryfedda, a Carys ac Emrys yn syllu'n hollol ddi-ddallt i lygaid ei gilydd.

'Ond sut w't *ti* 'di glanio'n fama, Carys? Paid â deud dy fod ditha 'di ennill cwis?'

'Be . . .?'

''Dio'm otsh. Dwi'm am *drio* dallt dim byd bellach.'

'Cael negas 'nes i . . .'

'Negas?' Cododd ei glustia'n syth.

'Ar fy ffôn symudol, Emrys. Rhywun yn deud wrtha i fod ganddyn nhw newyddion am Mari.'

Mewn eiliad, roedd holl gyneddfau Emrys ar waith unwaith eto. Doedd 'run o'i negeseuon o wedi *enwi* Mari, a chlywodd ei stumog yn corddi.

Newydd am Mari! Pa newydd?

'Mari? Be ddudon nhw wrthat ti?'

''Mond hynna.'

''Mond be? Be'n union ddudon nhw, Carys?'

'Deud wrtha i am ddŵad i Landdwyn tua wyth bora 'ma a chwilio'r traeth.'

'Ac mi ddoist!'

'Wel do! Be arall 'nawn i?'

'Blydi hel, Carys! Be tasach chdi wedi ca'l dy ladd? Be os ma rhywun oedd yn trio dy ddenu di yma i dy . . . i dy . . .'

'Pam doist *ti* yma 'ta, Emrys. Am bicnic?'

'Ma'n wahanol i ddyn, dydi!'

'O?'

'O leia mi fedrwn i amddiffyn fy hun.'

'Ac ma'r ci gin inna, dydi?'

'King Charles bach ydi o, Carys!'

'Be sy'n bod ar hynny? Mae o'n un bach digon ffyrnig.'

'Un gic ac mi fasa'n gelan.'

'Dyma ni eto.'

'*Dyma ni eto* be? Be ti'n feddwl?'

'Emrys, falla'n bod ni ar drywydd rwbath yn fan hyn ddaw â'n merch ni 'nôl adra, a be 'dan *ni*'n neud? Dadla – am pa mor debol ydi sbanial King Charles!'

Gwenodd Emrys. Gwenodd Carys hefyd, ond fod ei gwên hi fymryn yn dristach nag un Emrys.

''Nest ti drio'i ffonio fo 'nôl?'

'Pwy?'

'Y sawl adawodd y negas?'

'Naddo. Mi ddudodd wrtha i am beidio. Taswn i'n gneud, mi fydda'n torri'r cysylltiad, medda fo.'

'Ddudodd o wrthach chdi am beidio mynd at yr heddlu 'ta?'

'Do. Cwbwl ddudodd o wedyn oedd imi fod yma tua wyth, ac mi fydda gynno fo wybodaeth i mi am Mari . . . Ond sut landist *ti* yma 'ta, Emrys, yn dy sach gysgu o bob dim?'

Ac mi ddudodd ynta'r hanas rhyfadd i gyd wrthi – am y dyn tacsi bach boliog a'r cychwr surbwch, am Rhiain o Forfa Nefyn a'i thatŵs a'i gwinadd perlog, am y wledd a'r gwin yn llifo . . . – a Carys yn gwrando arno'n ddryslyd ond heb ddeud dim nes gorffennodd o 'i stori.

'A chditha'n gweld bai arna *i* am ddŵad i Landdwyn gefn dydd gola!' medda hi mewn sbel.

Erbyn hyn roedd yr ymwelwyr wedi dechra glanio. Fesul teulu i ddechra, ac yna'n stribedi o forgrug yn cyrraedd fesul hannar dwsin a mwy, yn fagia ac yn ddingis, yn hampyrs ac yn geto-blasdyrs am y gwelach chi. Ond doedd dim golwg fod neb yn chwilio amdanyn nhw'u dau. Neb o gwbwl hyd yn oed yn sylwi ar y cwpwl oedd yn amlwg ddim wedi dŵad yno i godi cestyll.

A does 'ma neb chwaith yn edrach ddim byd tebyg i'r 'Meistr' rydw i wedi bod yn trio rhoi gwynab iddo ers oria, meddyliodd Emrys. Oedd y Meistr yn fwriadol yn gwneud iddo fo a Carys aros, tybad – yn rhoi cyfla yn gynta i'r ddau ddal i fyny hefo straeon y naill a'r llall? Ai negas ffôn fydda'r cam nesa? Chwiliodd Emrys am y ffôn symudol yn ei bocad rhag ofn ei fod o wedi derbyn negas tra oedd o'n cysgu. Neidiodd ar ei draed a dechra chwilota'n wyllt yn ei fag ac yn y sach gysgu.

'Be ti'n neud?' holodd Carys.

'Y ffôn . . . mae o 'di mynd!'

'Ti'n siŵr?'

'Saff Dduw 'ti. Dwi byth yn 'i dynnu fo o 'mhoc. . .'

Cafodd Emrys ddarlun sydyn ond niwlog ohono'i hun yn rhoi'i ffôn i Rhiain ar y cwch, a'i ben yn troi. Dyna'r peth dwytha roedd o'n ei gofio. Darlun gwlanog, annelwig o ferch brydferth yn ymestyn am ei ffôn, a'i gwinadd perlog yn bachu'i symudol oddi arno. Roedd o bron yn siŵr iddi ddeud rwbath am Olwen wrtho, ond rhith o go' yn unig oedd o.

'Felly, gin y Rhiain 'ma ti'n cofio gweld dy ffôn ddwytha?'

'Ia . . . *Damia*!'

'Emrys bach, 'mond ffôn ydio.'

'Ia, ond o leia mi oedd gin i rif, doedd? Fydd dim posib imi gysylltu hefo neb rŵan, na fydd?'

'Dwi'm yn meddwl ein bod ni i *fod* i gysylltu hefo neb. Dyna'r cyfarwyddiada ges i.'

'Ddudodd neb hynny wrtha *i,* naddo? Meddylia be tasa'r person yma byth yn cysylltu hefo ni eto, Carys. Be os ma hyn ydi diwadd y daith?'

'Dwi'm yn meddwl hynny, rwsud – w't ti?'

'Gobeithio ddim . . . gobeithio i'r nefoedd ddim.'

'A beth bynnag, ma'i rif o gin *i*, dydi?'

Roedd hynny'n gysur mawr i Emrys. O leia roedd 'na rif.

* * *

Cerddodd y ddau yn ôl am y maes parcio heb i'r un enaid byw sylwi arnyn nhw. Roedd Siencyn a'i fag bifi yn cael llawar mwy o sylw gan yr ymwelwyr boreol.

Roedd Emrys wedi dal ei afael yn ei sach gysgu ac wedi'i rowlio'n belan ac yn ei chario'n ofalus dan ei fraich, a Carys yn cario'i fag *gym*. Os na fydda'r sach gysgu'n da i ddim arall, bydda'n dystiolaeth. Tystiolaeth o *be*, doedd o ddim yn siŵr, ond roedd yn rhyw fath o brawf – yr unig brawf – fod hyn i gyd yn wir ac nad breuddwyd ddwl oedd y cyfan.

Roedd yn deimlad od cerddad hefo Carys yn Llanddwyn unwaith eto. Roedd ganddo gymaint o atgofion am fod yno efo hi dan amgylchiada mor wahanol. A mynd yno laweroedd o weithia wedyn hefo Mari Lisa – dim ond y fo a hi – pan fyddan nhw'n aros yn nhŷ Nain bob gwylia ha'. Y ddau ohonyn nhw wedi rhedag a chuddio am oria yn y twyni 'ma, ac wedi nofio nes bydda dannadd y ddau'n clecian a chroen eu dwylo wedi crebachu fel eirin wedi sychu. Stopio wedyn am jips a sgodyn ar y ffordd yn ôl, a Nain yn smalio dwrdio a deud ei bod wedi gneud swpar yn ofer i'r ddau. Sut galla'r dyddia rheiny fod wedi dod i ben mor ddisymwth? Roedd y cwlwm rhyngddyn nhw'u tri a'i gilydd mor dynn ar un adag. Sut ddiawl bu iddo ddaffod mor greulon o sydyn?

Tro Carys oedd hi i gynhyrfu ar ôl cyrraedd y car. Roedd ei ffôn hitha wedi diflannu. Brathodd Emrys ei dafod. Roedd o isio gofyn pam aflwydd gadawodd hi'i char heb ei gloi.

'Doedd 'na neb yma pan gyrhaeddish i, ac felly 'nes i'm meddwl bod angan 'i gloi o.'

'Shit!' oedd unig ebychiad ei gŵr.

'Do'n i ddim wedi bwriadu gadal y car o 'ngolwg, ond mi ddilynish i Siencyn a wedyn mi welish i chdi.'

'Oes 'na rwbath arall 'di mynd?'

'Ddim hyd y gwela i.'

'Ma raid ma *fo* oedd o felly 'ta.'

'Pwy?'

'Pwy bynnag sy tu ôl i'r holl beth 'ma. Fasa 'na neb arall yn mynd mewn i gar rhywun arall jest i ddwyn ffôn, na 'sa?'

'Doedd gin i ddim byd arall *i'w* ddwyn, Emrys.'

Neidiodd Siencyn i sedd gefn y car yn dywod i gyd ac yn wlyb diferol. Roedd ei dafod o allan, ac roedd o'n disgwyl rhywfaint o sylw am fod mor glyfar â llwyddo i gario broc môr ar ffurf bifi bag yn ei geg yr holl ffordd o'r traeth. Ond chafodd o ddim. Roedd Carys ac Emrys yn rhy ddyfn yn eu meddylia i sylwi ar Siencyn yn edrach yn ymbilgar i'w llygaid.

'Tisio lifft?'

'Wel oes, beryg. Fydd Olwen yn methu dallt lle ydw i.'

'Well 'ti ddŵad draw acw i Lys Meddyg. Gei di 'i ffonio hi o'r tŷ.'

Doedd Emrys ddim wedi bod ar gyfyl Llys Meddyg ers y gwahanu a doedd dim math o awydd arno fynd yno rŵan chwaith, ond doedd ganddo ddim dewis arall hyd y gwela fo.

'Ydi dy fam adra?'

'Ydi, pam?'

'Fydd hi'n saff acw i mi?'

'Tydi'm yn brathu, Emrys.'

'O, 'di hi wedi rhoi'r gora i neud petha felly rŵan, ydi?'

Roedd Carys yn dal i chwilio dan sedd y gyrrwr am ei ffôn, felly chymrodd hi ddim sylw o'i awgrym. Falla'i fod o wedi syrthio o'i phocad wrth iddi fynd allan o'r car. Ac eto, roedd hi bron yn siŵr mai ar y sedd gyferbyn roedd hi wedi'i adael. Dyna fydda hi'n ei neud fel rheol, neu ei roi yn ei bag ond doedd hi ddim wedi dŵad â'i bag hefo hi y bora 'ma. Eisteddodd Emrys yn y car a chau'r gwregys, a phenderfynodd Carys nad oedd diben chwilio dim mwy am ei ffôn. Roedd o *wedi* mynd, ma raid. Eisteddodd yn sedd y gyrrwr a gadael Llanddwyn i'r rhai oedd â dipyn llai ar eu meddylia.

'Lle 'dan ni'n mynd o fama 'ta?' holodd Emrys.

'Be ti'n feddwl?'

'Ti'n meddwl dylian ni fynd at yr heddlu?'

'W't *ti*?'

Meddyliodd Emrys am sbel cyn atab. Cofiodd eto am y dadla a'r ffraeo, y cwestiynu a'r croesholi diddiwadd bedair blynadd yn ôl. Anesmwythodd wrth gofio am eu cyhuddiad nad oedd o wedi bod yn gwbwl onast hefo nhw ar y dechra, a'i fod o'n ceisio celu gwir natur ei berthynas â'i ferch. Roedd yr awgrymiada yn eu cwestiyna wedi brifo Emrys, a doedd o ddim isio mynd yn ôl i'r fan honno eto os nad oedd raid.

'Nag'dw. Ddim rŵan. Dim heddiw. Ond os na chlywan ni'm byd eto am sbel, mi fydd raid inni neud rwbath.'

9

Fel roedd Emrys wedi'i ddisgwyl, croeso digon llugoer gafodd o yn Llys Meddyg. Roedd y gwahanu wedi bod yn un tymhestlog iawn, a doedd o ddim wedi yngan gair wrth ei fam-yng-nghyfraith byth ers hynny.

* * *

Diod eto oedd wedi cychwyn y ffrae fawr ola rhyngddo fo a Carys. Y ddau wedi bod yn boddi'u gofidia yn nhŷ Hywyn a Nesta. Roedd y cwpwl wedi bod yn gefn mawr iddyn nhw dros y blynyddoedd – wedi cadw'u gobeithion yn fyw wedi'r diflaniad, a gneud mwy na'u siâr o helpu i droi pob carrag yr oedd yn bosib ei throi wrth chwilio am Mari. Yna wedi i betha dawelu, daliodd y ddau i fod mor driw a gobeithiol ag erioed.

Roedd Medwyn wedi gadael cartra – yn wir, wedi gadael y wlad. Crwydro'r byd, am a wydda Hywyn. Doedd o'n cadw fawr o gysylltiad hefo'i deulu erbyn hyn. Mi fydda Hywyn a Nesta'n cael cardyn ganddo o bryd i'w gilydd, wedi'i bostio rwla ym mhellafoedd byd. Ond ddim yn amal, ddim yn gyson. Roedd o'n amlwg wedi symud yn ei flaen, a theulu a ffrindia wedi mynd yn eilbeth ganddo.

Ar un o'r nosweithia cyfeillgar hynny yng nghartra Hywyn a Nesta y dechreuodd petha fynd yn ddrwg. Rhyw hen ymgecru gwirion am y nesa peth i ddim wedi mynd yn rwbath llawar mwy. Emrys oedd wedi deud mai dwy flynadd ynghynt y daetha Carreras i'r Faenol, a Hywyn yn deud ei fod o'n ama bod 'na fwy na hynny. Doedd Carys ddim yn y sgwrs hyd yn oed. Ar eu ffordd adra yn y tacsi y tynnodd Emrys ei wraig i mewn i'r ddadl, a Carys yn gofyn be oedd ots sawl blwyddyn oedd 'na, a be oedd pwynt mynd i ddadla am beth mor ddibwys? Emrys yn taeru wedyn nad oeddan nhw *ddim* yn dadla, mai dim ond cynnal sgwrs oedd o a Hywyn gan fod Nesta a hitha wedi bod mor dawedog.

'Wel, mi oedd hi'n anodd iawn inni fod yn ddim byd ond tawedog hefo chdi a Hywyn yn hefru am ryw ddyddiada rownd y bedlan.'

'Dwi 'di deud wrthat ti – 'mond cynnal sgwrs.'

'Dwi'n ama'n gry oedd yr un ohonach chi'n iawn beth bynnag.'

'O ia, a pryd w't *ti*'n deud oedd hi felly 'ta, Carys?'

'Dwi'm yn mynd i ga'l 'y nhynnu i mewn i hynna eto, diolch yn fawr.'

'Pam? Be sy'n bod ar drafod dyddiada? Dim byd yn bod ar hynny, o's 'na?'

'Dim diolch, Emrys.'

'*Dim diolch, Emrys*,' gwatwarodd ei gŵr, ac aeth Carys yn fud am y tro.

Ar ôl mynd i'r tŷ aeth Emrys yn syth i'r atig i chwilio am raglen y cyngerdd, a methu dod o hyd iddi. Tywalltodd wisgi mawr iddo'i hun a dechra chwilota yng nghanol y myrdd rhaglenni cynyrchiada ac ati y bu'n eu gweld – y rhan fwya ohonyn nhw hefo'i ferch. Rhaglenni gêma pêl-droed, dramâu, cyngherdda, sioea. Ond doedd rhaglen cyngerdd Carreras yn y Faenol ddim yno. Melltithiodd Emrys yn uchal – roedd yn hollol siŵr mai fo oedd yn iawn.

Yn y cyfamsar roedd Carys wedi gneud panad iddi'i hun, a phan ddaeth Emrys i lawr tywalltodd ynta wisgi arall iddo'i hun.

'Ti'n waglaw 'ta?'

'Mae o yna'n rwla. Mi ga i hyd iddo fo'n bora.'

'Ma hi'n fora'n barod, Emrys.'

'Ti'n gwbod be dwi'n feddwl.'

'Ti'm yn meddwl bo chdi wedi ca'l digon am un noson?'

'Be ti'n drio awgrymu?'

'Bo chdi wedi ca'l digon o ddiod, 'na i gyd.'

‘O ia, ’sa well gin ti i mi gymyd *panad* fel pawb *call* yn y stafall ’ma – dyna ti’n ’i awgrymu?’

‘’Mond deud be sy ar fy meddwl i.’

‘A be *sy* ar dy feddwl di, Carys? Be sy’n mynd ymlaen yn yr hen ben bach ’na, dybad?’

‘O Emrys, plis!’

‘Poeni ’mod i’n troi’n alci ’ti?’

‘Yndw, weithia.’

‘Wyt, yn dwyt? O’n i ’di dechra ama dy fod ti.’

‘Yn enwedig pan ti fel hyn.’

‘Fel be, Carys – fel ffwcin be?’

‘Fel hyn, ’de . . . pan ti fel hyn yn dy ddiod.’

‘Reit ’ta, mi stopia i rŵan os lici di. Mi ffwcin stopia i’r ffwcin lot.’ Lluchiodd Emrys ei wydr i’r llawr a thasgodd y wisgi dros wal y gegin oedd newydd gael ei phaentio ryw bythefnos cynt.

‘*Emrys*!’

‘Chdi ddudodd wrtha i am roi’r gora iddi, a rŵan dwi’n gneud.’

‘Paid â gneud llanast o ’nghegin i!’

‘Chdi a dy ffwcin gegin, a dy fagwraeth la-di-da. Paid â deud wrtha i be ga i neud ne’ be ga i beidio neud yn ’y nghegin ’yn hun!’

‘Ma hi’n gegin i minna hefyd, os cofi di!’

Cychwynnodd Emrys am ei wely. Carys fydda’n mynd o ’na gynta fel arfar ar ganol ffrae, ond roedd Emrys mewn cyflwr gwaeth na’r arfar heno ac mi driodd ffendio’i ffordd i fyny’r grisia. Aeth Carys i gloi’r drws cefn a phan aeth i fyny’r grisia roedd Emrys wedi tynnu’i drowsus i lawr ac wrthi’n piso ar ben y landing. Doedd ganddo ddim syniad lle roedd o a rhedodd Carys i fyny i drio’i stopio. Gwthiodd ynta hi allan o’r ffordd a deud wrthi am feindio’i busnas, ac yna fe wnaeth ragor o’i fusnas yno o’i blaen. Wrth gael ei tharo mi syrthiodd Carys dros fwrdd bychan oedd yn llawn o anrhegion roedd Mari Lisa wedi’u rhoi iddi ers pan oedd hi'n hogan bach – y casgliad tsieni o ffigura Mabinogaidd, amball un ohonyn nhw wedi'i neud gan Mari'i hun yn y gwersi crochenwaith yn yr ysgol gynradd, ac wedyn ffigura'r Welsh Crest yn portreadu Math a Goewin a Gwydion mewn porslen cain roedd hi wedi'u prynu i'w mam. Y cyfan yn deilchion yng nghanol y piso a'r llanast.

Y bora wedyn, wydda Emrys ddim ble roedd o nes i Carys ddod i'w ddeffro a deud ei bod yn mynd i aros i dŷ ei mam. Ymbiliodd arni. Rhedodd ar ei hôl i lawr y grisia a drewdod ei lanast yn codi'n un talp o euogrwydd i'w ffroena. 'Carys! Plis, gwranda . . . dwi'n sorri . . . *dwi wir yn sorri*! 'Na i byth yfad eto, Carys, dwi'n gaddo. Carys, *paid* â mynd, *plis*!' A dyna pryd yr arhosodd hi wrth ddrws y cefn a deud wrtho, heb arlliw o deimlad yn ei llais:

'Ti 'di 'mrifo i tro 'ma, Emrys, tu hwnt i fendio. Ma hwn yn glais nad eith o byth o'na. Fedra i'm madda i chdi tro 'ma . . . sorri.'

Roedd hi wedi troi ar ei sawdl a chau'r drws yn glep ar ei hôl. Galla Emrys daeru iddo weld arwydd o ddeigryn yn ei llygad wrth iddi droi, ond falla mai crafangu am unrhyw welltyn o obaith oedd peth felly. Roedd Carys wedi mynd.

* * *

A rŵan, roedd o 'nôl yn Llys Meddyg am y tro cynta ers sbel go faith. Roedd o'n teimlo'n chwithig iawn yn eistedd yno wrth y lle tân yn nhŷ'i fam-yng-nghyfraith, yn edrach ar y bwlch lle bydda llun ei briodas o a Carys yn arfar bod.

'Gymwch chi banad, Emrys?' holodd ei fam-yng-nghyfraith. Roedd yr hen gryduras wedi mynd dipyn mwy musgrall ers iddo'i gweld hi ddwytha, ond yn cadw'i hurddas serch hynny.

'Ia, diolch i chi. Mi fydda panad yn dda.'

Mi ffoniodd o Olwen yn frysiog i'r siop a deud wrthi ei fod o heb gysgu adra neithiwr, ac na fedra fo siarad mwy rŵan ond ei fod ar ei ffordd i'r siop i'w gweld hi. Roedd o isio gofyn iddi neud ffafr iddo.

'Be tisio i mi neud?'

'Yli, fydda i yna mewn tua hannar awr, iawn? Wela i di bryd hynny.'

'Ia, ond Emrys . . .'

'Olwen, gwranda, dwi 'di colli'n ffôn symudol ac nid fi sy'n talu am yr alwad yma, felly wela i di wedyn, ocê? *Paid* â poeni. Hwyl.'

Daeth Carys i mewn wedi cael cawod a newid. 'Well 'ni'i chychwyn hi 'ta?'

'Yli, ga i dacsi os 'dio'n ormod o . . .'

'Nag'di siŵr. 'Dio'm yn draffath o gwbwl. A beth bynnag, 'dan ni angan trafod, ydan ni ddim?'

'O ia siŵr . . . ydan.'

'Lle'r awn ni?'

'Rwla, 'dio'm gwahaniath gin i.'

'Yli, Emrys – os na 'di otsh gin ti, 'sa well gin i tasan ni ddim yn . . wel . . . ddim yn mynd i'r tŷ. I Fryn Llan, 'lly.'

'Ia, na . . . siŵr iawn . . . dwi'n dallt.'

Daeth mam Carys â phanad drwadd i'r ddau a'u gadael yn y parlwr ffrynt. Roedd yr hen Mrs Owen yn dallt yn iawn pryd nad oedd mo'i hangan. Dipyn o grefft ydi peth felly, ond roedd cyn-wraig i feddyg yn gwbod yn iawn pryd i ddiflannu a pheidio gwrando.

'Dwi'm 'di son 'run gair am y negeseuon 'ma wrth Mam, gyda llaw. Mi fydda'n ddigon amdani.'

'Dwi'm yn meddwl dylian ni sôn wrth *neb* ar hyn o bryd.'

'Na, falla dy fod ti'n iawn. Peidio fydda galla.'

'Sonnis inna 'run gair wrth Olwen chwaith.'

'Gyda llaw, anghofish i ddeud wrthat ti am un negas ges i,' medda Carys yn sydyn.

'O?'

'A deud y gwir, ddalltish i moni'n iawn pan ges i hi.'

'Be 'lly?'

'Feddylish i'n siŵr mai rhif anghywir oedd o i gychwyn, ond mi ddoth gan yr un negesydd â'r gweddill.'

'*Be oedd o*, Carys?'

'Y seren.'

'Be?'

'Dyna'r cwbwl. Dau air – 'y seren'.

'Ges inna rwbath tebyg, hefyd, erbyn 'ti ddeud.'

'Be oedd hynny?'

'Chofia i'm yn iawn – ond dwi *yn* cofio meddwl ar y pryd, be ddiawl 'di hwn?'

'Tria gofio, Emrys. Falla'i fod o'n bwysig.'

'Pam? Ti'n meddwl fod 'na ryw arwyddocâd i'r . . . i'r "seren" 'ma?'

'Ti byth yn gwbod.'

'Cymer!'

'Be?'

'Y gair ges i – "cymer" oedd o. Dwi'n cofio meddwl falla mai "cymêr" oedd o, ond nad oedd hi'n bosib rhoi to bach ar y symudol.'

'Y seren cymer,' medda Carys, yn crafu am unrhyw negas o fewn y tipyn geiria.

'Neu "cymer y seren"?'

'Bosib fod hwnna'n gneud dipyn bach mwy o synnwyr.'

'Well 'ni fynd.'

'Ia, ydi.'

'Feddyliwn ni am rwla i drafod ar y ffor'.'

Gafaelodd Emrys yn ei fag a'i sach gysgu a llowcio gweddill y banad ar un cegiad, a bloeddio 'Diolch am y banad, Mrs Owen!' ar ei ffordd allan. Daeth hitha i ben y drws i godi llaw ar y ddau.

Roedd colli Mari Lisa wedi deud yn o ddrwg arni, yr hen gryduras. Roedd yr urddas cynhenid yno o hyd, ond roedd pryder yn llygaid Nain druan. Ei hunig wyres ar goll ers pedair blynadd. Doedd ryfadd fod ei hiechyd yn breuo.

* * *

Roedd Olwen wrthi'n gneud croesair y *Guardian* yn y siop i basio'r amsar. Doedd dim llawar o gwsmeriaid y peth cynta ar foreua Sadwrn ac mi fydda Olwen yn gneud llungopi o groesair pob papur i basio'r amsar ar ôl mynd trwy'r post. Weithia mi fydda'n llwyddo i'w gorffan i gyd cyn diwadd y dydd – dibynnu pa mor brysur fydda hi yn y siop.

Roedd hi wedi troi hannar awr wedi deg y bora pan gerddodd Emrys i mewn a gofyn i'w chwaer a fedra hi ymdopi yn y siop ar ei phen ei hun drwy'r dydd am y tro. Edrychodd honno'n wirion arno am sbel. Roedd yr olwg ar ei brawd fel 'tai o wedi'i lusgo drwy ddrain a mieri. Nid fod Emrys wedi bod yn un am dorri cŷt erioed – a deud y gwir, mi fedra fod yn un digon blêr ar adega, yn union fel y bydda'i siop o'n arfar bod cyn i Olwen fynd i'r afael â hi. Ond roedd yr olwg arno heddiw'n wahanol.

'Emrys bach, lle goblyn ti 'di bod?' holodd ei chwaer.

'Ges i noson wael.'

'Yn amlwg!'

'Gwranda, Olwen . . .'

''Nest ti'm atab fy negas i bora 'ma, hyd yn oed.'

'Naddo. Sorri. 'Nest ti drio'n ffonio fi wedyn?'

'Do – ddwywaith.'

''Na'th 'na rywun d'atab di?' holodd Emrys, rhag ofn bod y sawl gafodd afael ar ei ffôn symudol wedi ymatab. (Roedd Carys wedi trio gneud 'run peth hefo'i rhif hi, ond i ddim diben.)

'Naddo, neb. 'Mond peiriant atab ges i'r ddau dro, wedyn mi ffonish i'r tŷ ond doedd 'na neb yn atab yn fan'no, wrth gwrs.' Tybad oedd Olwen yn stilio am fwy o wybodaeth? Anwybyddu'r awgrym wnaeth Emrys.

'*Fedri* di warchod y siop imi am heddiw, Ol? Rwbath 'di codi'i ben.'

'Oes 'na'm byd 'di digwydd . . .?'

'Jest angan sortio chydig o betha ydw i.'

'Ti 'di bod yn dy wely o *gwbwl*, Emrys?'

'Naddo.'

'*Ma* 'na rwbath 'di digwydd, 'does?'

Roedd gan Olwen drwyn am stori ond roedd Emrys yn benderfynol o beidio deud mwy nag oedd raid.

Daeth Mari Glanrabar i mewn i'r siop yn sŵn i gyd hefo copi ddoe o'r *Daily Post* dan ei braich, gan arbad Emrys rhag gorfod mynd i unrhyw fanylion pellach.

'Fyddi di'n ocê ar ben dy hun 'ta, Ol?'

'Dew, Emrys,' medda Mari, gan edrach arno ym myw ei lygaid, 'ydach chi'n hel am rwbath, dudwch?'

'Sud dudoch chi?'

'Golwg digon llegach arnach chi bora 'ma.'

'Yr hen ffliw 'ma, dwi'm yn ama'i fod o wedi picio i edrach amdana i, Mari. Ro i ganiad i chdi fory, yli Olwen. Diolch 'ti.'

'Ond sgin ti'm *ffôn*!' Roedd Olwen yn amlwg yn poeni am ei brawd, ac roedd Mari'n glustia i gyd ac yn gneud y syms rhyfedda wrth wrando ar y ddau.

'Gin i un yn tŷ, 'does. Paid â poeni, Ol. Ga i afa'l arnach chdi rwsud.'

'Emrys!' galwodd ar ei ôl – 'dy bost di.'

'Diolch.' Cymerodd Emrys ryw ddau 'dri o lythyra gan ei chwaer, yna hefo clep ar ddrws y siop, allan â fo.

'Dewcs! Rywun ar frys?' holodd Mari.

'Fedra i'ch helpu chi, Mrs Parry?' gofynnodd Olwen iddi.

'Meddwl tybad oeddach chi wedi ca'l yr atab i ffôr down o'n i, Olwen.'

'Yr *Easy* 'ta'r *Cryptic*, Mari?'

'*Easy*, siŵr dduw! 'Swn i acw tan Sul pys yn gneud y sglyfath peth arall 'na.'

'Cliw?'

'"Matthews thanked the Lord she was this." "W" rwbath, "l" rwbath, ac "h".'

'Welsh.'

'Be?' medda Mari, a'i llygaid hi'n syfrdan.

'Cerys Matthews – "I thank the Lord I'm Welsh".'

'Nefi wen, tydi'r cnafon yn rhoid rhei anoddach bob dydd 'di mynd?'

''Dach chi'n meddwl?'

'Argoledig! Jest na sgwennwn i mewn i gwyno. Dio'ch ichi, Olwen,' ac allan â hi heb brynu cymaint â phensal.

* * *

Aeth Emrys yn syth o'r siop ac ar draws y lôn i'r maes parcio. Roedd Carys wedi parcio'i char yng nghongol y maes fel na fedra 'na neb eu gweld nhw. Y peth dwytha oeddan nhw isio oedd i bobol Llan ddechra meddwl eu bod nhw 'nôl hefo'i gilydd. Dyna be fydda stori.

Taniodd Carys yr injan a'i gneud hi'n syth am Nant Gwrtheyrn. Roedd Emrys isio gwbod i ddechra oedd gan y cychwr sarrug rwbath i'w ddeud am yr hyn ddigwyddodd i Emrys pan oedd o ar yr iot – *a* wedyn.

Doedd yr un o'r ddau'n meddwl bod 'na ddiben holi pobol City Cabs, achos roedd Emrys yn grediniol nad oedd dim i'w ama yn fan'no. Roedd Ken, ei yrrwr tacsi 'Bangyr, âi?' wedi ymddangos yn ddigon diniwad. Ond roedd gan y ddau nesa a gafodd o'n gymdeithion dipyn mwy o waith egluro i'w neud.

Roedd Carys wedi cael menthyg ffôn symudol ei mam rhag ofn y bydda'i angan arni. Yn y tŷ y bydda'i mam drwy'r dydd – a ph'run bynnag, wnaeth hi rioed feistroli 'rhen declyn goblyn. Roedd hi byth a beunydd yn deialu rhifa pobl nad oedd hi wedi bwriadu eu ffonio, a byth yn medru cael gafael ar y sawl roedd hi *isio* cysylltu efo nhw.

Pasio Glynllifon roeddan nhw pan ffoniodd Mrs Owen i ddeud wrth Carys fod 'na lythyr go od wedi dŵad iddi drwy'r post, heb bwt o stamp ar ei gyfyl. Stopiodd Carys y car i gael sgwrsio.

'Hefo'r postman doth o, Mam?' holodd.

'Na, dwi'm yn ama'i fod o wedi'i ddilifro hefo llaw.'

'I mi mae o?'

'Wel, dwi'm yn siŵr iawn. Cyfan sydd ar yr amlen ydi "Mami".'

'Nefi wen!'

'W't ti am i mi'i agor o?'

Doedd Carys ddim yn gwbod be i'w ddeud. Roedd yn bosib y bydda 'na fwy o wybodaeth tu mewn i'r amlen fydda o help i Emrys a hitha cyn iddyn nhw fynd yn ôl i'r Nant.

'Ia . . . ia . . . ma well ichi neud 'ta, Mam. Ddalia i'r lein, iawn?'

Rhoddodd Carys ei ffôn i Emrys a thanio'r car. Doedd ganddyn nhw ddim amsar i wastraffu. Ond bron ar derfyn wal Glynllifon gofynnodd Emrys iddi droi i'r dde.

'Lle tisio mynd?'

'Llan.'

'Ond Emrys . . .'

'Fydd dim rhaid ti ddŵad i mewn. Jest mynd i weld oes 'na bost i mi ydw i – rhag ofn. Barciwn ni yn y lôn gefn. Welith na neb.'

Cyn gynted ag y trodd Carys oddi ar y ffordd fawr, clywodd Emrys lais Mrs Owen yn ei glust. Gwnaeth arwydd ar Carys i dynnu i'r ochor a rhoddodd y ffôn iddi.

'W'st ti be, Carys bach, does 'na'm pwt o ddim yn yr amlen.'

'Be?'

'O'n i'n ama 'i bod hi'n edrach yn dena.'

'Dim byd?'

'Dim poeriad o ddim byd, cofia. Am ddigri, 'te?'

'A dim ond "Mami" sy ar yr amlen?'

'Ia.'

'O, wel. Iawn 'ta . . . ym . . . diolch, Mam.'

'W't ti'n iawn, Carys bach?'

'Ydw . . . ydw siŵr. Peidiwch chi â poeni – fydd bob dim yn iawn, gewch chi weld.'

'O, cym' bwyll be bynnag 'nei di, Carys . . . cym' bwyll.'

''Na i, Mam. Caru chi . . . ta-ta.'

Diffoddodd Carys y symudol ac edrach ar Emrys. 'Doedd 'na'm byd tu mewn!'

'Na – ddalltish i. Be ddiawl ma peth felly i fod i feddwl, d'wad?'

'Falla na 'dio'm byd i' *neud* hefo'r blincin "gêm" 'ma, fel ti'n ei galw hi.'

'Na, dwi'm yn meddwl hynny.'

'Be – ti'n meddwl fod y gair ar yr amlen yn gliw?'

'O bosib. Be oedd y geiria er'ill 'na eto?'

'"Cymer y seren."'

'"Cymer y seren . . . mami." Neu "Mami, cymer y seren" falla?'

Doedd 'na fawr o synnwyr yn yr un o'r amrywiada.

'Ydio'n canu rhyw gloch i *chdi*, Carys?'

'Dim. Dim byd o gwbwl.'

Adroddodd Emrys y geiria drosodd a throsodd a throsodd nes iddyn nhw basio arwydd Llan. Wrth fynd i fyny allt yr eglwys, cododd Carys golar ei chardigan i fyny i drio cuddio peth arni'i hun, a thynnu'i gwallt yn dynnach dros ei gwynab. Roedd ganddi lawar o ffrindiau'n dal ar hyd y lle, ac er ei bod wedi setlo'n dda yn yr hen bentra tra buo hi yno, mi wydda Carys yn iawn pa mor dafodrydd y galla amball un o'r trigolion fod.

Doedd 'na fawr o neb i'w weld hyd y stryd, a pharciodd Carys y car yn reit swat wrth ddrws y garej yn y lôn gefn. Rhedodd Emrys i'r tŷ, yn hannar disgwyl amlen hefo gair arall arni – ond na, dim byd. Chydig o lythyra jync a bil nwy, dyna i gyd. Cymrodd un edrychiad sydyn dros y gegin i weld bod pob dim yn iawn, a fflachiodd rwbath drwy'i feddwl yn gyflym. Nid fel yma y gadawodd o hi, meddyliodd. *Pam dwi'n meddwl hyn*?

I ddechra cychwyn, roedd o bron yn siŵr na chadwodd o mo'r botal lefrith wedi iddo roi diod i'r gath. Roedd wedi gadael ar gymaint o frys. Na'i fỳg chwaith, na'r jar coffi . . . Roedd ei ddillad yn dal yn y peiriant sychu yn aros i Olwen ddŵad i'w smwddio, ac roedd 'na hen gaserol heb ei gyffwrdd yn dal ar ben y stof. Oedd, roedd popeth *arall* yn ei le, ond mi daera ddu yn wyn na ddaru o ddim cadw'r botal lefrith na rhoi'r mỳg a'r jar coffi yn ôl yn eu lle. Ac eto, fedra fo ddim mynd ar ei lw na ddaru o glirio rhywfaint. Falla gwna'th o. Pwy wydda bellach?

Rhedodd rownd y gongol yn ôl am y car, ac roedd Carys yn ista yno'n astudio amlen. 'Be 'di hwnna?' gofynnodd ynta.

'Rŵan gwelish i o. Yng nghanol y post roth Olwen iti.'

'Be mae o'n ddeud?'

'"Arian."'

'Arian?'

'Ia. Felly . . . "Cymer y seren, Mami – arian".'

'Neu "Cymer y seren arian, Mami",' cynigiodd Emrys.

'Ia, ma hwnna'n swnio'n well.'

'Dallt uffar o'm byd arno fo chwaith, 'de.'

'*Oedd* 'na bost yn tŷ?'

'Dim byd o dragwyddol bwys.'

''Sa well 'ni fynd 'ta. 'Cofn i rywun 'yn gweld ni fama yn lôn gefn.'

Gwyliodd Emrys Carys yn tanio'r injan, a meddwl, *be goblyn sy o'i le ar i ŵr a gwraig ista hefo'i gilydd mewn car ar lôn gefn?*

Ond nid gŵr a gwraig cyffredin mohonyn nhw bellach, wrth gwrs. Roedd Carys yn iawn – doeddan nhw ddim isio i'r cymdogion ddechra rhoi'u trwyna i mewn i betha.

* * *

Roedd y ffordd i lawr am Nant Gwrtheyrn yn edrach yn hollol wahanol yng ngola dydd. Pefriai Môr Iwerddon yn ei wisg ora, yn sbloets o las, gwyrddlas a phiws, a'r hen gwm ei hun ar ei wyrdda ym mis Mai. Roedd 'na dipyn o fynd a dod i'w weld tua'r pentra, a meddyliodd Emrys be'n union ddeuda fo wrth y dyn bach surbwch pe bai o yno. Os mai gwadu'r cyfan wnâi hwnnw, yna fe fydda Emrys yn mynnu cael gwbod ganddo – heddiw – pwy yn union oedd wedi talu iddo am ei gyfarfod o cyn toriad gwawr, a'i ddanfon allan at yr iot. Roedd o bownd o fod yn gwbod rwbath am y gêm 'ma – rhaid ei fod o. Roedd Emrys yn benderfynol na ddôi o o'r Nant heb *ryw* fath o wybodaeth.

Wedi parcio'r car yn y maes parcio, cerddodd Carys ac ynta'n syth i'r swyddfa. Roedd Carys yn hen gyfarwydd â phatrwm petha yn y Nant, a gwydda'n union lle i fynd. Nerys Evans oedd y trefnydd y dyddia hyn, ac er nad oedd Carys wedi gweithio yn y Ganolfan ers sbel go lew, roedd y ddwy'n nabod ei gilydd yn weddol. Cerddodd i mewn i'r swyddfa'n ffug hamddenol gydag Emrys yn ei dilyn, a chyfarchodd Nerys hi'n galonnog.

'Nefi wen, Carys! Ddim 'di dy weld *di* ers sbel.'

'Naddo! Sut w't ti ers cantoedd?'

'O – 'brysur, fel ti'n gwbod. Ceinwen yn methu'n glir â cha'l gafal arnat *ti*, medda hi. Be ma nhw'n neud hefo chi tua'r brifysgol 'na – 'ych clymu chi wrth 'ych desgia rownd y bedlan?'

'Ti'm yn bell ohoni, Nerys.'

'Wel, be fedra i neud i chdi?'

'Ti'n cofio Emrys, ma siŵr, dwyt?'

'Ydw tad . . . su'dach chi, Emrys – cadw'n iawn?'

'Ydw diolch, Nerys. Jest meddwl oeddan ni tybad fedrach chi'n helpu ni, deud gwir.'

'Wel, wrth gwrs. Be fedra i neud ichi?'

'Emrys sy'n meddwl dŵad yma i neud dipyn o waith sgwennu,' medda Carys.

'Dihangfa?'

'Wel . . . ia . . . dyna oedd gin i dan sylw.'

'Chewch chi nunlla gwell.'

'Oes modd inni fynd i *weld* rhyw un neu ddau o'r bythynnod, 'dach chi'n meddwl?' holodd Emrys.

'Ma 'na sbel ers pan fush i tu fewn i un ohonyn nhw. Jest isio gweld be 'di'r cyfleustera oeddan ni,' ategodd Carys.

'Digon plaen ydyn nhw, wrth gwrs. Fawr wedi newid ers pan oeddat ti yma ddwytha, Carys.'

'Gawn ni fynd i weld?'

'Wrth gwrs. Ma 'na un neu ddau ohonyn nhw'n wag, fel ma'n digwydd.'

'Liciwn i ga'l un yn weddol agos at y swyddfa, os 'di hynny'n bosib,' medda Emrys.

Edrychodd Nerys ar y llyfr mawr du o'i blaen, 'Wel, ma "Maldwyn" yn wag. Croeso ichi fynd i weld hwnnw rŵan os 'dach chi isio.'

'Be am "Trem y Môr"? Ydi hwnnw'n wag?' holodd Emrys yn syth.

'Trem y Môr?' Crychodd Nerys ei thalcan. Roedd hi'n amlwg yn gweld hwnna'n gwestiwn od iawn i'w ofyn.

'Ia – y bwthyn reit drws nesa i'r swyddfa.'

'Na, tŷ golchi 'di hwnnw wedi bod ers blynyddoedd, ma arna i ofn. Tydan ni ddim yn llogi "Trem y Môr" bellach.'

'Ond . . .'

Roedd Emrys yn hollol gymysglyd erbyn hyn. *Tŷ golchi? Pwy ddiawl fydda wedi bod mewn tŷ golchi 'radag honno o'r nos?*

'Dyma 'chi allweddi "Maldwyn", beth bynnag. Cymwch 'ych amsar ac mi ro i'r manylion am y prisia ichi pan ddowch chi â'r goriad yn ôl.'

Aeth Emrys a Carys i weld y bwthyn ond roedd Emrys yn hollol siŵr nad 'Maldwyn' oedd y tŷ y daeth y cychwr allan ohono. Roedd o'n cofio'n glir gweld yr enw 'Trem y Môr' ar y wal, ac mi daera ddu yn wyn mai'r tŷ drws nesa i'r swyddfa oedd o ac nid y tŷ drws nesa ond un.

Mi gerddodd y ddau o gwmpas y pentra ond doedd dim golwg o'r dyn ddaeth allan o 'Trem y Môr' a'i ddanfon yn y cwch yng nghanol y nos at y ferch hardd yn y ffrog wen â'r ddau datŵ. Doedd dim golwg ohoni hitha chwaith, wrth gwrs. Wedyn cerddodd Emrys i lawr at y môr ar ei ben ei hun – drwy'r gors a'r rhedyn, dros y sgri ac ar hyd y tywod a'r gwymon, i chwilio naill ai am y cwch bach oren neu am iot o'r enw *Lazy Mary*. Welodd o 'run ohonyn nhw, dim ond Mynydd Caergybi'n codi yn y pellter, yn dal i drio herio Eryri.

Cychwynnodd Emrys yn ôl i fyny o'r cwm yn ddyn rhwystredig iawn. Roedd Carys wedi mynd â'r allweddi 'nôl i Nerys ac roedd hi'n ei ddisgwyl wrth y car pan laniodd yn ei ôl. Meddyliodd Emrys am ryw hen, hen chwedl y clywsai amdani ryw dro – fel roedd ffermwyr y Nant ar un amsar wedi gwrthod i fynaich ar bererindod godi eglwys yno. Rhoddodd y mynaich felltith ar y cwm a rhoi tair tynged arno – fydda tir y Nant byth eto'n dir cysegredig, châi neb fyth briodi yno, a bydda'r cwm yn llwyddo ac yn methu dair gwaith.

Roedd Emrys ei hun hefyd wedi methu, a hyn eto'n mynd i'w gyrru i gongol nad oedd modd dod allan ohoni. Yn union fel gêm o wyddbwyll nad oedd modd ei setlo ac a fydda'n bownd o ddarfod mewn diflastod. Siwrna chwithig o'r radd flaena fuo hon. Neb yn ennill; neb ddim mymryn nes i'r lan.

Aeth y ddau'n ôl i fyny'r allt wedi llwyr ymlâdd. Roedd Emrys wir angen cwsg erbyn hyn, a gollyngodd Carys o y tu allan i'r tŷ yn hollol waglaw ar wahân i un pamffled o'r Ganolfan Iaith a rhyw lun o frawddeg.

'Cymer y seren arian, Mami . . .'

10

Galwodd Olwen draw ym Mryn Llan a hitha'n tynnu am naw o'r gloch y nos, hefo caserol cig oen blasus ar gyfar Emrys.

Roedd hi wedi bod yn gneud ryw fath o botas i'w theulu bob nos Sadwrn ers pan gyrhaeddodd y plant eu harddega. Doedd 'na fawr o drefn ar amsar swpar yno ar nos Sadwrn – pawb isio byta ar adega gwahanol, pawb â'i drefniada, pawb â'i amserlen – felly roedd rhyw lun ar gaserol yn haws na dim. Pawb i helpu'i hun fel mynna fo, pryd mynna fo. A chan mai dim ond Iwan oedd ar ôl adra bellach (y tri arall wedi hen adael y nyth am goleg neu gwrs yn rwla), roedd ganddi dipyn llai o gega i'w bwydo. Ond bydda Olwen yn dal i baratoi 'run faint yn union o fwyd serch fod y cywion eraill i gyd wedi hedfan, ac o ganlyniad roedd Iwan a'i dad wedi dechra magu tipyn o flonag.

Ac ers i Carys adael Emrys, mi fydda Olwen yn galw'n ddeddfol tua naw bob nos Sadwrn hefo powlennad o'r caserol iddo fynta hefyd. Câi Emrys ei fyta'r noson honno neu ei gadw tan drannoeth. 'Ne' mi ei allan ar stumog wag', fydda'i byrdwn hi, 'dwi'n dy nabod di'n iawn. Felly byddat ti'n hogyn bach hefyd, ti'n cofio? Denig i lan y môr bob gafal heb bwt o frecwast na dim.'

Roedd Emrys yn cysgu'n sownd pan gyrhaeddodd Olwen. Roedd ganddi ei goriad ei hun, a chan nad oedd unrhyw olion yn y gegin fod ei brawd wedi cael swpar rhoddodd y bowlennad bwyd i gynhesu'n ara yn y meicro. Olwen a Hywyn oedd unig geidwaid allweddi sbâr Bryn Llan – a Carys, wrth gwrs. O leia ddaru hi ddim lluchio hwnnw'n ôl yn ei wynab wrth adael. Na'i modrwy. Roedd hynny, fel ei llais ar y peiriant atab, yn gysur o fath i Emrys.

Rhoddodd Olwen alwad ysgafn i fyny'r grisia, a chlywodd

Emrys ogla'r caserol cig oen yn ei ffroena wrth iddo ddeffro. Ond daliodd i orwadd yno am chydig funuda, yn ail-fyw yn y co' unwaith eto ei ddiwrnod anhygoel. On'd oedd hon yn stori ryfeddol? Stori yr oedd ei phlot bellach yn dechra rhedag yn ei stêm ei hun. A thybad mai felly bydda hi o hyn ymlaen? Carys ac ynta'n cael eu harwain gan ddwylo ffawd o'r naill sefyllfa anhygoel i'r llall?

Clywodd lais ei chwaer yn galw'n ysgafn eto. 'Tyd, Emrys! Bwyd yn barod!'

Mi aeth Mari Lisa â'i hallwedd hefo hi, hefyd, 'do? meddyliodd, wrth godi a gwisgo amdano.

* * *

'Dyna welliant!' medda Olwen, wrth roi dysglad o'r potas a dwy dafall o fara menyn ar y bwrdd yn y gegin.

'Diolch 'ti, 'rhen Ol – dwi *angan* hwn.'

'Fyswn i'n meddwl, wir. Ti'm 'di byta dim drw'r dydd, ma siŵr, naddo?'

'Na . . .'

'Pryd fytist ti ddwytha?'

Gwibiodd Emrys yn gyflym drwy'r tryblith yn ei gof, a chofio am y wledd ar yr iot. Ond doedd o ddim am ddatgelu gormod o'r hanas wrth Olwen. 'O – rywbryd neithiwr, ma siŵr.'

'Nefi wen, Emrys! Ti'n bownd o ga'l ryw aflwydd – llyngyr ne' rwbath – os na ti'n byta'n rheolaidd. Dwn 'im be fasa Mam yn ei ddeud.'

'Dim lot, siŵr gin i . . . Ew, mae hwn yn dda, Olwen – blydi lyfli.'

Rhoddodd Olwen chwerthiniad bach. 'Diolch 'ti!'

Mi wydda Emrys y bydda brolio'n cau ei cheg hi am sbel. Mae pob dynas yn licio clywad dyn yn brolio'i bwyd hi. Dyna'r unig amsar y bydda fo'n cofio calon ei fam yn c'nesu rywfaint ato – pan fydda fo'n deud rwbath go neis am ei bwyd.

Ac roedd gwên fach yn dal i chwara ar wefusa'i chwaer.
'Panad . . .?'

'Ia plis, Ol,' medda Emrys ar ôl llyncu'r gegiad ola.

Wrth i Olwen daro'r teciall ymlaen, paratôdd Emrys i fentro gofyn ei gwestiwn cynta iddi. Roedd ganddo ddau ar ei feddwl, ac roedd o wedi penderfynu mai holi am y botal lefrith wnâi o gynta. Dim ond iddo gael ryw chydig o dawelwch meddwl.

''Nest ti'm digwydd galw heibio bora 'ma, 'do Olwen?'

'Wel do, siŵr iawn! O'n i'n poeni amdanach chdi, 'do'n – gweld chdi'm yn atab dy fobeil na dim.'

'Felly chdi gliriodd y gegin?'

'Wel ia!'

'Ddoist ti'r holl ffor' o dre i neud hynny?'

'Nid dyna '*mwriad* i, naci? Dŵad yma i edrach oeddat ti'n iawn o'n i, siŵr. Wedyn gwelish i'r gegin mewn llanast a phenderfynu clirio dipyn.'

'Wela i.'

'Gyda llaw, ga i luchio'r hen gaserol 'na sy ar y stof? Ma ogla ddoe arno fo.'

'Ia, iawn, os neith o ichdi deimlo'n well!'

Taflodd Olwen gynnwys y bowlan i'r bin a throi ei thrwyn wrth neud, wedyn cau gena'r sach du hefo dipyn o arddeliad a'i roi allan yn y cefn.

Felly dyna ddatrys hynna. Olwen fuo wrthi felly. Diolch i'r drefn, meddyliodd. Roedd o wedi dechra ama fod 'na rywun yno yn y tŷ, neithiwr, pan gafodd y galwada cynta 'na. Y Meistr, hyd yn oed. Galla roi hynny, o leia, o'i feddwl bellach.

Daeth Olwen yn ei hôl, a chyn i Emrys gael cyfla i roi'i blât yn y sinc, roedd wedi cipio'r plât oddi arno a'i roi hefo'r bowlan gaserol yn y peiriant golchi llestri. Pwysodd Emrys ar y sinc, yn sipian ei banad.

'W'st ti'r llythyra roist ti imi'r bora 'ma, 'de Ol?'

'Ia . . .?'

'Sylwist ti ar rwbath dipyn yn od yn eu plith nhw?'

‘Argian, ’mond tri llythyr oedd ’na.’

‘Ia, ond sylwist ti ar un hefo jest *un* gair arno fo?’

‘Wel do, erbyn ’ti ddeud. Gymish i ma rywun o’r Llan ’ma’n talu’i ddyledion oedd o. “Arian” o’dd y gair, ia ddim?’

‘O . . . wela i . . . ia siŵr. Be arall *fasat* ti’n feddwl, ’te?’

‘Dim dyna oedd o?’

‘Naci, Ol.’

‘Yli Emrys, dwi’n gwbod nad w’t ti’m isio ’mi holi, ond *ma* ’na rwbath, ’toes?’

‘Oes, ma ’na . . .’

‘Ydio’n rwbath medra *i* helpu?’

‘Dwi’m *yn* gwbod. Duw a ŵyr, Olwen bach.’

‘Tisio siarad?’

‘Na, dim eto. Os na ti’n meindio?’

‘Nag’dw i siŵr. Ddim o gwbwl, Emrys bach. Ti ’di bod drwyddi ddigon heb i *mi* stwffio ’nhrwyn i mewn.’

C’nesodd unwaith eto at ei chwaer. Nid yn unig am fod ei bwyd hi mor dda, ond am fod yn gymaint o gefn iddo fo. Er ei les o roedd hi’n gneud bob dim. ‘Tewach gwaed na dŵr’, fel byddan nhw’n ddeud. Ac er na phrofodd Emrys mo hynny rhyw lawer gan weddill ei deulu, roedd Olwen, chwara teg iddi, wedi gneud mwy na’i siâr o’i gefnogi.

‘Yli, mi a’ i â’r dillad ’ma hefo fi i’w smwddio, i chdi ga’l dy wynt atat.’

‘Diolch ’ti, Ol.’

‘Ddo’ i â nhw iti i’r siop ddydd Llun.’

‘Does ’na’m brys, ’sdi. Wir.’

Rhoddodd gusan i’w chwaer ac aeth allan i ben drws i godi llaw arni. Gwelodd Alice Barbar yn cerddad adra wedi bod am dro i fyny Lôn Ddŵr i casglu bwtsias y gog, ac mi groesodd y lôn atyn nhw.

‘Bloda digon o ryfeddod gynnoch chi, Alice.’

‘Rhad ac am ddim, ’te Emrys? Rhad ac am ddim.’

‘“Mudion glychau Mai” chwadal ’rhen Wilias Parri.’

'O, dwn 'im am hynny, chwaith. Ma'r rhein yn siarad cyfrola hefo mi!'

A 'mewn â hi i'w thŷ bach tlawd i roi'r bloda mewn potal lefrith wag hefo chydig o redyn o'i gardd i'w cynnal a'u harddangos ar eu gora. Mi fydda gan Alice wastad rwbath yn ei ffenast, ha' a gaea. 'Rhoddion rhad Duw, 'te Emrys bach?' fydda hi'n 'i ddeud, 'rhoddion rhad Duw.' Roedd Alice yn casglu rwbath neu'i gilydd bob amsar – yn goed tân ac yn fadarch, yn fwyar ac yn gnau, llus, eirin tagu, berw dŵr, cnau daear . . . Hyd yn oed yn nhwll gaea, mi fydda'n hongian moch coed a iorwg a chelyn, ac yn sychu rhosmari a phetala rhosod ddiwadd ha'.

Gwyliodd Emrys gar ei chwaer yn diflannu rownd troead yr eglwys cyn mynd ar ei union yn ôl i'r tŷ a ffonio Carys. Mrs Owen atebodd. 'O Emrys, chi sy 'na. Ydi . . . ydi . . . ma hi yma. Alwa i arni ichi rŵan.'

'Diolch ichi, Mrs Owen.'

'Dwi'n gobeithio, Emrys, nad ydach chi a Carys ddim am ruthro i mewn i betha tro 'ma.'

Daeth y frawddeg ddisymwth yna gan ei fam-yng-nghyfraith fel tipyn o sioc iddo. Oedd hi'n trio awgrymu mai ar ruthr y priododd o a Carys y tro cynta 'ta? Wydda fo ddim sut i ymatab ond fuo dim raid iddo. Clywodd ei llais yn galw ar ei merch – roedd hi wedi deud ei phwt a dyna ni. Fuo hi rioed yn fyr o ddeud ei deud.

Clywodd Carys yn cymryd y derbynnydd gan ei mam ac roedd yn falch o glywad ei llais. 'Ti'n iawn, Emrys?'

'Ydw – gwranda, dwi 'di bod yn pendroni. Ti'n meddwl falla mai'r cwmni bysys ydio?'

'Cwmni *bysys*?'

'Ia, cwmni'r Seren Arian yn dre – Silver Star.'

'Ew, dwn 'im wir. Bosib. Ond gwranda – fedra i'm deud llawar yn fama rŵan, ond dwi 'di ca'l rhagor, dwi'n meddwl.'

'Rhagor o be?'

'O eiria.'

'Sut?'

'Be?'

'*Sut* cest ti nhw?'

'Tria ddallt, fedra i'm deud mwy rŵan.'

'Fedri di ddeud *be* ydyn nhw, 'ta?'

'"Ag yma i".'

'Be – 'mond hynna?'

'Ia. "Ag yma i".'

Gwibiodd rwbath yn sydyn trwy feddwl Emrys. Rhyw ddarlun, rhyw atgof, a gofynnodd:

'*Ag* efo'r llythyran "g" – 'ta *ac* efo "c"?'

'Dwi 'di dy golli di'n fan'na, Emrys.'

'Hefo "g" mae o wedi sillafu'r *ag*?'

'Ia, pam?'

Cynhyrfodd Emrys drwyddo. Roedd hyn, iddo fo, yn fwy o arwydd na dim fod 'na gysylltiad hefo Mari Lisa yn hyn i gyd yn rwla. Adroddodd eiria'r frawddeg fel roedd hi yn gyflym yn ei feddwl. *Cymer y seren arian mami ag yma i . . .* Roedd hi'n dechra gneud rhywfaint o synnwyr rŵan hefyd, ond yn amlwg roedd rhagor i ddod. Brawddeg ar ei hannar oedd hi.

Gwibiodd rhes o gwestiyna trwy'i feddwl, a Carys y pen arall yn dal i ddisgwyl atab i'w chwestiwn.

Be goblyn fedrai'r 'seren arian' 'na fod? Oedd y geiria yn y drefn iawn? A pham 'Mami'? Oedd Mari isio i Carys fynd ar ei phen ei hun i'w chyfarfod?

'Gwranda Carys, fedri di ddŵad draw?'

'Be – i Llan?'

'Fedra i'm byw yn 'y nghroen heb wbod sut cest ti'r geiria 'na.'

'Ddim *heno* . . .?'

'Ne' ddo' i draw acw, os lici di.'

'Ond sgin ti'm car!'

'Oes, ma gin i gar.'

'Sgin ti'm trwydded, Emrys.'

'Ydi otsh am hynny pan ma rhywun ar drywydd peth mor bwysig â hyn?'

'Ti'm 'di cychwyn y car ers oes.'

'Ma Hywyn yn 'i yrru fo imi bob hyn a hyn.'

'Emrys bach, paid â bod yn wirion, yli . . .'

'Gwranda Carys, dwi'n dŵad draw rŵan, iawn? Dwi 'di penderfynu.'

'Na, gwranda – mi ddo' *i* . . .'

Ond yn rhy hwyr. Roedd Emrys wedi rhoi'r derbynnydd i lawr ac eisoes ar ei ffordd i'r garej.

Roedd y camsillafiad bach 'na hefo'r 'ag' yn siarad cyfrola. Roedd Emrys wedi trio egluro'r rheol yna iddi sawl gwaith wrth ei helpu i adolygu ar gyfar ei phapur Cymraeg Iaith TGAU. A hitha'n deud, 'Ond "ag" dwi'n glywad, Dad. A ti wastad yn deud bod yr iaith Gymraeg yn iaith ffonetig, dwyt?'

'Ia, ond ddim bob tro, Mari.'

'Ond be 'di'r point iddi *fod* yn ffonetig, felly, os nad ydi hi'n ffonetig bob tro? Ma hynna fel deud wrth rywun bod angan sbio i'r dde a'r chwith cyn croesi'r lôn, ond ddim *bob tro*!'

'Paid â rwdlan, hogan.'

'"Sgwenna be ti'n glywad" ddudist ti wrtha i rioed.'

'Ia, ond ma raid 'ti sticio at y rheola, wedyn, 'does?'

'Ma nhw hyd yn oed yn atab "ac" efo "g" mewn cynghanedd, medda chdi.'

'Ydyn, ond raid 'ti *sgwennu* "ac" yn fanno hefyd 'run fath yn union.'

'Felly ma "ag" jest yn rong?'

'Ddim bob tro, nag'di.'

'Arglwydd, am iaith anwadal!'

'Ma *bob* iaith yn anwadal, Mari bach.'

'Golla i farcia am sgwennu "ag", felly?'

'Ddim os sgwenni di'n *ddifyr*. Hynny 'di'r peth pwysica. Pobol yn sgwennu llithoedd a dim byd difyr gynnyn nhw i' ddeud – dyna 'ti'r bai mwya. Yn enwedig os ydyn nhw'n meddwl *bod* gynnyn nhw rwbath difyr i' ddeud . . .'

'O, dwi'n mynd i ddeud "ag" felly. Dwi'm isio poeni am ryw reola. Sgwennat ti'm byd os na watshiat ti wedyn.'

A rŵan roedd yr atgof o'r wers fach honno'n canu eto yn ei gof, a rhwng hynny a'r ffaith fod y cynnwrf yn tanio'i ddychymyg mor gry, sylwodd Emrys ddim fod ei droed bob hyn a hyn wedi bod yn gwthio'r sbardun yn is ac yn is – fel petai cyflymdar y car yn cyd-fynd â chyflymdar ei feddwl. Mynd dros Bont y Borth yr oedd o pan sylwodd ar y gola glas yn fflachio yn y drych. *Damia! Damia!* melltithiodd. *Sut ddiawl dwi'n mynd i egluro fy hun i'r moch, na wyddan nhw mo'r peth cynta am 'y nhrafferthion i*?

Tynnodd i mewn i'r gilfan gynta ar y lôn a dŵad allan o'i gar yn syth, yn barod i fynd ar ei linia i ymbilio ar y plismon.

'Emrys!' medda hwnnw'n wên o glust i glust.

'O iechyd, Alwyn – chdi sy 'na?' Gwenodd Emrys, yn fwy mewn rhyddhad na dim byd arall, unwaith y gwelodd o pwy oedd y plismon.

'Pwshio dy lwc dipyn bach yn fan'na, doeddat?'

'Sorri, Alwyn. O'n braidd. Ar frys o'n i, yli.'

Roedd Alwyn yn yr un dosbarth ag Emrys yn yr ysgol gynradd. Cricedwr bach tan gamp hefyd, cofiai Emrys. Doedd Alwyn ddim wedi bod ynghlwm ag achos Mari Lisa o gwbwl (yn rhinwedd ei swydd, felly), ond roedd o wedi dod i'r ardal i helpu i chwilio am rai dyddia.

Wydda Emrys ddim a oedd Alwyn yn gwbod ei fod o wedi colli'i leisans – ond os oedd o, roedd o'n sicir yn gneud i'w hen ffrind ddiodda.

''Rhen Golf yn dal gin ti 'ta?'

'Ydi Alwyn. Dal i fynd fel y boi.'

'Ydi – yn amlwg.'

'Faint o'n i'n 'i neud, d'wad?'

'Pedwar deg pump.'

'Blydi hel – o'n i?! Sorri!' medda Emrys. Ac '*Asu bach, 'di hynna ddim yn yrru, siŵr, y lembo gwirion'* yn mynd drwy'i feddwl.

'Ond be ti'n neud yn hel dy draed i'r ynys 'ma 'radag yma o'r nos, d'wad?'

'Mam Carys sy ddim yn dda. 'Di ca'l galwad yno ydw i.'

'Ond o'n i'n meddwl . . .'

'Ydan, 'dan ni'n *dal* wedi gwahanu, ond . . . wel . . .'

Yn sydyn, heb rybudd o gwbwl, mi gafodd Emrys ei hun yn crio. Doeddan nhw ddim yn ddagra didwyll. Mi ddaethon o rwla'n go handi – fel tasa 'na ryw hen gynneddf ynddo'n deud mai dyna'r peth gora i'w neud dan yr amgylchiada. Daeth y brawddega'n rhwydd iddo hefyd, fel 'tai rhywun wedi sgwennu'i sgript drosto.

'Asu, sorri Alwyn, blydi hel . . . wir . . . sorri, 'chan.'

'Ti'n iawn?' medda hwnnw'n llawn consýrn.

'Petha ddim 'di bod rhy dda'n ddiweddar, fel ti'n gwbod.'

'Ia . . . ydw siŵr. Dallt yn iawn, Emrys boi. Ti 'di bod drwyddi, 'do?'

'Carys 'di bod yn dda iawn hefo fi 'sdi, a . . . wel . . . pan glywish i bod 'i mam hi wedi'i tharo'n wael, 'nesh i 'mond neidio i'r car a . . .'

'Yli, Emrys, jest cym' bwyll, iawn? Gin ti lot ar dy feddwl, dwi'n gwbod, ond mi fasa 'na lawar *mwy* arno fo tasa 'na rwbath yn digwydd iti, basa?'

'Basa, dwi'n gwbod. Asu, diolch 'ti, Alwyn.'

'Gwranda, dos yn d'ôl i dy gar, cym' funud bach i ddŵad atat dy hun, a wedyn *gofal*. Iawn, Emrys? Ti'm isio *mwy* o helbul hefo dy ddreifio, nagoes?'

Châi Emrys byth wbod oedd y frawddeg ola 'na'n golygu bod Alwyn *yn* gwbod am y colli trwydded. Neidiodd i'w gar a gyrru ymaith bron yn syth. Yr eiliad y caeodd ddrws ei gar, roedd cyngor Alwyn iddo gymryd saib fach wedi hen ddiflannu hefo llif y Fenai oddi tano. Aeth i gyfeiriad lôn Penmynydd, ac unwaith y gwelodd fod Alwyn wedi mynd yn ei flaen tua Llanfair, roedd ei droed i lawr ar y sbardun eto.

* * *

Roedd Mrs Owen wedi hen fynd i'w gwely pan gyrhaeddodd Emrys Lys Meddyg. Roedd Carys wedi rhoi coffi i'w hidlo ar ei gyfar, ac roedd yr arogl yn dda yn y ffroena. Yr unig gyfarchiad geiriol gafodd o ganddi oedd 'Lembo!'

'Oedd *raid* 'mi ga'l dŵad, sorri.'

'Be tasach chdi wedi ca'l dy ddal?'

'Duw, cymyd pwyll, 'de. Ag eniwe, *chesh* i mo 'nal, naddo?'

Roedd y coffi'n dda. Sylwodd Emrys fod Mrs Owen wedi cael newid lliw ei chegin gefn ers iddo fod yno ddwytha. Falla mai Carys fuo wrthi. Hi'n sicir oedd yn gyfrifol am y gwyrdd gola chwaethus ar y walia, a'r amrywiad fymryn yn dwllach ar y gwaith pren a'r cypyrdda. Ac roedd 'na 'ynys' hir newydd mewn gwenithfaen du ar hyd canol y gegin, a darna bach serog yma ac acw ynddi yn sgleinio trwy'r düwch.

Dim ond un llun oedd ar y wal gyferbyn â'r popty. Llun anferth wedi'i chwyddo o Mari Lisa yn ei gwisg Blodeuwedd. Roedd o'n llun da. Carys oedd wedi'i dynnu hefo'i chamera digidol – Mari wedi dŵad â'r wisg adra un noson a gofyn i'w mam dynnu llun ohoni hi ynddi ar gyfar ei thraethawd. Roedd Carys yn ffotograffydd tan gamp, ac aeth â Mari Lisa i ben chwaral y Fronlog lle mae'r llechan yn wyrddach na llechan Dorothea a lle mae'r graig erbyn hyn fymryn yn fwy dramatig, er mwyn cael cefndir perffaith i'r llun.

Roedd Mari wedi edrach yn syth i fyw llygad y lens, yn union fel aderyn wedi'i dal, a sylwodd Emrys fod Carys wedi printio'n gain ar y border o gwmpas y llun – 'Ai mi a fu'n annaturiol? Ai cam imi wneuthur yn ôl fy anian?'

Roedd Emrys yn ei ôl yn y perfformiada gafwyd o'r cynhyrchiad yn ei gyfanrwydd, rai misoedd ar ôl yr arholiad drama. Fe wydda'r athrawes ei bod hi wedi 'darganfod' ei

Blodeuwedd, ac roedd Mari Lisa ar ben ei digon. Roedd ei dehongliad o'r rhan yn orchestol.

Biti na chafodd Nain a Taid Pen Llŷn gyfla i'w gweld. Roedd y ddau'n 'brysur' yr wsnos honno. Yn wyna. Fedra Emrys yn ei fyw ddim peidio gweld ystyr ddyfnach i eiria Llew – 'Rwyf innau, fun, yn unig yn y byd; bûm ddieithr fel tydi i freichiau mam . . . chefais i ddim tiriondeb tad na brawd. Mae arnaf hiraeth am dy gariad, ferch.'

Ond fe ddaeth Olwen i'w gweld hi, wrth gwrs, *a* chrio fel babi ar ôl pob perfformiad. Yn wir, daeth i'r tri perfformiad nos. Fe fydda wedi mynd i'r matini hefyd ond ei bod wedi gaddo i Emrys y bydda hi'n gweithio yn y siop er mwyn iddo fo gael mynd i'w gweld.

Roedd y llun o'i flaen mor fyw. Doedd o 'mond wedi'i weld ar gyfrifiadur Carys cyn hyn.

'Llun gwych, Carys.'

'Ydi, mae o, dydi? 'Nesh i fwynhau tynnu'r set bach yna hefo hi. Gafon ni sbort.'

'Do, dwi'n siŵr.'

'Oeddan ni wedi dechra mynd i hwyl – fi fel taswn i'n Lord Lichfield, yn tynnu llunia o bob ongl bosib, a Mari'n dechra deud llinella o'r ddrama'n uchal ac yn dadla hefo ryw ddarn o'r graig o'i blaen – 'Ond ti, y gwyddon ddewin, meistr cyfrinion y cread, nid hawdd gennyt ti fod dy aer dan faich o warth!'

'Ti'n cofio'n dda.'

''Do'n i wedi mynd dros y geiria hefo hi ganwaith, a wedyn deud pob gair hefo hi ym mhob perfformiad?'

'Sorri, dorrish i ar dy draws di gynna.'

'Mi oedd y ddwy ohonan ni wedi mynd i'r ffasiwn hwyl, mi anghofion ni lle roeddan ni! Mari'n agor 'i breichia fel tasa hi ar fin hedfan, a finna'n gorwadd o dani i ga'l rhyw ongla go ddifyr. Yn sydyn, mi stopiodd Mari ar ganol brawddeg pan welodd hi Mrs Ifas Taldrws a'i chwaer yn sefyll yn giât mynydd yn edrach yn wirion arnan ni'n dwy!'

Gwenodd Emrys wrth ddychmygu'i ferch yno'n hofran yn ei gwisg Blodeuwedd ar ochr y Fronlog, a'i mam yn gorwadd ar y llawr o dani a'r ddwy wraig weddw fach 'na o'r pentra'n gegrwth wrth y giât!

'Be ddigwyddodd wedyn?'

'Mi godon ni'n llaw arnyn nhw, ac mi ddiflannon i lawr y lôn yn reit sydyn heb gymryd arnyn eu bod wedi'n gweld!'

Dychrynodd Emrys wrth weld deigryn yn llygaid Carys. Roedd cofio'r hwyl wedi esgor ar yr hen hiraeth ddiawl 'na'n slei bach. Yna edrychodd i fyw llygaid ei gŵr. *Y tro cynta iddi edrach i fyw 'yn llygaid i ers inni wahanu . . .*

'Dwi'n 'i cholli hi, Emrys.'

Nodiodd Emrys, a llwyddo i grafu rhyw ddau air bach o dagfa'i hiraeth. 'Finna 'fyd.'

Roedd y ddau'n ddigon agos i Carys ostwng ei phen yn ysgafn ar ysgwydd ei gŵr, a rhoddodd Emrys ei fraich yn dyner am ei hysgwydd. Roedd hon yn eiliad y bu Emrys yn dyheu amdani ers tro byd ond fe wydda mai dim ond eiliad fydda hi. Canodd brawddeg ei fam-yng-nghyfraith fel cnul yn ei glust – 'Dwi'n gobeithio, Emrys, nad ydach chi a Carys ddim am ruthro i mewn i betha tro 'ma.'

Ac yn wir, *fe* laciodd y goflaid – a na, fydda 'na ddim 'rhuthro' y tro yma.

* * *

'Ma dy goffi di'n oeri,' medda Carys, gan estyn hancas o dan lawas ei blows. Sychodd ei llygaid a chwythu'i thrwyn, a thywalltodd banad iddi'i hun.

'Sgin ti gopi ga i?'

'O be?'

'O'r llun. Liciwn i ga'l copi o hwnna.'

'Oes siŵr – â chroeso.'

Aeth Carys drwadd i'r parlwr ffrynt i nôl y diweddara o'r cliwia. Cafodd Emrys gryn sioc pan ddychwelodd hefo dau ffôn symudol ac amlen yn ei llaw. Roedd ffôn Carys ac ynta wedi'u rhoi mewn amlen drwchus a'u stwffio trwy flwch Llys

Meddyg yn ystod y pnawn, tra oedd y ddau yn Nant Gwrtheyrn. Ar yr amlen honno yr oedd y tri gair newydd – 'ag yma i' – wedi'u hysgrifennu. Roedd Mrs Owen wedi mynd am ei chyntun prynhawnol pan roed yr amlen trwy'r drws, ac felly fasa hi ddim wedi sylwi ar neb na dim.

Eglurodd Carys fod y negeseuon gwreiddiol i gyd wedi'u dileu o'r ddau ffôn, ac felly doedd 'na bellach ddim cofnod o rif y negesydd chwaith.

'Damia!'

'Y cwbwl sy gynnon ni i weithio arno felly ydi'r tipyn brawddeg 'ma.'

'Well na dim, Carys.'

'Ydi, *mae* o'n well na dim.'

'"Cymer y seren arian, Mami, ag yma i . . ."' adroddodd Emrys yn ara am y canfed gwaith.

'Nid y cwmni bysys ydio, naci? Tydi hynny'm yn fy nharo i'n iawn o gwbwl, rwsud.'

'Na, feddylish inna 'run peth â chdi ar fy ffor' yma. *Rhy* hawdd, dydi? Ond ti'n gwbod be, Carys?'

'Be?'

'Dwi gant y cant yn siŵr mai Mari Lisa sydd wrthi.'

'Pam ti'n deud hynny *rŵan*?' Roedd Carys yn trio'i gora i reoli'i theimlada, ond roedd clywad Emrys yn deud y geiria roedd hi wedi bod yn ysu iddo'u deud yn ei gneud yn anodd iddi.

Eglurodd Emrys yn fanwl yr hyn aeth drwy'i feddwl pan sylwodd o ar yr 'ag' yn y cliw dwytha. Ar ôl gwrando arno'n paldaruo am sbel am arwyddocâd yr 'ag', medda Carys yn ara:

'W'st ti be, Emrys?'

'Be?' holodd ei gŵr.

'Dwi'm isio bod yn or-obeithiol, ond *ma* 'na rwbath yn dy resymeg gwallgo di.'

* * *

Ffôn Emrys yn canu ar y bwrdd o'u blaena ddaeth â nhw 'nôl o'u myfyrdoda a'u gobeithion. Atebodd ynta hi ar ei union.

'Helô?'

'Emrys – chdi sy 'na?'

'Ia. Pwy sy 'na?'

'Hywyn, 'de? Ti'n iawn, d'wad?'

'O, Hywyn – *chdi* sy 'na? Ydw . . . ydw tad . . . dwi'n tshiampion, diolch 'ti.'

'Gweld nad oeddat ti'm yn y Goat neithiwr na heno. Wyndro lle roeddat ti.'

'O . . . fawr o awydd, 'sdi. 'Di ca'l penwsnos digon ciami. Ella 'mod i'n hel am rwbath.'

'Bicish i heibio ar 'yn ffor' adra jest rŵan. Oedd hi'n dwllwch ym mhob man acw.'

'Oedd . . . ydi.'

'*W't* ti'n tŷ?'

Doedd Emrys ddim yn gwbod sut i chwara petha rŵan. Mi wydda nad oedd fiw iddo ddeud ei fod o adra. Roedd gan Hywyn oriad. Fydda fo ddim yn beth diarth iddo ddŵad draw hefo potelad o win go dda i drio codi calon ei fêt – ac yn enwedig a fynta newydd ddeud wrtho nad oedd o ddim wedi cael penwsnos rhy dda.

'Nag'dw, *dydw* i ddim yn tŷ, Hywyn.'

'Argol – ti'n ca'l lle da yn rwla, ma raid.'

'Ydw . . . Yli, ffonia i di'n bora, iawn? Ddo' i allan am beint hefo chdi wsos nesa.'

'Ti'n ca'l dy ben-blwydd dydd Mawrth, Emrys. Oeddach chdi'n cofio?'

'Nefi, nag o'n 'chan – cofio dim.'

'Nesta gofiodd. Isio imi ofyn iti w't ti ffansi dŵad draw noson honno?'

'Ym . . . ia . . . grêt . . . 'Sa hynny'n grêt, Hywyn. Wela i chi nos Fawrth 'ta.'

'Tyd draw erbyn tua hannar awr 'di saith. Fydd 'na swpar yn d'aros di.'

'Fydda i yna ar y dot, Hyw. Diolch o galon 'ti.'

* * *

Wrth ddiffodd ei ffôn, mi drawodd o Emrys nad oedd wedi trio dyfalu lle roedd y teclyn bach wedi bod am yr holl oria. Biti na fasa fo'n medru siarad! Anfonodd negas i'w chwaer yn deud wrthi ei fod wedi dŵad o hyd i'w ffôn, ac yn diolch iddi unwaith eto am y swpar.

Fel roedd o'n sgwennu'r negas, holodd Carys – 'A sut *ma* Olwen dyddia yma?'

'Di-fai, diolch. Edrach ar f'ôl i fel taswn i'n deulu brenhinol.'

'Dwi'n falch.'

'Finna 'fyd, ond 'mod i dechra magu blonag fatha'i gŵr hi. Ffeind iawn ydi hi, wir – a Hyw hefyd. Ddalltist ti be oedd o isio gynna?'

'Wel do . . .'

Doedd 'na brin funud wedi pasio nad oedd Olwen yn ei ffonio'n ôl, yn deud ei bod wedi mynd heibio'r siop ynghynt gyda'r nos gan ei bod wedi gadael ei llyfr croeseiria yno.

'Mi oedd 'na amlen arall wedi'i phostio iti yno, 'fyd, Emrys.'

'Taw! Be oedd o'n ddeud arni?'

'Dim. Toedd 'na goblyn o ddim byd arni.'

'Oedd 'na rwbath tu mewn 'ta?'

''Nesh i mo'i hagor hi, siŵr. Dwi'm gymaint o drwyn â hynny, 'sdi.'

'Ydi hi gin ti'n fan'na rŵan?'

'Ydi. Ddoish i â hi adra hefo mi rhag ofn. Dwi 'di trio ffonio Bryn Llan ond doeddat ti'm yno.'

'Na, dwi'n . . . dwi 'di dŵad draw i dŷ Hywyn am un bach.' Roedd Emrys yn reit saff. Doedd rhif ffôn Hywyn ddim gan Olwen.

''Radag *yma* o'r nos?'

'Ar fy ffor' adra o'n i rŵan, yli. Gwranda, Olwen, ddo' i draw i nôl yr amlen o tŷ chi heno, os ca i?'

'Ti'n siŵr na ti'm isio i mi'i hagor hi iti? Fasa hynny'm yn haws? Mi arbeda fymryn arnat ti.'

‘Na, ’sa well gin i alw amdani, os na ’di otsh gin ti.’

‘Adawa i hi yn tŷ gwydr i chdi ’ta, iawn? ’Dan ni ar gychwyn i’n gwlâu.’

‘Diolch ’ti.’

Gafaelodd Emrys yn ei allweddi, a diolch i Carys am y coffi. Edrychodd unwaith eto ar y llun o Mari Lisa, wrth i Carys ddeud, ‘Ti *wir yn* meddwl ’i bod hi allan yna’n rwla, Emrys?’

‘Ydw, Carys – hi sy ’na’n saff ’ti.’

Ai mi a fu’n annaturiol? Ai cam imi wneuthur yn ôl fy anian?

Roedd y geiria’n canu yn ei glustia yr holl ffordd i dŷ Olwen.

* * *

Roedd hi fel y fagddu pan gyrhaeddodd Emrys dŷ ei chwaer, ond fel y cerddai i lawr tua’r tŷ roedd goleuada’n cynna o bob cyfeiriad. Roedd hi wedi rhoi’r amlen dan y garrag arferol yn y tŷ gwydr. O ddynas oedd mor ymwybodol o ddiogelwch (roedd Emrys wedi awgrymu iddi unwaith y dylia hi newid enw’r tŷ o Caer Neigwl i Ffort Nocs hefo’r holl offer seciwriti oedd yno!), roedd hi’n cuddio petha mewn llefydd amlwg iawn.

Tri cerdyn chwara oedd yn yr amlen – tair ‘brenhines’, ac un gair wedi’i sgwennu ar bob un. Preil o freninesa. Dwy goch, ac un ddu.

‘Fro’ oedd wedi’i sgwennu ar frenhines y calonna, ‘y’ ar frenhines y clybia, a ‘salsa’ ar frenhines y diamwntia. Sylwodd Emrys yn syth fod yna atalnod llawn go bendant ar ddiwedd y gair ‘salsa’. Ai hwn, felly, oedd gair ola’r negas?

Cymer y seren arian, Mami, ag yma i fro y salsa.

11

Daeth tair brenhines i ymweld ag Emrys y noson honno yn ei gwsg. Oherwydd y dynged enbyd roedd ei fam wedi'i rhoi arno – nad oedd Emrys i syrthio mewn cariad hefo'r un o'r breninesa – roedd edrach ar y fath harddwch gwaharddedig yn dreth ar ei ewyllys. Os bydda fo'n anufuddhau i orchmynion ei fam a dilyn ei reddf, mi ddôi diwadd dychrynllyd i'w ran. Ond roedd y tair yn rhyfeddol o hardd, a gwydda Emrys na alla fo neud dim ond eu dilyn.

Mewn dyffryn llwm yr oedd y frenhines gynta. Ceisiodd ei dywys i'w llannerch i garu, yna diflannu i'r twllwch gan chwerthin yn uchal. Rhedodd ynta ar ei hôl a galw'i henw. 'Flodeuwedd!' bloeddiodd, a'i lais yn eco wylofus am allan o hydion o gylch y cwm. Bu pawb yn chwilio'n ofer amdani drwy'r nos ond ddaeth neb o hyd iddi. Fisoedd yn ddiweddarach, cyfarthodd un o'i gŵn yn ddyfn yng nghrombil y goedwig, a daeth ei weision o hyd i'w chorff pydredig yn y ceubren crin.

Yna daeth yr ail frenhines i ymweld â fo. Hwyliodd y ddau dros donna'r Iwerydd yn wyn eu byd ac yn llawn o gariad newydd. Darparwyd gwledd a cherddoriaeth, a bu cyfeddach ar y môr am ddyddia lawar. Daeth un o'i weision ato a deud wrtho fod ei briod newydd yn ceisio'i wenwyno, a bod ei brawd dialgar yn eu dilyn yn llawn cenfigen, a'i fwriad oedd dryllio'r llong yn ddwy. Neidiodd Emrys i'r ewyn a nofio fel pysgodyn tua'r ynys bellennig, ac yno cafodd ei ymgeleddu gan y forwyn brydfertha welodd dyn erioed . . .

Clywodd gyfarth y tu allan i'r tŷ a neidiodd ar ei ista mewn braw. Roedd rhywun yn canu cloch y drws. Tybad oedd o wedi esgeuluso'i ddyletswydda ac wedi anghofio cau'r ddôr? Rhoddodd ei grys nos amdano gan felltithio'r sawl a'i styrbiodd. Agorodd y drws a gweld dynas fechan yno yn ei chwman a llond ei haffla o fwtsias gleision, a mwngrel bach llwyd wrth ei sodla.

'Gweld 'ych bod chi wedi'u licio nhw 'nes i, Emrys, felly es i allan hefo'r wawr i gasglu rhai ichi.'

'Y? O, diolch ichi, Alice. Nefi, doedd dim isio ichi fynd i gymint o draffath siŵr.'

'Rhoddion rhad Duw, Emrys bach. Peidiwch chi â gwrthod *dim un* o'r rheiny, ne' mi bechwch yn ei erbyn O yn bendifadda.'

Cymrodd Emrys y bloda gan Alice, a'i chusanu wrth ddiolch iddi eto am y tusw. Gwenodd hitha arno fel brenhines cyn llusgo'n ôl am ei hoywal bach dlawd, a sŵn ei fflachod yn ffit-ffatian hyd wynab y pafin a'r hen gi bach yn ei dilyn mor ffyddlon â Gelert.

* * *

Safai Emrys yn gysglyd ar ganol llawr y gegin yn ei grys nos a'i slipars, hefo tusw o fwtsias y gog yn ei law a ddim yn rhyw siŵr iawn be i'w neud nesa.

Well imi roi'r bloda 'ma yn y ffenast, meddyliodd, *i Alice gael eu gweld nhw'r tro nesa pasith hi.*

Wrth fynd at y sinc i roi dŵr mewn jwg y gwelodd o'r frawddeg ar ddrws yr oergell. Roedd o wedi'i gosod hi allan mewn llythrenna magnetig oedd wedi bod yno ers pan oedd Mari Lisa'n hogan fach. Llythrenna mawr o bob lliw oeddan nhw, a Mari wedi'u defnyddio laweroedd o weithia dros y blynyddoedd i adael negeseuon dirifedi iddo – o 'Ma'r bwyd yn popty' i 'Caru chdi fwy na ddoe'.

Ond heddiw, roedd y llythrenna'n sillafu'r frawddeg odia welodd y gegin 'ma rioed.

Yma i fro y seren cymer y salsa ag arian mami.

Roedd Emrys wedi chwara a chwara hefo'r frawddeg, yn trio pob amrywiad posib rhag ofn y bydda 'na ryw geiniog yn disgyn. Roedd hefyd wedi danfon negas at Carys yn rhoi'r tri gair newydd iddi, er mwyn iddi hitha gael cysgu arnyn nhw. Fuo'r breuddwydion digon od gafodd o 'i hun dros nos o ddim help iddo fo i oleuo dim ar y frawddeg ryfadd.

Rhoddodd y rhan fwya o'r bwtsias mewn jwg a'r gweddill mewn jar coffi gwag, a gosod y jwg ar silff y ffenast. Yna aeth ati i ailosod y geiria ar yr oergell fwy neu lai yn y drefn y daeth y frawddeg iddyn nhw'u dau yn y lle cynta.

Cymer y seren arian mami ag yma i fro y salsa.

Ia, yn bendant, fel'na roedd hi'n canu ora – ond be oedd ystyr y 'seren', a lle ar wynab y greadigaeth oedd bro'r salsa?

Mi gafodd wbod hynny'n reit fuan pan ffoniodd Carys am naw o'r gloch, wedi bod yn gneud ei hymchwil. Er bod 'na rai yn deud, medda hi, mai yng Nghiwba y cychwynnodd cerddoriaeth a dawns y salsa, roedd ei hymchwil hi hefyd wedi dangos bod salsa megis coeden. 'Salsa has many roots and many branches,' dyfynnodd, 'but one trunk that unites us all. It is of all of us and it is a sample of our flexibility and evolution. If you think that a single place can take the credit for the existence of salsa, you are wrong. Viva la variedad! Viva la salsa!'

'O, damia!' medda Emrys ar ôl gwrando ar y llith.

'Be sy?'

'Wel, o'n i 'di gobeithio am ryw drip bach i Giwba.'

'Emrys!'

'Ond erbyn meddwl . . . os ma "Mami" yn unig ma hi'n ddeud, falla basa'n well i *mi* gadw draw.'

'Yli Emrys, os ma Mari *sy*'n siarad hefo ni, nid cyfeirio ata *i* ma hi yn fan'na, 'sdi. Alwodd hi rioed mo'na i'n "Mami" yn 'i byw, naddo?'

Roedd yn rhaid i Emrys gytuno hefo hynny. Roedd plant William yn galw'u rhieni'n 'Mami' a 'Dadi', ac roedd hynny wastad wedi mynd dan groen Mari Lisa. Hen blant bach wedi'u difetha fydda'n deud 'Mami a Dadi', yn ôl Mari Lisa – neu blant o ardaloedd y de. Doedd *hi*'n sicir rioed wedi galw Carys ac Emrys yn 'Mami' na 'Dadi'.

'Ti'n meddwl falla mai anagram ydi o?' mentrodd Carys.

Yn sydyn, fe fflachiodd pob matha o bosibiliada drwy feddwl Emrys. Anagram, siŵr iawn! Un arall o hoff gêma Mari ac ynta. Fel ei thad a'i modryb Olwen, roedd Mari'n sgut am groeseiria, ac yn arbennig am ddatrys anagrama. Llathan o'r un brethyn. Dechreuodd ei feddwl redag dros y llythrenna ar yr oergell unwaith eto. Nid newid trefn *geiria* roedd o mwya sydyn ond newid y llythrenna i gyd. Tri deg a phump ohonyn nhw.

'Ffonia fi'n ôl os cei di ryw ysbrydoliaeth,' medda fo.

'Chditha 'run fath.'

Wedi rhoi'r ffôn i lawr, eisteddodd fel hen goblar bach o flaen yr oergell a chwara hefo'r llythrenna magnetig yn union fel plentyn. Chymerodd hi fawr o amsar iddo sylwi fod enw Mari Lisa yno'n llawn yn eu mysg. Ar ôl tynnu'r llythrenna hynny allan, fuo fo fawr o dro wedyn cyn gweld bod enw Carys hitha ymysg y gweddill. Yna'r rhyddhad o weld bod 'Emrys' yno hefyd – oedd yn gadael ar ôl ddau ar bymthag o lythrenna.

Ffoniodd Carys. Roedd hi wedi mynd ar drywydd hollol wahanol ac wedi cael 'Calfaria' ac 'aros', ond heb gael dim lwc ar ôl hynny.

Sgwennodd Emrys ar bapur bob gair y medra fo'u gweld yno – 'Argae, aros, ymryson, cario, emyn, sali armi, saron, calfaria, geirie' – ac ymlaen, ac ymlaen ac ymlaen.

Canodd y ffôn eto. Carys yn ei hôl.

'Dwi'm yn ama ma chdi oedd yn iawn, Emrys. Dwi 'di medru ca'l rhyw lun o rwbath hefo'r gweddill.'

'Wel?'

'"Carys ag Emrys, mae Mari Lisa yma . . . " A'r hyn sgen i ar ôl wedyn ydi dwy "n" ac "f, i, a, r, o, e, y".'

Roedd 'na ddistawrwydd am ennyd wrth i Emrys drio gneud synnwyr o'r naw llythyran oedd yn weddill. Roedd yn dal ar ei ben ôl ar lawr, ei ben ar echal yn trio cadw'r ffôn rhwng ei glust a'i ysgwydd, ac yn trio gosod y llythrenna oedd yn weddill mewn rhyw drefn synhwyrol.

'Be sy, Emrys? Ti 'di mynd yn ddistaw iawn – ti'n dal yna?'

'Yd . . . ydw . . . Carys, dwi'm yn ama'n bod ni *jest* yna!'

'Ti'n meddwl?'

'A be dwi'n licio ydi bod yr "ag" yn dal yna!'

'Ydi . . . ma hi hefyd . . .'

Roedd y seibia'n hir erbyn hyn, gan fod y ddau'n trio bob ffordd i gael rhyw siâp ar y gweddill. Ymhen sbel gofynnodd Carys, 'Be ti'n 'i neud rŵan?'

'Be ti'n feddwl dwi'n neud? Chwara nôts a crosus?'

'Ffonia i di'n ôl eto, iawn? Ma hon yn mynd yn alwad rhy ddrud inni fod yn deud dim byd.'

* * *

Yn fuan wedi rhoi'r ffôn i lawr, gwelodd Emrys fod 'Arfon' yno ymhlith y llythrenna. Mi fedra'r frawddeg fod yn gorffan hefo 'yma yn Arfon'. Ac o'r llythrenna oedd ar ôl, tasa fo'n rhoi'r 'i' ar ddechrau'r negas, yna mi fydda hi'n darllan: 'I Carys ag Emrys, mae Mari Lisa yma yn Arfon.'

Roedd o'n teimlo'i fod o bron â chyrraedd, ond roedd yr un llythyran 'e' fach 'na'n dal heb unman i fynd! Mi fedra gychwyn y negas hefo 'Ie', ac wedyn mi fydda'r llythrenna'n ffitio'n berffaith: 'Ie, Carys ag Emrys, mae Mari Lisa yma yn Arfon.'

Ffoniodd Carys i weld be oedd hi'n ei feddwl.

'Dwi'm yn siŵr o'r "Ie" 'na ar y dechra. Tydi hwnna ddim yn steil Mari o gwbwl.'

'Nag'di, dwi'n gwbod. Ond mae o'r gora fedra i neud.'

'Dwi'n meddwl bod canol y frawddeg yn iawn gynnon ni.'

'Ond be am yr "yma yn" sy'n dŵad ar ei diwadd 'ta?'

'Ydyn . . . yn iawn, bosib.'

'Ffonia i di'n ôl, Carys.'

A 'nôl â fo eto i safle'r coblar i chwara a chwara hefo'r chwe llythyran. 'Arfone, nefora, rofena, orfane, enfaro, arefna, ferona, oferan, nerfao . . .

Yn sydyn, sylweddolodd ei fod o wedi'i ddeud o. Roedd o wedi deud un gair oedd yn canu cloch iddo.

'Ferona'!

Cododd y ffôn yn syth bìn.

'Carys – be ti'n feddwl o hyn? "I Carys ag Emrys. Mae Mari Lisa yma yn Ferona."'

Clywodd Carys yn wylo'n ddistaw bach ar ben arall y ffôn.

A chyn pen dim roedd ynta'n crio fel babi blwydd.

12

Roedd mynd yn ei ôl i'r siop fora Llun yn deimlad rhyfadd ac unig iawn iddo. Wedi cynnwrf y penwsnos wydda Emrys ddim be i'w neud hefo fo'i hun. Roedd o'n troi fel pipi-down hyd y lle, fel adyn ar goll yn ei diriogaeth ei hun. Prin oedd y cwsmeriaid, a doedd 'na fawr o waith twtio gan fod Olwen wedi bod wrthi'n o helaeth yn rhoi trefn ar y silffoedd a thu ôl i'r cowntar. Roedd o'n ama fod y polish wedi bod allan hefyd.

Doedd 'na ddim byd arbennig yn y post ac roedd o'n eitha siomedig na ddaeth unrhyw arwydd pellach o'r cam nesa yn yr antur fawr. Be fwy oedd i'w neud heb arweiniad? Oedd y ddau ohonyn nhw i fod i hedfan allan i Ferona'n syth i chwilio am ragor o arwyddion, neu oeddan nhw i aros lle roeddan nhw nes dôi rhagor o wybodaeth?

Daeth awydd cry drosto i ffonio Carys, ond roedd 'na un cwsmar yn llusgo'i draed yn y siop – hogyn ifanc yn gwisgo crys Lerpwl ac yn cnoi yn o hegar ar lond ceg o jiwing gym. Doedd o'n amlwg ddim ar frys i fynd i nunlla, ac yn loetran rhwng y silffoedd a sbecian drwy'r llunia yng nghyfrol *Gwynfor*.

Phrynith o ddim byd, ma siŵr, meddyliodd Emrys. Fentra fo ddim rhoi galwad i Carys a phâr o glustia o gwmpas y lle. Bron nad oedd un cwsmar yn waeth na llond siop. Ond be fwy fasa ganddo i'w ddeud wrth Carys, beth bynnag? Roedd o wedi bod yn pendroni mwy dros y frawddeg, ond doedd 'na 'run cyfuniad arall o eiria'n gorwadd cystal â'r un 'Ferona'. Roedd pob gair yn haeddu'i le ynddi, a hefo'r blynyddoedd o brofiad oedd ganddo o drin croeseiria, mi wydda yn ei galon eu bod bellach ar y trywydd iawn – ac yn bwysicach na dim, bod rheswm cry i feddwl bod Mari ei hun tu cefn i'r cwbwl yn rwla. Doedd dim i'w neud rŵan felly ond aros a gweld be ddôi nesa.

Roedd Olwen wedi gadael ei chardyn a'i hanrheg pen-blwydd iddo fo y tu ôl i'r cowntar, hefo nodyn yn deud ei bod yn mynd i Gaer i siopa, ac yn ychwanegu: 'Mwynha dy ddwrnod dydd Mawrth. Cariad mawr, Olwen, Carwyn a'r trŵps.'

Roedd hi wedi gadael cardyn iddo gan ei rieni hefyd. Wedi picio yno i'w gweld nhw'r diwrnod cynt, medda hi, ac wedi dŵad â'r cerdyn yn ôl hefo hi i sbario stamp! Olwen dlawd – ma siŵr ma hi brynodd y cardyn drostyn nhw hefyd, a rhoi'r beiro yn llaw ei mam i sgwennu'r negas. Ddaeth dim pwt o ddim byd gan William, a doedd o ddim yn debygol o gael un trwy'r post fory ganddo chwaith. Mi fuo amsar pan fydda'r ddau'n cydnabod penblwyddi'i gilydd, eu gwragadd a'u plant, ond roedd hynny pan oedd Carys yno hefo Emrys i'w atgoffa pan fydda 'na ben-blwydd ar y gorwel.

* * *

Gwelodd y llafnyn yn dod tua'r cowntar a'r gyfrol *Gwynfor* yn ei law. Triodd Emrys gynnal rhyw fath o sgwrs hefo fo wrth gymryd ei bres.

''Newch chi fwynhau honna – cyfrol dda, swmpus.'

'O naci, ddim i *fi* mae o, ia. Mam oedd yn dipyn o ffan o'r blôc.'

'O, reit.'

'Ma hi'n ca'l 'i byrthde dy' Gwenar, a ddudodd Dad 'sa hi'n licio hwn.'

'Go dda.'

'Oedd o'n uffar o foi trendi 'fyd, doedd?'

'Oedd . . . oedd, ma siŵr 'i fod o. Oedd o'n dipyn o ddyn.'

'Blydi reit. Os 'di hwn yn costio jyst i twenni-ffeif sgrin, ma raid bod o'n *uffar* o flôc.'

Ac allan â fo hefo anrheg pen-blwydd ei fam dan ei gesail, 'twenni-ffeif sgrin' yn dlotach ond dipyn cyfoethocach o fod wedi meddwl am ei fam. Fel roedd o'n mynd allan, pwy oedd yn ei basio yn y drws ond Olwen, hefo llond ei haffla o rwbath mewn papur gloyw. '*Yn* cychwyn am Gaer, a be welish i'n syllu arna i o'r popty ond dy gacan di!' medda hi wrth Emrys dan chwerthin.

'Be oeddach chdi'n trafferthu, d'wad?'

'Wel, 'swn i'n teimlo rêl ffŵl taswn i wedi dŵad adra heno a gweld Carwyn yn byta cacan ffrwytha i swpar, byswn?'

'Bysat, beryg.'

'O'n i 'di gadal nodyn iddo fo'n deud bod 'i fwyd o'n popty, a dyma fo'n 'nharo i'n sydyn nad oedd o ddim! Ac wrth daro'i bei o'n popty, be welish i'n syllu arna i'n ddel? Dy bali cacan di – yn dal yn y tin!'

'Diolch 'ti, Ol!'

'Dwn 'im lle ma 'mhen i dyddia yma, na wn i wir. Gyda llaw, gest ti'r amlen 'na, gobeithio?'

'Amlen?'

'Yr un adewish i ichdi yn y tŷ gwydr?'

'O . . . do.'

Yna'r saib arferol pan fydda Olwen yn disgwyl mwy. Mi adawodd Emrys i'r saib hongian tra oedd o'n chwilio am rwbath wnâi'r tro yn ymatab iddi.

'Doedd o'm byd mawr yn diwadd, 'chan.'

'Cardyn pen-blwydd, debyg ia?'

'Ia, gin un o 'nghwsmeriad – wel, tair a bod yn fanwl gywir.'

'Nefi – tair?'

'Ia Olwen, ond ti'm yn nabod yr un ohonyn nhw.'

'Ond dim ond *un* amlen oedd 'na.'

'A thri cardyn tu mewn, cofia.'

'Nefi, ti o ddifri?'

'Fush i rioed fwy o ddifri yn 'y mywyd.'

Syllodd arni am sbel. Olwen oedd ddim yn siŵr iawn be i'w ddeud rŵan.

'Mi gest gardyn gin Mam a Dad 'yfyd, o'n i'n gweld.'

'Do – diolch i *chdi*.'

Roedd Emrys wedi sobri drwyddo ar ôl hynna. Roedd y ffaith fod ei chwaer yn trio mor galad â hyn i gadw petha i fynd rhyngddo a'i rieni yn fwrn arno *fo*, heb sôn amdani *hi*. Bron na fasa'n well ganddo tasa'n hi'n peidio â thrio o gwbwl.

'Be sy, Emrys? Ti 'di mynd yn dawal . . .'

'Dim, Olwen. Jest meddwl dwi weithia – pam ti'n trafferthu cymint?'

'Emrys bach, ma gneud cacan yn ail natur i mi.'

'Ddim am hynny dwi'n sôn. Mam a Nhad – pam ti'n gneud y ffasiwn ymdrach drostyn nhw?'

Fedra Olwen ddim meddwl am atab sydyn i hynna. Roedd y tawelwch yn llethol. Yna mentrodd hi siarad, yn dawal: ''Sa ti'n licio i mi *beidio*?'

Meddyliodd Emrys yn galad iawn cyn atab. 'Byswn, Olwen. Mi *liciwn* i tasat ti'n peidio. Er dy fwyn di – *a* finna.'

* * *

Bu ond y dim i Emrys sôn wrth Carys unwaith am yr hyn ddudodd ei chwaer wrtho pan oedd o'n blentyn – nad oedd o ddim yn frawd cyfan iddi hi a William. Cwrw eto fu'n gyfrifol am ddechra llacio'i dafod. Roedd hi'n ben-blwydd priodas arno fo a Carys, a'r ddau wedi bod allan am bryd o fwyd. Ifanc iawn oedd Mari ar y pryd, a Hywyn a Nesta wedi dŵad draw i'w gwarchod tra oeddan nhw allan. Ar ôl iddyn nhw gyrraedd adra, roeddan nhw wedi cael rhyw un bach dros y galon hefo'u ffrindia, a Mari Lisa wedi codi o'i gwely i'w cyfarch. Roedd hi wedi gneud clamp o gardyn mawr iddyn nhw yn galonna'n blastar drosto, a dafna bach aur ac arian yn un gawod dros y cyfan. Roedd 'na gardia dros y tŷ i gyd, a Nain a Taid Sir Fôn wedi prynu tusw anfarth o rosod gwynion a photal o shampên iddyn nhw. Roedd Nesta wedi rhyfeddu at y bloda, ac ar yr un gwynt wedi gofyn i Carys be oedd Nain a Taid Pen Llŷn wedi'i roi. Mari Lisa dorrodd ar y distawrwydd – 'Dim byd,' medda hi'n ddiemosiwn, 'coblyn o ddim byd.' Aeth i'w gwely'n fodlon ei bod wedi cael deud ei deud, a fuo Nesta a Hywyn fawr o dro wedyn cyn ei throi hi am adra.

'Diolch o galon ichi am warchod,' medda Carys.

'Dim traffath siŵr – gewch chitha neud yr un peth i ninna ryw ddwrnod!' Roedd Nesta tua pum mis yn feichiog hefo Alun, eu plentyn cynta, ar y pryd – ac mi chwarddodd y tri.

Roedd Emrys wedi mynd drwadd i neud panad iddo'i hun, a gwaeddodd 'Nos Da' arnyn nhw o'r cefn wrth i Carys ffarwelio hefo'r gwarchodwyr wrth y drws. Pan ddaeth hi'n ôl roedd Emrys yn wylo'n dawal yn y gegin. Unwaith y gafaelodd Carys amdano agorodd y llifddora, ac ymhen dim roedd yn crio fel babi blwydd ym mreichia'i wraig.

'Be sy, Emrys bach?'

Ddim ond ochneidio wnaeth Emrys.

'Ma 'na rwbath wedi bod yn cronni ynddach chdi'n does . . . yn does?'

Llwyddodd ynta i nodio'i ben, ond roedd y garrag ar ei deimlada'n pwyso'n drwm a'r cwlwm ar ei wefusa'n llawar rhy dynn.

'Dy fam a dy dad – am hynny ma hyn?'

Wrth nodio, triodd Emrys fygu'i ddagra rhag i Mari Lisa glywad.

'Fedri di ddeud wrtha i?'

Ffurfiodd Emrys rhyw lun o atab. 'Dwi . . . dwi'n methu'u caru nhw, Carys.' Ac fe agorodd y llifddora eto.

'Pam?' gofynnodd Carys yn dawal. 'W't ti'n gwbod pam?'

Daeth y garrag a'r cwlwm yn eu hola. 'Na . . . na, tydw i ddim . . .'

Mi wydda Carys ei *fod* o'n gwbod. Ond mi wydda hefyd nad oedd fiw ei wthio. 'Os byth y byddi di isio'i drafod o . . . mi fydda i yma, cofia.'

Ochenaid arall. 'Diolch . . .'

Yna daeth tawelwch blinedig drosto, fel sy'n digwydd ar ôl i rywun gael rhyddhau rhywfaint o ddagra ddoe. 'Dwi rioed wedi medru deud wrth Mam 'mod i'n 'i charu hi, a ma hynny'n loes calon i mi.'

Gadawodd Carys i'r geiria fwydo am sbel – gadael iddyn nhw orwadd yng nghanol y teimlada a ffurfiodd ei chariad tuag ato. Teimlada cymysg, dwfn.

'Ga i ofyn un peth 'ta, Emrys?'

'Gei di 'i ofyn o. Fedra i 'i atab o sy'n beth arall.'

'Glywist ti dy fam yn deud y geiria yna wrthach *chdi* rioed? Ddudodd hi rioed 'i bod hi'n dy garu di?'

Meddyliodd Emrys yn galad cyn ysgwyd ei ben. Na, doedd ganddo 'run atgof o hynny – dim un.

'Felly cofia di hyn, Emrys. Ma'n bosib nad wyt ti'm yn medru ffendio dy gariad atyn nhw am na theimlist ti rioed gariad *gynnyn* nhw.'

Aeth Emrys i'w wely'n methu dallt pam na fydda fo wedi deud mwy wrth ei wraig. Be oedd yn ei ddal yn ôl rhag deud wrth ei wraig ei hun nad oedd o'n siŵr pwy oedd ei rieni? A ph'run bynnag, oedd o'n hollol siŵr bod Olwen *wedi* deud wrtho nad oedd o'n frawd cyfan iddi hi a William? A hyd yn oed os oedd hi, onid hogan ifanc yn ei harddega ac yn rhamantu oedd hitha 'radeg honno?

* * *

A heddiw, roedd ymdrech ei chwaer i ffugio'r cardyn penblwydd o Ben Llŷn yn peri mwy o ddryswch byth iddo. A ddôi o byth i wbod y gwir?

13

Roedd 'na gardyn iddo gan Carys yn y bwndal a adawodd y postmon ar y bora dydd Mawrth. Doedd Emrys ddim wedi cael cardyn ganddi ers sbel, ac roedd ei galon yn curo wrth agor yr amlen. Doedd dim yn y negas y tu fewn i awgrymu unrhyw arwydd o gariad, ond sylwodd mai'r llun ar y blaen oedd print o lun gwreiddiol o Ynys Llanddwyn gan Wilf Roberts. Oedd 'na awgrym tu cefn i hynny, tybad, 'ta llun i ddynodi man cychwyn eu siwrna oedd o a dim mwy?

Doedd fiw iddo wneud mwy na diolch yn gwrtais iddi amdano, wrth gwrs. Feiddia fo ddim gneud mwy na hynny. Mewn gwirionadd, doedd ganddo ddim rheswm dros neud dim byd amgenach – ac eto, y goflaid 'na yn y gegin? *Oedd* hi'n goflaid? Petai 'na rywun arall wedi bod yn sefyll yno, a fydda breichia hwnnw neu honno wedi gneud y tro llawn cystal? Oedd gan Carys rywun arall yn ei bywyd, tybad – rhywun arall i rannu'i beichia a'i gofidia, ei gobeithion a'i llawenydd?

Cododd y ffôn i ddiolch iddi. Ymddiheurodd am ei ffonio mor fuan yn y bora, ond atgoffodd hi ei fod yn mynd allan i dŷ Hywyn a Nesta gyda'r nos, a falla na châi o ddim cyfla i'w ffonio o'r siop.

'Doedd dim byd arall iti yn y post, dwi'n cymyd?' gofynnodd Carys.

'Na – dim byd. Be, meddwl oeddat ti y galla fod 'na ryw arwydd pellach imi ar ddwrnod 'y mhen-blwydd?'

'Ia . . . ia, ma siŵr ma dyna oedd yn mynd drw'n meddwl i.'

'Falla bydd rwbath yn y siop – ffonia i di'n syth os bydd.'

Yna dechreuodd y ddau siarad ar yr un pryd a daeth rhyw nerfusrwydd arddegol rhyngddyn nhw.

'Dos di gynta.'

'Naci, dos di.'

'Dwi'm yn siŵr iawn be o'n i'n mynd i' ddeud, a bod yn onast hefo chdi, Emrys!'

'Fasach chdi'n licio mynd allan am bryd rywbryd 'ta?'

Doedd Emrys ddim yn gwbod pam y gofynnodd o'r ffasiwn gwestiwn. Nid dyna oedd o wedi bwriadu'i ofyn iddi o gwbwl, ond yn sicir dyna ddaeth allan. Wnaeth Carys ddim ymatab yn syth. I Emrys roedd y saib yn un annioddefol o hir.

'Sorri . . . O sorri, Carys . . .'

'Ma'n iawn.'

'Ddyliwn i ddim bod wedi gofyn hynna.'

'Ma'n *iawn*, Emrys.'

'Fi sy wedi bod yn . . . wel . . . methu meddwl am ddim byd arall ond Mari, a chan ma 'mond hefo chdi medra i siarad am y peth, 'mond meddwl o'n i . . . ym . . .'

'Dwi'n dallt, siŵr – paid â poeni. Ond falla nad ydi mynd allan am bryd ddim y peth calla i' neud rŵan chwaith rwsud.'

'Chdi sy'n iawn eto, Carys. 'Mai i.'

'Reit – ffonia fi os bydd gen ti ryw newydd, ia?'

'Ia . . . Chditha 'run modd.'

Wrth roi'r ffôn i lawr, galwodd Emrys ei hun yn bob enw dan haul. Pam yr a'th o i fan'na o bobman? Pryd o fwyd? *Y lembo! 'Sa wa'th ti fod wedi gofyn iddi ddŵad â'i choban a'i brwsh dannadd hefo hi i'r bwyd, rhag ofn basa hi ffansi aros y noson, ddim*!

Roedd yn chwys laddar wrth feddwl be oedd o newydd ei ddeud. Be ddaeth dros ei ben o?

* * *

Doedd dim byd ym mhost y siop ond y sothach arferol. Faint o fforestydd ellid bod wedi'u harbad o beidio danfon y ffasiwn wybodaeth da-i-ddim iddo drwy'r post? Bilia oedd y gweddill. Roedd y bil trydan yn un coch a chadwodd hwnnw ar wahân i'r lleill. Roedd o'n un gwael am dalu ar amsar – nid nad oedd o'n bwriadu gneud, ond rwsud âi'r talu'n angof os nad oedd 'na lythrenna mawr coch yno i'w siarsio i neud. Roedd o rwbath tebyg yn yr ysgol erstalwm. Roedd yn rhaid i'r athro ddeud 'Fory'n ddi-ffael, Emrys Pritchard' cyn y galla fagu digon o stêm i neud ei waith cartra.

Roedd busnas yn reit gyson brysur yn y siop trwy gydol y bora, ond fe gafodd gyfla yn ystod ei awr ginio i bicio allan i dalu'r bil. Rhoddodd yr arwydd arferol ar y drws: ''Nôl mewn deng munud'. Pan oedd o ar fin mynd i mewn trwy ddrws y banc, clywodd lais rhywun yn galw arno o ben arall y stryd. Moi Bach oedd yna a suddodd calon Emrys pan welodd y cyfaill yn croesi'r lôn i ddod i siarad ag o.

''Im 'di dy weld di ers sbelan, Emrys.'

'Naddo 'chan, dwi 'di bod yn brysur.'

'Be, prysurach na'r arfar 'lly?'

'Wel . . . ia . . . rhwng bob dim, ma hi 'di bod reit hegar.'

'Mi o'dd yr hogia'n holi amdanat ti yn y Goat. Ma'r tîm darts ar i lawr. Edrach yn giami arnan ni yn y *league*. Beryg bod ni'n nesa at y gwaelod ar ôl y cwrbings gafon ni yn y Crown nos Wenar.'

'Duw, 'di mor wael â hynny?'

'Fedri di ddŵad nos Wenar nesa?'

'Bosib, ond fedra i'm gaddo dim chwaith 'de, Moi.'

'O . . . 'na chdi 'ta. Welwn ni chdi pan welwn ni chdi, felly, ia?'

'Ia, Moi. Wela i di pan wela i di.'

Doedd ganddo fo ddim math o awydd mynd, wrth gwrs. Roedd ganddo reitiach petha i'w gneud erbyn hyn na mynd i luchio darts i'r Goat. Doedd ganddo ddim math o awydd ei chychwyn hi am dŷ Hywyn ar ôl cyrraedd adra chwaith. Mi fydda'n well ganddo roi'i draed i fyny a darllan, neu fynd ar y we i weld be oedd gen Mr Gwgl i'w ddeud am Ferona.

Ond mynd fydda raid. Doedd fiw iddo ffonio i ganslo gan y gwydda y bydda Nesta wedi mynd i draffath.

* * *

Ac mi *oedd* hi wedi mynd i draffath. Roeddan nhw i gyd allan ar y patio pan gyrhaeddodd o, a Nesta wedi hongian goleuada bach gwynion dros y coed a'r gwrychoedd at yr adag pan fydda hi'n twllu. Roedd y plant wedi peintio hen gynfas wen ac wedi sgwennu 'Pen-blwydd Hapus Yncl Emrys' arno. Wel, 'Pen*bwl*ydd *Haps*' oeddan nhw wedi'i sgwennu go iawn, ond be oedd ots? *Diolch byth am blant*! meddyliodd Emrys. Er eu bod nhw'n swnllyd ac yn llawn egni, roeddan nhw'n ei arbad o rhag gorfod cynnal gormod ar y sgwrs.

Roedd Nesta wedi gneud pasta a salad ac wedi gosod bwrdd allan ar y patio. Roedd hi wedi bod yn ddiwrnod clòs ac roedd hi'n braf cael ista allan yn nhawelwch y wlad. Fedra Emrys byth fyw yn y dre. Roedd Carys wedi trio troi'i fraich sawl gwaith i'w gael i gytuno i symud i'r dre, ond doedd dim byw na marw mai yn y wlad y mynna fo fod. Roedd Hywyn wedi mynd un cam ymhellach ac wedi prynu tyddyn ar gyrion y pentra heb unrhyw gymydog yn agos iddo. Mrs Parry, Tal Eithin, oedd yr agosa, rhyw dri chan llath i lawr y lôn, ac roedd *hi'n* drwm ei chlyw.

Roedd Hywyn yng ngwaelod yr ardd yn chwara hefo'r plant, a Nesta ac Emrys yn mwynhau gwydriad o win pinc ysgafn. Edrychodd Emrys ar Hywyn yn rhedag ar ôl Ifan, y fenga, hefo peipan ddŵr, a sgrechian y bychan yn adleisio 'nôl o garrag atab yn un eco o hapusrwydd. Roedd yn sŵn a godai hiraeth mawr ar Emrys fel arfar, a doedd dim gwadu nad oedd cartra dedwydd Hywyn wedi bod yn anodd iawn iddo ar adega. Ond heno, roedd o fel pe bai o'n mwynhau'r rhialtwch. Roedd y sŵn chwerthin yn fendith gan ei fod yn mynd â'i feddwl.

Torrodd Nesta ar draws ei fyfyrdod. 'Trio'u blino nhw mae o, 'sdi.'

'Mae o'n 'y mlino i 'mond sbio arno fo!'

'Gawn ni fymryn o lonydd wedyn, gobeithio.'

''Toes 'na'm peryg bydd o wedi lladd 'i *hun* yn y broses, d'wad?'

'Beryg!' chwarddodd Nesta, a thywallt rhagor o win i'r ddau.

Roedd y bwyd yn dda fel arfar a'r plant yn mwynhau'r prydyn alffresgo. Roedd plant Hywyn yn dipyn o sgwrsiwrs, a Iolo oedd y prif gymhellwr yn y drafodaeth fawr heno – ar y Mabinogi, o bopeth!

''Na'th Math droi Gwydion yn garw, 'do Yncl Emrys?'

'Do, mi na'th, Iolo. Ti'n iawn.'

'A Gilfaethwy 'do?'

'Do, 'chan. Mi cosbodd nhw dair gwaith i gyd.'

'Carw, hwch a blaidd oedd Gwydion, 'de.'

'Ewadd, ti'n cofio'n dda, Iolo,' medda Emrys, yn falch fod yr ysgol yn dysgu'i hanesion a'i draddodiada'i hun i'r hogyn.

'Mae o i gyd yn newydd i mi,' medda Hywyn.

'Ddim yn gwrando yn yr ysgol oeddach chdi, siŵr iawn,' ategodd Nesta gan wenu.

'A pan oedd Gwydion yn garw, 'de, mi oedd 'i frawd o'n ddynas carw, doedd?'

'*Ewig*, Iolo – chdi a dy ddynas carw!' cywirodd ei fam o'n syth.

'Wedyn, 'de . . .' medda Iolo, yn wên o glust i glust, 'wedyn 'de, na'th Math 'i danfon nhw i'r coed – i garu!'

'Yyyyych!' oedd ymatab Dafydd. 'Dau frawd yn caru 'fo'i gilydd?'

'Os ma petha fel'na ma nhw'n ddysgu iti yn 'rysgol, ma well 'ti ddŵad o'no!' medda'u tad gan chwerthin.

'Ia, ond oedd Math wedi'u newid nhw'n garw a dynas carw erbyn hynny, doedd?'

'*Ewig*, medda fi wrthach chdi eto, Iolo! 'Nei di ddysgu, hogyn?'

'Pam oedd o'n gneud hynny, Yncl Emrys?' gofynnodd Gwenllïan.

'Ma hi'n stori hir ofnadwy, Gwenllïan bach,' medda fynta, gan drio meddwl sut galla fo newid y trywydd.

'Gynnon ni drw'r nos, Emrys,' tynnodd Hywyn ei goes.

Daeth Nesta i'r adwy, 'Dwi'n siŵr mai deud stori 'di'r peth dwytha ma Emrys druan isio'i neud ar noson 'i ben-blwydd. Dowch rŵan – am 'ych gwlâu.'

'Ych – meddylia caru efo dy frawd dy hun . . .'

'Dyna ddigon, Dafydd!' galwodd Nesta ar ei ôl.

'Ma hynna fatha chdi a Medwyn yn mynd i gwely hefo'ch gilydd, Dad!' ychwanegodd fel roedd yn cau'r drws.

'*Dafydd*!' bloeddiodd Nesta, yn gasach y tro yma. 'Dyna ddigon, ddudis i.'

Rhoddodd Gwenllïan gusan i'r tri cyn mynd am ei gwely ond roedd Iolo'n llusgo'i draed.

'Pryd ma Yncl Medwyn yn dŵad adra eto, Dad?'

'Dwn 'im wir, Iolo. Tyd rŵan – *am* y gwely 'na.'

Roedd y mymryn lleia o banig i'w glywad yn llais Hywyn – doedd o ddim am i'r sôn am Medwyn barhau o flaen ei ffrind, ond roedd hi'n amlwg na wydda Iolo mo hynny. Yna, yn yr eiliada o saib a ddilynodd fel roedd Hywyn yn ceisio hysio Iolo am ei wely, sylweddolodd Emrys be'n union roedd Iolo wedi'i ddeud.

Pryd ma Yncl Medwyn yn dŵad adra eto *. . .? Oedd Medwyn wedi bod adra'n weddol ddiweddar, felly*?

Cododd Nesta'n sydyn gan ddeud ei bod hi wedi anghofio am y gacan ben-blwydd, ac roedd hynny'n ddigon o esgus i Iolo swnian am gael aros yn hwyrach. Daeth Nesta â'r gacan trwodd, a thair sbarclyr yn llosgi arni. Ailymunodd Gwenllïan a Dafydd yn y dathlu i ganu 'Pen-blwydd Hapus' yn un corws cytûn, ac i bob golwg roedd y digwyddiad bach anffodus o grybwyll enw Medwyn wedi hen ddiflannu, fel siwgwr eisin dros gacan.

* * *

Erbyn i'r plant i gyd fynd i'w gwlâu a setlo roedd hi wedi twllu, ond yn dal yn ddigon braf i aros allan. Roedd y goleuada bach yn wincio yn yr awal rhwng briga'r coed, a'r gwin yn mynd i lawr yn dda. Erbyn hyn roeddan nhw ar y botelad gwin gwyn melys roedd Emrys wedi'i ddŵad hefo fo, gan ei fod o'n gwbod bod Nesta'n ffond o win melys hefo'i phwdin.

Roedd y nant i'w chlywad yn glir yn y tawelwch, a doedd dim rhaid i neb ddeud gair. Gwibiai'r ystlumod fel gwenoliaid wedi drysu o'u cwmpas ac roedd 'na hen gi yn cyfarth ymhell, bell yn rwla. Braf ydi'r math o dawelwch gewch chi hefo ffrindia ar noson gynnas braf. Does dim angan *chwilio* am sgwrs – dim ond gadael iddi ddŵad fel y myn, heb ei gwthio na'i rhuthro.

Heb rybudd, dechreuodd Nesta chwerthin. Rhyw bwffian ysbeidiol i ddechra, ond wedyn, yn raddol, o waelod ei bogal yn rwla.

'Be sy'n bod a'nat ti?' gofynnodd Hywyn. Ond roedd hi'n chwerthin gormod i allu siarad yn iawn erbyn hynny. Newydd sylwi ar y 'Pen*bwl*ydd *Haps*' ar y faner yr oedd hi, ac wedi'i weld yn ddigri ofnadwy. Tasa hi wedi'i weld o a hitha'n hollol sobor, falla na fydda hi wedi chwerthin cweit mor uchal, ond cyn pen dim roedd y tri'n glanna chwerthin. Chwerthin nes roeddan nhw'n sâl.

Yna, fe ganodd ffôn Emrys, ac mi sobrodd pawb rhyw fymryn. Olwen oedd yno'n dymuno 'Pen-blwydd hapus' iddo, ond roedd amball don o chwerthin yn dal i ddod dros Emrys, a fedra fo ddim siarad yn gall iawn hefo'i chwaer.

'Be sy, Emrys – ti'n iawn?'

'O sorri, Ol – jest gweld rwbath yn ddigri 'naethon ni'n tri yn fama gynna, a 'dan ni'n chwerthin byth ers hynny.'

'O, deud ti! Oedd y gacan yn plesio 'ta?'

'Oedd wir – *yn* ca'l tamad ohoni ydan ni rŵan hefo gwydriad o win melys.'

'Chadwa i mo'na chdi 'ta. Cofia fi at Hywyn a Nesta.'

‘Mi ’naf. Nos da, Ol . . . nos da.’

Gwaeddodd Nesta a Hywyn ‘Nos da’ i’r ffôn hefyd, a dechreuodd Hywyn ganu ‘Penbwl Hapsus i chi’ dros bob man. Yna sylwodd Emrys fod ganddo negas ar ei ffôn. Sobrodd wrth ei darllan. Roedd Iolo a’i ben allan drwy’r ffenast erbyn hyn, yn deud wrth ei dad a’i fam ei fod o’n methu cysgu, a Hywyn yn canu’n uwch tra oedd Emrys yn rhythu ar y ffôn. Roedd pob arlliw o awydd chwerthin wedi gadael ei gyfansoddiad o fewn eiliad. Aeth Hywyn i agor potal arall o win, ond mi wydda Nesta’n iawn fod rwbath ar feddwl Emrys.

‘Bob dim yn iawn?’ holodd.

‘Ydi – ydi tad. ’Mond negas gin . . . ym . . . gin Mam a Nhad, yn . . . ym . . . yn dymuno “penbwl haps” i mi.’

Dychwelodd mymryn o’r chwerthin, ond roedd Nesta’n sicir rŵan fod rwbath yn pwyso ar feddwl Emrys. Feiddia hi ddim holi. Fydda ynta byth wedi cyfadda wrthi mai negas gan Carys oedd hi, yn deud: ‘Dwi’n diffodd fy mobeil rŵan. Ffonia fi peth cynta’n bora. Pen-blwydd hapus, Carys.’

Oedd yna rwbath wedi digwydd? Pam roedd hi’n mynd i’w gwely a’i adael o hefo rhyw chwartar stori fel hyn? Daeth Hywyn drwodd hefo potelad lawn ond doedd ar Emrys fawr o awydd i’w hyfed bellach. Fe alla fo ffonio Carys i’r tŷ, wrth gwrs – fydda hi ddim yn diffodd hwnnw, ’does bosib? Ond wedyn, bydda’n annoeth iawn ei deffro; fe wydda o’r gora, os oedd yna unrhyw fath o gymodi i fod byth, y bydda’n rhaid cadw’r ffrwyn yn dynn ar ei deimlada.

Ffoniodd am dacsi i ddŵad i’w nôl ymhen rhyw hannar awr. Roedd hi’n dechra oeri erbyn hyn ac fe roeson nhw’r gwres ymlaen yn isal yn y tŷ, ac mi aeth Hywyn i hepian cysgu yn nhraed ei sana o flaen y lle tân. Pan gyrhaeddodd y tacsi, sibrydodd Emrys ei ddiolch i Nesta am y croeso.

Gan ei fod wedi yfad mwy na’i siâr – yn cynnwys, yn y diwadd, wagio’r botal ola – roedd o fymryn yn sigledig yn cyrraedd Bryn Llan, a chafodd draffath i gael ei oriad i’r twll yn y drws. Yn ei feddwdod, sylwodd o ddim fod yna amlen ychwanegol wedi'i gwthio trwy'r twll llythyra rywbryd yn ystod y min nos.

14

Er gwaetha'r noson hwyr, roedd Emrys yn gwbwl effro am hannar awr wedi chwech drannoeth. Roedd o i lawr yn y gegin ac yn gneud coffi iddo'i hun ymhell cyn i Dwynwen ddechra stwyrian yn ei basgiad. Roedd wedi edrach ar ei oriawr, ei ffôn, y cloc a phob peiriant arall a rôi'r amsar yn y gegin o leia ddeg gwaith yr un – yn gwylio'r eiliada'n pasio'n drybeilig o ara deg. Pryd bydda'r amsar cynhara medra fo fentro ffonio Carys, tybad? Wyth? Hannar awr wedi wyth? A dim ond hannar awr wedi saith oedd hi byth . . .

Be *fedra* Carys fod isio'i ddeud wrtho, a pham ddiawl na fasa hi wedi rhoi rhyw syniad iddo pam roedd hi am iddo'i ffonio? Dechreuodd hel meddylia *bod* 'na rywun yn ddigon gwirion i chwara gêm fel hyn arno am sbort. Glyn Mul, falla, un o ffrindia Moi Bach, oedd yn dŵad fel cysgod i hwnnw amball nos Wenar. Pan fydda'r sgwrs yn gwyro weithia oddi wrth bêl-droed, merchaid, cwrw neu golff, mi fydda'r ddau yn ei throi hi am y bar i gicio'u sodla, ac yn tynnu ar Emrys.

'O, 'ma ni 'to. Ffwcin politics fydd hi rŵan os ceith hwn 'i ffor'.'

'Be sy, Glyn? Isio imi drafod Everton eto fyth w't ti?' fydda Emrys yn ei ddeud.

'Ma'n well na trafod be sy gin dy ffwcin Blaid di i' ddeud am Aff-blydi-gani-ffwcin-stan, dydi?'

'O, 'na chdi 'ta. Tyd 'ni drafod y gêm ddi-gôl 'na *eto*, ia? A pwy ddudist ti, 'fyd, gafodd send off am gicio Wayne Rooney?'

Mi wydda Emrys ei fod o'n mynd dan groen y ddau yn aml. Roedd o wedi'u clywad nhw'n ei drafod yn y lle chwech unwaith, pan wyddan nhw ddim 'i fod o'n ista yn un o'r tai bach.

'Pwy ffwc mae o'n feddwl ydio? Siarad fatha tasa fo wedi llyncu ffwcin dicshiynyri, a disgwl i pawb fod bechod drosto fo.'

'Duw, anwybydda'r cont. Fel'na mae o pan mae o'n ca'l un o'i hyrddia.'

'Isio tynnu rhywun i lawr drw'r amsar. Gneud 'chdi deimlo'n llai na gewin bodyn bach dy ffwcin droed bob munud.'

'Yndi, dwi'n gwbod.'

'Ti'n gwbod be sgin i, dwyt Moi? Mae o'n gneud 'run peth i chditha weithia, dydi?'

'Yndi mae o.'

'Isio'i dynnu *fo* i lawr began ne' ddwy sy. Isio'i ga'l o yn 'i fan gwan.'

'Fel be, 'lly, Glyn? Be ti'n feddwl?'

'Dwn 'im, ond mi ffwcin ga i o 'de, Moi, mi ga i o ryw ddwrnod.'

Roedd Emrys wedi aros yno yn y tŷ bach am sbel yn gori ar eu sgwrs. Os ma dim ond y ddau yna oedd yn teimlo fel'na amdano, doedd ddiawl o ots. Ond faint er'ill oedd yn teimlo 'run fath â nhw, tybad? Oeddan nhw'n lleisio barn pawb, bron, amdano erbyn hyn? Ai dim ond diodda'i gwmni roedd hyd yn oed Nesta a Hywyn bellach – am eu bod biti drosto?

Sŵn y post yn glanio'n un swp ddaeth â fo'n ôl o'i fyfyrdoda. Roedd hi'n glewtan go hegar i'w chlywad, felly mae'n rhaid bod 'na dipyn o gardia hwyr ymysg y llythyrach. Aeth o ddim i'w nôl nhw'n syth. Roedd o'n dal i ddadla hefo fo'i hun y galla'r holl firi 'ma dros y penwsnos fod yn ddim byd ond dial Moi a Glyn Mul. Ond doedd y theori yna ddim yn dal dŵr chwaith. Fedra Moi Bach ddim trefnu meddwad mewn bragdy heb i rwbath fynd o'i le – ac yn sicir fedra'r un o'r ddau lunio anagram dros ei grogi! Roedd yr holl gynllun yn rhy fanwl o beth mwdril i'r ddau lembo yna fod wedi bod wrthi – mor fanwl, mor gostus.

Penderfynodd neud panad arall. Roedd hi'n dal yn rhy gynnar i godi'r ffôn ar Carys. Roedd Dwynwen wedi penderfynu ei bod hi'n amsar bwyd ac yn pawennu yn erbyn cyrion ei byjamas. Tywalltodd soserad o lefrith iddi a mynd i nôl y post.

Tasa fo wedi gwbod bod 'na amlen wen hefo'r un ysgrifen â'r negas ddwytha gafodd o ymysg ei lythyra, fydda fo ddim wedi ymdroi cyhyd cyn mynd i'w nôl. Doedd dim pwt o stamp yn agos i'r amlen, felly rhaid bod hwn eto wedi'i ddanfon â llaw. Agorodd yr amlen yn gyflym – a'r cwbwl oedd ynddi oedd tocyn.

Tocyn i berfformiad o *Sogno di una notte di mezza estate* – yn y Teatro Romano yn Ferona!

Teimlodd ei stumog yn cael ei hyrddio fel peiriant golchi. Os oedd angan unrhyw brawf fod Carys ac ynta wedi bod ar y trywydd iawn hefo'r anagram, hwn oedd o.

Ferona?!

Dechreuodd chwerthin a chrio 'run pryd. Phrofodd o rioed o'r blaen yn ei fywyd deimlada mor gymysg. Roedd y dagra'n llifo i lawr ei ruddia, ac eto fe daera mai chwerthin roedd o o'r tu mewn. Yng nghanol yr hyrddio emosiynol yma y canodd y ffôn. Chlywodd o mohono fo'n syth trwy'r sŵn cymysg o grio a chwerthin oedd yn llenwi'i ben.

Cododd y derbynnydd a chlywad llais Carys – ei chlywad yn deud ei bod hitha wedi cael tocyn i'r Teatro Romano.

'Be sy'n digwydd, Carys? Be ti'n feddwl ydi hyn i gyd?'

'Sgin i'm syniad . . . un funud dwi ofn am fy mywyd, a'r munud nesa . . .'

Dechreuodd igian crio'n dawel a gadawodd Emrys iddi ryddhau'i theimlada am sbel, cyn gofyn: 'Be ti'n meddwl ddylian ni neud?'

'Be *ti'n* deimlo, Emrys?'

'Dwi ddim am droi'n ôl rŵan. Ma'r arwyddion yma i gyd

yn rhy gry. Dwi *wir* yn teimlo 'mod i'n ca'l f'arwain yn ôl ati – dw't ti ddim?'

Anadlodd Carys yn ddyfn cyn ei atab. 'Ydw – mi ydw i *yn* meddwl mai hi sy 'na.'

Roedd 'na dawelwch eto am funud y pen arall. Yna gofynnodd Emrys yn dawal, 'Mehefin ydi *Giugno*, ia?'

'Ia – nos Sadwrn, Mehefin y trydydd ar hugian.'

'Ti am ddŵad, Carys?'

'Wyddon ni'm yn iawn be ydio eto, na wyddan?'

''Dio otsh?'

'Nag'di . . . dim blewyn o otsh.'

'*Be* ydio ddudist ti?'

Am y tro cynta fe chwarddodd Carys ar ben eu penbleth. 'Wel be sy *rŵan*?' holodd Emrys. 'Pam ti'n chwerthin?'

'Clywad ni'n swnio'n ddigri 'nes i mwya sydyn.'

Roedd Dwynwen angan rwbath amgenach na soserad o lefrith erbyn hyn, ond sylwodd Emrys ddim fod yr hen gath wedi cripio godra trowsus ei byjamas yn dwll. Roedd gwrando ar Carys yn chwerthin wedi agor drws ei hiraeth unwaith eto, a daeth yr awydd i grio-chwerthin drosto fynta am yr eildro'r bora hwnnw. Roedd dagra wedi bod yn llawar nes i'r wynab nag unrhyw awydd i chwerthin ers sbel. Chwerthin cwrtais, cyfeillgar – fel hefo Hywyn a Nesta'r noson cynt – ia, ond nid y chwerthin go iawn hwnnw y bydda fo'n ei gofio o ddyddia 'mhell bell yn ôl.

'Be ti'n weld yn ddigri?' holodd, yn methu rhwystro gwên fach rhag ffurfio yng nghongla'i wefla'i hun.

'Dwn 'im – ni'n dau . . . fel tasan ni'm yn siŵr iawn be 'dan ni'n ddeud.'

'Ti'n iawn, tydan ni ddim. Dwi'n 'i cha'l hi'n anodd iawn gwbod *be* dwi'n feddwl, Carys.'

'A finna.'

'Eniwe – be ydi'r opera 'ma? Be 'dan ni'n mynd i'w weld?

'Drama, Emrys – *Midsummer Night's Dream*.'

'*Drama*?'

''Nest ti ddallt *teatro*, gobeithio?'

'Wel do, ond mi gymrish ma opera fydda hi am ryw reswm. Meddwl ma dim ond opera sy ar feddwl Eidalwyr, ma siŵr.'

'Na, drama ydi hi.'

'Oes 'na ryw arwyddocâd yn hynny, tybad?'

'Be ti'n feddwl?'

'Wel – yn y ddrama, 'lly. Fatha'r anagram?'

'W't ti'n gyfarwydd â hi, Emrys?'

'Brith go' o'i gneud hi yn 'rysgol. Ma 'na dylwyth teg ynddi yn rwla, os cofia i.'

'Ddim stori am gariadon ydi hi, d'wad?'

'Ia, ia – a'r tylwyth teg yn gneud llanast o betha.'

'Swnio'n ddigon difyr.'

''Nes i'm breuddwydio 'mod i'n mynd yr holl ffor' i Ferona i weld drama chwaith, 'nest ti?'

''Dan ni *yn* mynd, felly, ydan?'

'Dwn 'im be amdanach chdi, ond *dwi*'n mynd.'

'Dwi'n falch – do'n i fawr o ffansi mynd fy hun, cofia.'

Wedi pedair blynedd o droi a throsi yn fy hiraeth yn yr hen le 'ma, meddyliodd Emrys, hefo gwên lydan bellach yn ymledu dros ei wynab, *wedi gorwadd yn f'unigrwydd rhwng y cynfasa oer ers i Carys 'y 'ngadal i, dwi rŵan yn trefnu i dreulio penwsnos yn Ferona hefo'r ddynas dwi'n dal i'w charu*!

'Fasa'n well inni drio cyfarfod i drafod y trefniada cyn mynd, yn basa? Yma yn Llys Meddyg, os 'dio'n iawn gin ti.'

'Ydi siŵr. Pryd fydda'n hwylus imi ddŵad draw?'

'Ti'n rhydd heno?'

'Ydw – ddo i draw erbyn tua wyth.'

'Plis paid â gyrru, Emrys.'

'Ga i dacsi, yli.'

'Mi 'drycha inna ar y we am awyren a gwesty rhesymol inni.'

'Ddim yn *rhy* resymol chwaith, cofia. Gin i rywfaint o gelc pen-blwydd yn fy nghadw-mi-gei ar hyn o bryd.'

'Ga i weld. Wela i di heno 'ta.'

'Ia, wela i di heno.'

* * *

Roedd gan Emrys addasiad o'r ddrama yn y siop. Manteisiodd ar bob ysbaid rhwng cwsmeriaid i'w darllan. Addasiad Gwyn Thomas oedd hi – *Breuddwyd Nos Ŵyl Ifan* – ac o ddarllan ei ragair yn unig, fe wydda Emrys y bydda'r ddrama ddyrys-ddigri hon yn dod ag o leia rywfaint o'r llinynna ynghyd. Darllenodd: '. . . fe all y teimlad sy'n dod dros gariadon – fel y dylai pobl ifanc wybod yn well na neb – droi pethau fel eu bod nhw'n wahanol iawn i'r hyn y maen' nhw'n ymddangos i bobl eraill, yn enwedig pobl mewn oed.'

O bryd i'w gilydd dôi cwsmar i mewn i'r siop, a fynta'n gorfod gadael byd y tylwyth teg am rai munudau ar y tro. Ond roedd geiria Hermia yn yr act gyntaf yn dal i ganu yn ei ben: 'O na bai 'nhad yn edrych â fy llygaid i' – ac atab Theseus iddi, 'Yn hytrach rhaid i ti weld yn ôl ei farn.'

Ac wrth gwrs, meddyliodd, *roedd y dramodydd dwl am i bawb weld pa mor afresymol oedd y Tad yn y sefyllfa! Heb sôn am y Fam*! Fel tad Juliet, neu fam y Ferch o Gefn Ydfa, neu Ysbaddaden hefo'i Olwen; fel Arianrhod hefo'i Lleu, a Pholoniws hefo'i Ophelia. Roedd chwedloniaeth a llenyddiaeth yn llawn o dada a mama yn ymddwyn yn y modd mwya afresymol i drio rhwystro priodasa rhwng eu hepil a gwrthrych eu serch. A'r cariadon druan, am gyfnod, yn cael eu taflu ar drugaredd y duwia, y goedwig, y dewiniaid a'r demoniaid i gyd.

Doedd y gwahoddiad yma i Ferona ddim yn anagram i'w ddatrys o gwbwl. Roedd y negas y tro yma'n gwbwl glir, a threuliodd Emrys y diwrnod cyfan – rhwng cromfacha, pan ddôi cwsmar – yn pori yn y ddrama y bydda'n mynd i'w gweld mewn Eidaleg yn y Teatro Romano yn un o ddinasoedd mwya rhamantus yr Eidal.

15

Gofynnodd i'r dyn tacsi ei ollwng wrth waelod y dreif. Roedd hynny'n hwylusach nag agor a chau'r giât ddwywaith mewn ymdrech i rwystro Siencyn, ci Llys Meddyg, rhag dianc i'r lôn. Mae cŵn King Charles yn rhai bach annwyl dros ben, ond tydyn nhw ddim ymysg y doetha o greaduriaid yr hen fyd 'ma. Talodd i'r gyrrwr ac agor y giât yn ofalus, gan fwytho pen Siencyn yr un pryd, a cherddodd y sbanial bach wrth ei sawdl i fyny'r dreif.

Sylwodd Emrys yn syth fod Carys yn y consyrfatori hefo rhyw ddyn diarth. Roedd o'n ymddangos tua deng mlynadd yn hŷn na hi, a'i wallt wedi britho ond yn dal yn fwng go drwchus a chyrliog. O'r hyn fedra Emrys ei weld roedd o'n ddyn golygus iawn. Roedd y ddau'n sefyll yn weddol agos i'w gilydd ac yn amlwg yn rhannu sgwrs felys iawn. Roedd Carys yn gwenu, a suddodd calon Emrys pan ddisgynnodd mor rhwydd i goflaid dyner ym mreichiau'r dyn diarth. Roedd wedi sylwi ynghynt ar gar eitha nobl yn y dreif. Gwelodd Carys yn ei hebrwng allan o'r tŷ, a chadwodd ynta o'r golwg nes bod y car wedi gyrru i lawr y dreif a Siencyn yn cyfarth ar ei ôl.

Pa ryfadd, felly, nad atebodd Carys ei alwada ffôn dros yr holl flynyddoedd, na dangos unrhyw awydd gwirioneddol i ailgynna tân ar hen aelwyd dros y dyddia dwytha. Roedd hi'n amlwg yn fodlon ei byd ac wedi troi dalan newydd yn ei bywyd – a doedd dim angan Emrys arni i fod yn rhan o'r bywyd newydd hwnnw. Teimlodd fflam fechan yn diffodd y tu mewn iddo, ond cysurodd ei hun fod yna un fflam fach arall yn dal ynghynn o hyd. Arhosodd i sŵn y car gilio a mentrodd i fyny'r dreif a chanu cloch gyfarwydd Llys Meddyg.

Mrs Owen atebodd y drws a'i wa'dd i mewn. Roedd Carys yn y llofft, medda hi, ond fydda hi ddim chwinciad. Cynigiodd banad iddo ond gwrthododd Emrys yn gwrtais. 'Ewch drwadd i'r parlwr 'ta, Emrys. Fydd Carys efo chi 'mhen dim.'

Fuodd Carys ddim yn hir cyn dŵad i lawr, wrth gwrs, ond i Emrys fe deimlai fel oria, wrthi iddo ista yn y parlwr yn ail-fyw atgofion o'r dyddia fu. Daeth lleisia o gilfacha'r co' i ganu yn ei ben.

'Efo rhein oeddat *ti*'n arfar chwara, Mam?' Llais Mari Lisa yn hogan fach oedd hwnna, yn chwara hefo'r torath tegana a gêma oedd yn dal yn Llys Meddyg ers dyddia plentyndod Carys.

'Ia, Mari. Ges i hwnna gin Nain Aberffraw pan o'n i'n naw oed.'

'Waw! Cŵl! Ga i chwara efo fo?'

'Cei siŵr iawn – chdi sy pia fo rŵan.'

Roedd bob dim wedi teimlo'n iawn yn Llys Meddyg 'radag honno. Dim clyma o unrhyw fath – dim o'r haena o densiyna oedd yn perthyn i aelwyd Nain a Taid Pen Llŷn . . .

* * *

Pan ddaeth Carys i lawr, roedd hi'n amlwg wedi newid a sbriwsio'i hun, ac arogl persawr hudolus, hiraethus arni – arogl gwyddfid a rhosyn gwyllt, arogl gerddi'r haf.

'Sorri, ges i 'nal ryw fymryn jest cyn i chdi gyrradd.'

'Paid â poeni – ma hi 'di bod yn braf ca'l hel atgofion yn fama.'

'Ges i ymwelydd, sorri.'

'Plis, Carys, paid ag ymddiheuro – wir 'ti, ma hi'n iawn.' Methodd Emrys gadw'r tinc bach mymryn yn flin o'i lais, ond sylwodd hi ddim.

Roedd gan Carys barsal wedi'i lapio mewn papur arian chwaethus yn ei llaw, ac wrth ei roi i Emrys ymddiheurodd fod yr anrheg yn hwyr yn ei gyrraedd. 'O'n i 'di meddwl ei ga'l o draw ichdi ddoe, ond ches i mo'no fo tan neithiwr, sorri.'

'Carys – '*nei* di beidio ymddiheuro bob munud, er mwyn tad?'

Tynnodd Emrys y papur gloyw. Roedd Carys wedi cael rhywun i fframio llun o Mari Lisa yn ei gwisg 'Blodeuwedd' iddo.

'Mi fedra i ga'l newid y ffrâm os nad w't ti'n 'i licio hi,' medda hi wrth ddisgwyl am ei ymatab.

'Mae o'n berffaith . . . Diolch . . .'

Toedd o ddim union yr un llun â'r un oedd gan Carys i fyny yn y gegin, ond roedd o'n amlwg o'r un casgliad. Roedd Mari dipyn yn nes at y camera yn hwn ac yn edrach i fyw'r lens – fel petai hi'n herio mwy ar ei chreawdwr, rwsud. Ac ar y border o dan y llun, roedd Carys wedi printio'n gywrain ddyfyniad gwahanol o'r ddrama i'r un oedd ar y llun yn y gegin. Gwyliodd hi Emrys yn ei ddarllan: 'Cyffro a rhyddid yw f'elfennau i, a'm deddf yw chwant, y chwant sy'n gyrru'r had i chwalu'r pridd a'i ceidw rhag yr haul.'

'Ma gin i gopi o'r llall, os ydio'n well gin ti hwnnw.'

'Na – well gin i hwn os rwbath.'

'Meddwl o'n i falla na fasach chdi'm isio 'run un yn union ag sy gynnon ni yma.'

'Ia . . . na . . . hollol. Ma'r dyfyniad yma'n . . . un da hefyd. Ac *mae* o'n wahanol, fel ti'n deud.'

Wrth i Carys fynd i chwilio am ei bag, syllodd Emrys eto i fyw llygaid ei ferch, a'i chofio'n deud yr union eiria yna o'r llwyfan. Ymwthiodd rhai o'r llinella eraill y gwnaeth Mari Lisa gymaint o argraff ar bawb wrth eu llefaru i'w gof, ac i Emrys roedd 'na bellach ryw arwyddocâd newydd i bob un ohonyn nhw. Tybad fuo sefyll ar ben y grisia yn nhŷ Nain a Taid Pen Llŷn, yn gwrando ar ei chefndryd a'i chneitherod yn mynd drwy'u petha, o fudd iddi wrth ddehongli '. . . ac mae'r byd yn oer, yn estron imi, heb na chwlwm câr na chadwyn cenedl'? Ac wedyn, 'Dyna sut yr ofnaf – ofni fy rhyddid, megis llong heb lyw ar fôr dynoliaeth.'

'Ofni fy rhyddid'? Roedd hwnna'n ddeud go fawr, pendronodd Emrys. *Ai felly roedd hi ar Mari? Ai felly* ma *hi arni heddiw? Ydi hi allan yna yn fan'na yn rwla, yn* dal *i ofni'i rhyddid?*

Daeth Carys yn ei hôl i'r parlwr hefo'i bag yn ei llaw, a chyda darn o bapur ac arno fanylion i Emrys am y daith i'r Eidal a'r gwesty yn Ferona. Roedd hi wedi llwyddo i gael gwesty gweddol ganolog am bris eitha rhesymol – a thocynna awyren eitha rhad hefyd, a chysidro'i bod hi yng nghanol y tymor ymwelwyr. Roedd wedi bwcio'r gwesty am ddwy noson, a chytunodd Emrys fod hynny'n syniad da. Wrth hedfan yn gynnar fora Gwenar, fe gaen nhw gyfla i grwydro'r ddinas ar ôl cinio hwyr y pnawn hwnnw, a chael bora a phnawn hamddenol yno drannoeth cyn y perfformiad gyda'r nos. Ac mi fydda 'na lawar o waith cnoi cil ar betha gan y ddau ohonyn nhw.

* * *

Y cyfan oedd ar ôl iddo fo ei drefnu rŵan oedd cael Olwen i gytuno i warchod y siop iddo dros y cyfnod. Nid ei fod o'n ama am funud y bydda hi'n ei wrthod, ond y broblam oedd y bydda'n rhaid creu rhyw 'stori' ar ei chyfar. Tasa Olwen yn dŵad i wbod bod Carys yn y pictiwr, yna bydda'n dipyn anoddach ei pherswadio i'w helpu. Mi fydda'n well deud y gwir wrthi am y gwesty, wrth gwrs. Yr unig beth fydda angan 'i ddyfeisio fydda esgus realistig dros fynd i Ferona am benwsnos.

Daeth yr ateb iddo fel bolltan. Yr esgus perffaith! Mi wydda Olwen a Hywyn ei fod o'n sgwennu ail gyfrol o straeon byrion ers tro byd – roedd o eisoes wedi cyhoeddi un gyfrol o straeon, ac wedi cael gwobr am gasgliad o ysgrifa yn y Genedlaethol hefyd unwaith. Ia, dyna'r atab. Roedd yn mynd i Ferona er mwyn gneud tipyn o ymchwil ar gyfar ei gyfrol. Roedd o wedi bod yn Llundain unwaith neu ddwy tua chwe mis yn ôl i neud ymchwil yn yr Amgueddfa Ryfel, felly mi fydda'n hollol gredadwy ei fod o'n mynd i neud ymchwil ar rywbath neu'i gilydd yn Ferona.

* * *

'Leon d'Oro 'di enw'r gwesty, gyda llaw,' medda Carys. 'Mae o ryw filltir o'r theatr.'

'Reit . . .'

Daliodd y ddau eu llygaid am ennyd a daeth rhyw saib rhyfadd i'w sgwrs.

'Iawn 'ta, well 'mi'i throi hi am adra, Carys.'

'Ydi'r tacsi yna?'

Edrychodd Emrys drwy'r ffenast i waelod y dreif. 'Ddim eto.'

'Ydi dy basbort di'n dal mewn grym?'

'Jecia i'n syth pan a' i adra.'

Canodd ffôn Carys wrth i Emrys gasglu'i betha. Yn ystod yr holl siarad a threfnu, roedd o wedi anghofio pob dim am yr hyn a welodd wrth gyrraedd Llys Meddyg. Suddodd ei galon wrth glywad Carys yn siarad mor hoffus hefo'r sawl oedd ar ben arall y lein.

'O Gwyn, chdi sy 'na? . . . Na, ma hi'n iawn . . . Be? Wedi gadael dy frîff-ces yn y consyrfatori? . . . O . . . yndi, dwi'n 'i weld o. Ti am bicio yma i' nôl o? . . . Be, *heno*? . . . Wel naddo, dwi'm 'di trefnu dim byd ond . . . Wel ia, pam lai 'ta . . . Iawn 'ta – lyfli. Ddo' i â'r brîff-ces draw i'r Bull hefo fi, felly . . . Edrach ymlaen . . . Wela i di heno 'ta. Hwyl.'

Roedd Emrys wedi mynd draw i edrach allan drwy'r ffenast tra oedd Carys yn cerddad yn ôl ac ymlaen. Roedd yna goblyn o olygfa hardd o ffenast y parlwr yn Llys Meddyg, yn edrach dros Eryri gyfan. *Mae o'n wir*, meddyliodd Emrys, *fod angan dŵad drosodd i Fôn i weld harddwch Eryri'n iawn. Mae modd bod yn rhy agos at rwbath weithia i fedru'i werthfawrogi fo'n iawn.*

'Reit, dwi *yn* 'i throi hi,' medda fo toc, gan gychwyn am y drws ffrynt.

'Dynion!' medda Carys wrth ddiffodd ei ffôn.

'Be?' medda Emrys, gan gymryd arno nad oedd wedi o gwrando ar yr un gair.

'Chdi, 'de!' medda Carys wrtho. 'Mi fasat yn gadal dy ben ar ôl tasa fo'm yn sownd.'

'Pam ti'n . . .?'

'Mi oeddat ti am fynd o'ma heb dy anrheg rŵan, doeddat?' Cododd Carys y llun o Mari Lisa oddi ar y soffa a'i roi iddo.

'O . . .' medda fo'n ymddiheurol, gan gymryd y llun ganddi. 'Pryd wela i di eto 'ta, Carys?'

Yn amlwg roedd ei gwestiwn wedi'i thaflu hi ryw fymryn, ac roedd yn ymbalfalu am atab iddo. 'Ond ma bob dim wedi'i drefnu rŵan, ydio ddim?'

'Ydi siŵr . . . ydi mae o – ti'n iawn.'

'Os na chyfyd rwbath arall ei ben, wela i di ar yr ail ar hugian, ia?'

'Wrth gwrs. Be sy haru fi, d'wad? Jest . . . o'n i jest meddwl falla bod angan inni drafod mwy am . . . am 'yn rheswm ni dros . . . ond na, 'sna'm byd mwy *i'w* drafod rhwng rŵan a hynny, nagoes?'

'Dwi'n meddwl y bydda'n well inni beidio tan hynny, Emrys – w't ti ddim?'

'Ydw siŵr . . . wrth gwrs 'mod i. Ac wel . . . diolch eto, am neud yr holl drefniada ac am . . . am y presant a ballu. Deud wrth dy fam 'mod i'n deud ta-ta 'fyd . . .' A bu bron iddo ag ychwanegu '– a mwynha ditha dy hun heno', ond ar yr eiliad ola rhoddodd glo ar ei dafod.

Roedd o wedi deud digon. Ac eto, roedd o angan deud cymaint, cymaint mwy.

16

Doedd dim angan perswadio Olwen o gwbwl i ofalu am y siop. Roedd wrth ei bodd fod ei brawd wedi ailgydio yn ei sgwennu unwaith eto. Dim ond yn ysbeidiol y bydda'n dangos ei waith iddi – roedd peth ohono'n bersonol iawn, ac mi wydda hefyd na fydda rhai darna at ddant Olwen.

''Dan ni'n ca'l holi be sgin ti ar y gweill tro 'ma 'ta?' holodd ei chwaer ychydig ddwrnodia cyn iddo fynd.

'Mynd yno i chwilio am y gwirionadd ydw i, Ol,' medda fo, gan drio taflu llwch i'w llygad, a pheidio â rhoi gormod o fanylion yr un pryd. Mi wydda, 'tae o'n rhoi gormod o raff ar ei stori, mai buan iawn y croga fo'i hun hefo hi os na fydda fo'n ofalus iawn. Mwya'r celwydd, mwya fydda'r gwaith cofio. Roedd angan bod yn gyson hefo'ch celwydd gola os oedd Olwen rwla yn y pictiwr.

'Ewadd, ma hyn yn rwbath go ddwys, felly, dwi'n cymyd?'

'Ydi, Ol – mae o.'

'Mynd yno i ailddarganfod dy ffydd w't ti?'

'Wel, mi allsat ddeud hynny. Ia . . . gallat.'

* * *

Doedd o ddim wedi clywad gair gan Carys ers iddo fod yno'n cael y manylion. Mi fuo'n trio crafu am ryw esgusion i godi'r ffôn i gael clywad ei llais, ond penderfynu y bydda'n ddoethach peidio wnaeth o bob tro. Mi fuo hefyd yn trio dychmygu sut beth oedd ei bywyd newydd hi – ei chylch newydd o ffrindia, ei ffordd newydd o fyw. A'i chariad newydd, wrth reswm. Mae'n siŵr fod hwnnw'n plesio'i fam-yng-nghyfraith yn arw, o'r hyn welodd Emrys ohono: dyn aeddfed, trawiadol iawn yr olwg ac yn amlwg yn dipyn o ŵr bonheddig, yn gwisgo'n dda ac yn gyrru car go grand – popeth y bydda Mrs Owen Llys Meddyg yn chwilio amdano mewn dyn. Ddim yn annhebyg o gwbwl i'w diweddar ŵr, erbyn meddwl.

Dyna ma pawb, bron, isio i'w plant, meddyliodd Emrys – *rhywun tebyg i'w rhieni, yn arddel yr un daliada, yn coleddu'r un egwyddorion, ac yn credu yn yr un math o betha a'r un math o dduwia.*

Ac ma siŵr bod hwn yn Fethodist, hefyd!

* * *

Roedd o wedi'i chael hi fymryn yn anoddach perswadio Hywyn ei fod o'n hapus i fynd ei hun i Ferona. Os oedd rhywun wedi bod yn poeni fod Emrys yn isal ei ysbryd, yna Hywyn oedd hwnnw. Iddo fo yn fwy na neb arall y dangosodd Emrys wir ddüwch ei gyflwr. 'Fasan ni'm ar dy ffor' di, siŵr iawn, Em. Mi gaet ti dy "sbês" gin Nesta a finna, ti'n gwbod hynny.'

'Na, well gin i fynd fy hun, Hywyn – wir rŵan.'

Roedd Nesta a Hywyn wrth eu bodda'n crwydro heb y plant amball benwsnos, a chan fod Hywyn yn fistar arno'i hun yn y gwaith mi fedra fynd fel fynno fo, dim ond gofalu am rywun i warchod. *Gwyn 'i fyd o,* meddyliodd Emrys – ond doedd o ddim angan cwmni Hywyn na Nesta y tro yma. Siwrna iddo fo a Carys oedd hon, a neb arall.

* * *

Mi drefnodd i Alice Barbar ddod i fwydo a gofalu am Dwynwen. Roedd hi wedi hen arfar â gneud hynny iddo – yn wir, mi fuo'n gofalu am anifeiliaid y Llan i gyd yn eu tro. Doedd dim angan na chenal na chathdy ar neb yn y Llan tra bydda'r hen Alice ar dir y byw. Fel pob tro, roedd hi'n gwrthod yn daer â gadael i Emrys sôn am roi arian iddi tuag at y gwarchod, a'r unig ffordd i roi taw arni oedd bygwth mynd â Dwynwen i un o gathdai'r dre os na dderbynia hi gildwrn am ei thraffath. Gosododd Emrys ddigonadd o dunia a bwyd sych i'r gath ar fwrdd y gegin, a chuddio amlen i Alice hefo ugian punt ynddo o danyn nhw. Mi wydda y bydda 'na brotestio mawr, ond fydda fiw iddi'i wrthod gan fod y fargan wedi'i setlo.

'Fydd dim angan goriad arna i, Emrys. Mi anghofioch ofyn am y dwytha'n ôl.'

'Ddaru mi?'

'A bod yn onast hefo chi, dwi'm yn ama fod gin i ryw ddau 'dri erbyn hyn.'

'Tydio'n dda 'mod i'n 'ych trystio chi, Alice?'

'Cofiwch ofyn am y cwbwl pan ddowch chi adra tro 'ma.'

'Mi wna i.'

'Lle dudoch chi oeddach chi'n ca'l mynd eto?'

'Ferona.'

'Ia siŵr. "Prifddinas y cariadon" meddan nhw, 'te Emrys?'

'O, dyna ma nhw'n 'i ddeud ia?'

'Peidiwch chi â dŵad yn ôl yn waglaw, rŵan' – a rhoddodd winc fach slei arno.

''Na i ddim, Alice,' medda Emrys dan wenu.

* * *

Mi ffoniodd Carys o ar y nos Iau i ddeud ei bod am fynd â'i char i Fanccinion, a'i adael hefo cwmni Males ger y maes awyr. Roedd yn llai o draffath i neud hynny na chael rhyw dacsi a chybôl. Roedd Emrys yn falch – roedd o wedi cael digon ar dacsis a bysys dros y misoedd dwytha i bara am oes, ac wedi bod yn ysu ers sbel am gael ei drwydded yn ôl.

'Ti'n siŵr bod hynna'n ocê gin ti?'

'Wrth gwrs – fyswn i'm yn cynnig fel arall.'

'Sut ti'n teimlo?'

'Mm . . . ofnus, cynhyrfus, poenus, chwilfrydig . . . A chdi?'

'Rwbath tebyg. Dwi'm 'di meddwl am fawr ddim byd arall ers pan fush i acw.'

'Na finna chwaith. Ond wela i di am bedwar 'ta, ia? Cofia fynd dros y rhestr ddanfonish i atat ti – ddwywaith, cofia!'

'Mi 'naf. A diolch iti, Carys. Wir – diolch.'

'Wela i di yn bora.'

* * *

Cyn clwydo, mi fydda'n well iddo roi cip arall trwy'r rhestr roedd Carys wedi mynd i'r draffath i'w gyrru ato i neud yn siŵr fod popeth ganddo ar gyfar y daith. Wedi ugian mlynadd o fyw hefo fo, mi wydda hi'n rhy dda pa mor anghofus y galla fo fod. Sawl gwaith roedd o wedi anghofio rwbath o bwys a fynta ar ei ffordd i gyfarfod pwysig, neu ar gychwyn ar wylia? Yr hyn oedd y rhestr yma, felly, mewn gwirionadd, oedd catalog o betha roedd Emrys wedi'u anghofio o dro i dro dros y blynyddoedd: pasbort, walad, ewros, brwsh dannadd, dillad isa, rasal, llyfr i ddarllan ar yr awyren, camera, allwedd y tŷ . . . Ac ar y gwaelod, mewn sgwennu bras, 'A DY FFÔN'!

Gosododd Emrys y cyfan allan ar ei wely. Aeth drwy'r rhestr unwaith, yna'r eildro – a rhoi tic wrth bob eitem wrth eu rhoi yn ei gês. Cadwodd ei walad, ei lyfra a'i basbort i'w rhoi yn ei fag llaw.

Edrychodd yn hir ar y llun o Mari Lisa roedd o wedi'i grogi ar y wal wrth ochor ei wely. Syllodd yn ddyfn i'r ddau lygad mawr glas, a chafodd ei hun yn gweddïo am y tro cynta ers amsar hir. Doedd o ddim yn teimlo iddo fo rioed feistroli gweddi'n iawn. Hyd yn oed yn ei ddyddia mwya triw yn oedfaon Calfaria, roedd y weddi wedi bod yn diriogaeth go ddyrys i Emrys. *Be 'di'r siarad hefo neb 'ma ma pawb ohonan ni'n ei neud?* fydda'n mynd trwy'i feddwl o bob gafael. Roedd canu emyna a gwrando ar bregath gymaint yn haws na'r weddi. Ond heno, aeth Emrys ar ei linia wrth ochor ei wely, a gweddïo'n daer ar y be-bynnag-sy-'na-allan-yn-fan'na i wireddu'i obeithion am y daith o'i flaen.

Gosododd ei larwm am dri, er y gwydda'n iawn y câi draffath i gysgu winc cyn hynny. Aeth i lawr y grisia i'r gegin tua un ar ddeg – falla bydda rhyw lymad o win yn ei lonyddu. Roedd ganddo botal o win gwyn ar ei hannar yn yr oergell a thywalltodd wydriad hael iddo'i hun.

Fel roedd o'n cychwyn yn ei ôl am y llofft, canodd ffôn y

tŷ. Olwen oedd yno – isio dymuno'n dda iddo cyn iddo fynd. 'Fydd dim isio ichdi boeni dim byd am y siop, cofia – gad bob dim i mi.'

'Ti'n un o fil, Olwen.'

''Nei di addo gneud un peth i mi, Emrys? Ffonio'n syth ar ôl i'r awyren lanio. Fydda i'n dawelach fy meddwl wedyn.'

''Na i, wrth gwrs. Fydda i'n siŵr o neud.'

'Ag Emrys . . .?'

'Ia?'

'Dwi *wir* yn gobeithio 'doi di o hyd i'r hyn rw't ti'n chwilio amdano fo yno.'

'Finna hefyd . . .' medda Emrys, a'i frawddeg yn breuo'n anorffenedig wrth iddo'i hyngan.

Roedd o isio deud mwy wrthi, ond methu ddaru o. *Olwen druan, tasa hi 'mond yn gwbod y gwir. Ond* pa *wir, wedyn*? *Pa wir sy'n mynd i ddŵad allan o hyn yn diwadd*?

Yfodd y gwin ar ei dalcan a gneud yn siŵr fod pob diferyn a briwsionyn wedi'i glirio oddi ar fwrdd y gegin, a bod bwyd y gath a'r agorwr tunia'n ddigon amlwg i Alice Barbar eu gweld.

17

Digon tawedog oedd y ddau yn y car ar y ffordd i Fanceinion. Roedd Carys yn edrach yn flinedig a doedd Emrys wedi cael fawr ddim cwsg chwaith.

'Cym' napan bach, Emrys. Fydda i'n iawn, 'sdi,' medda Carys pan sylweddolodd fod Emrys yn brwydro i gadw'n effro.

'Na, dwi'n iawn – 'mond ryw betha oedd yn mynd drw'n meddwl i.'

Ond erbyn Rhuallt roedd Emrys yn chwyrnu'n braf. Gwenodd Carys pan glywodd ei gŵr yn rhochian wrth ei hymyl, yn union fel yn yr hen ddyddia.

Roedd o'n dal i gysgu'n sownd a'i ben ar ei ysgwydd pan ddaeth dyn diarth i ista yn sedd y gyrrwr. Roedd y car yn llonydd ond yr injan heb ei diffodd. Doedd gan Emrys ddim syniad lle roedd o am eiliad, a sythodd a'i wynab yn llawn penbleth. Yna sylweddolodd fod Carys yn ista yn y cefn yn gwenu, a gwawriodd arno mai gyrrwr y cwmni parcio Males 'ma oedd y dyn, yn barod i'w danfon o swyddfa'r cwmni i'r maes awyr.

'Which terminal, sir?' gofynnodd hwnnw i Emrys. Edrychodd ynta ar Carys, a'i wep yn gwestiwn i gyd.

'Terminal one,' atebodd Carys, gan wbod nad oedd gan Emrys fawr o syniad lle roedd o heb sôn am wbod pa 'derminal' roeddan nhw'i angan. A ph'run bynnag, Carys oedd wastad wedi cymryd gofal o 'betha bychain' o'r fath yn eu bywyda. Ers ei hymadawiad, roedd llawar o'r rheiny – y petha bach, pwysig – wedi peidio â bod ym mywyd Emrys.

* * *

Gadawodd yr awyren faes awyr Manceinion yn brydlon ac roedd y ffleit yn un digon esmwyth, er bod yn gas gan Emrys fod yn yr awyr. Mi fuo'r gwydriad sydyn o wisgi gafodd o ychydig cynt o help i leddfu'i anesmwythdra – a'r botelad bach o win ar yr awyren. Roedd yn well ganddo daith mewn trên neu gar o beth mwdril – yn wir, tasa ganddo fo'r dewis, mi fasa'n well ganddo fod wedi treulio dyddia cyfa'n teithio'n hamddenol i'r Eidal ar long foethus! Ond *doedd* ganddo mo'r dewis y tro yma. Roedd o ar fwy o frys i gyrraedd Ferona na Carys, hyd yn oed.

Roedd y seciwriti dipyn ysgafnach ym maes awyr Ferona nag ym Manceinion, a'r swyddogion yn dipyn cleniach yr olwg hefyd. Roedd yr Eidal yn sathru dipyn llai o gyrn yn y byd mawr hyll y tu allan, wrth gwrs, ac felly roedd 'na lai o bryder ar wyneba teithwyr a gweithwyr fel ei gilydd. Wrth ddilyn yr arwyddion am y *controllo passaporti*, teimlai Carys ac Emrys yn reit flinedig ac roeddan nhw'n ysu i gyrraedd y gwesty. Roedd effaith y noson gymharol ddi-gwsg ar y ddau.

Wrth ymbalfalu am ei basbort am yr hyn oedd yn teimlo fel y canfed tro, fe dybiodd Emrys iddo weld wynab roedd o wedi'i weld o'r blaen ymhlith y dorf.

'Be sy, Emrys?' holodd Carys.

'Yr hogan 'na basiodd ni rŵan . . .'

'Be amdani?'

'Hi oedd yr hogan ar yr iot.'

'Pa iot?'

'Yn Nant Gwrtheyrn – hi oedd ar yr iot yn Nant Gwrtheyrn, Carys!'

Roedd y ferch yn llusgo cês bach du y tu ôl iddi, a dyn â gwallt du bitsh wedi'i glymu'n gynffon ac yn gwisgo siwt go ddrud yn amlwg yn gydymaith iddi. Roedd hi'n gwisgo jîns tyn a'r top bach coch lleia fyw, heb bwt o strap na dim i'w ddal i fyny. Roedd Emrys yn sicir iddo weld yr ysgwydda siapus yna yn rwla o'r blaen.

'Ti'n hollol siŵr?'

'Wrth gwrs 'mod i'n siŵr,' atebodd Emrys, yn cyflymu'i gerddediad fesul cam. Ond gan fod y ferch a'i phartnar wedi dewis cerddad ar lawr symudol, roedd y cwpwl yn cael y blaen arno er gwaetha'i ymdrechion i frasgamu i'r un cyfeiriad â nhw.

'Rhiain!' galwodd Emrys ar ei hôl, ond chymerodd yr un o'r ddau sylw ohono.

'Rhiain!' galwodd yn uwch.

Erbyn hyn roedd nifer o'r teithwyr eraill yn sbio'n hurt ar Emrys, a chyn pen dim roedd 'na ddau swyddog seciwriti wrth ei ymyl yn siarad mewn Eidaleg cyflym, yn amlwg yn ei rybuddio i beidio codi ei lais. Doedd dim diben dadla, wrth gwrs, a phan welodd Emrys y cwpwl yn cyrraedd blaen y ciw pasbort, mi wydda'u bod yn prysur fynd o'i afael. Ei unig obaith fydda'u dal wrth iddyn nhw aros am eu bagia – ond wedyn, falla nad oedd ganddyn nhw chwanag o fagia na'r hyn a lusgai Rhiain o'i hôl. Os felly, bydda'r ddau wedi hen ddiflannu cyn i Emrys gyrraedd y carwsél bagia, heb sôn am ddrysa'r allanfa.

Ond hi oedd hi, roedd o'n saff o hynny.

'Wedi blino w't ti, a dy ddychymyg di'n rasio,' ceisiodd Carys ei ddarbwyllo yn y tacsi, ond roedd o wedi rhusio gormod i wrando ar ei hymresymu.

'Hi oedd hi, Carys, yn saff 'ti. Falla 'mod i'n un gwael hefo enwa, ond mi naboda i wynab yn rwla.'

Yn ei wewyr, roedd rhai o olygfeydd hardda'r Eidal yn mynd heibio iddo yn ffenestri'r tacsi heb iddo'u gweld, heb sôn am eu gwerthfawrogi. Sylwodd o ddim ar y gefnlen lle rhedai godre'r Alpau yn un ddrama hir yr holl ffordd o'r maes awyr i ganol tref Ferona. Ond fel y nesâi'r tacsi at ganol y ddinas, mynnodd Carys dynnu'i sylw at dyra rhai o eglwysi hynafol y ddinas yn blaguro'n falch drwy darth yr afon Adige. Teimlodd ynta'i hun, er gwaetha'i benbleth, yn anadlu'n ddyfnach, a churiad ei galon yn teimlo'n esmwythach wrth iddo edmygu'r hyn oedd i'w weld ar bob tu. 'Ew, am *hardd . . .*' oedd y cwbwl fedra fo 'i ddeud.

Chafodd o ddim cyfla i ddeud dim mwy, gan i gloch ei

ffôn dorri ar draws y cyfan. Gwelodd fod ’na negas iddo. Pwysodd y botwm i’w derbyn, ond y cwbwl oedd yno oedd llun o siandelïer anfarth o wydr euraid Fenis, yn hongian o ddrych o nenfwd mewn adeilad moethus yr olwg.

Dangosodd Emrys y llun i Carys a chrychodd hitha’i thalcen. ‘Be goblyn ’di hwnna?’

‘Deud ti wrtha i . . .’

‘Yr un rhif ydio, dwi’n siŵr.’

‘Yr un rhif?’

‘ . . . â’r negeseuon oeddan ni’n eu ca’l cyn inni golli’n ffona symudol.’

‘Falla bo chdi’n iawn,’ medda Emrys, wrth gymryd y ffôn yn ôl ganddi.

Ailedrychodd yn fanylach ar y llun – a sylwi bod ’na ferch hefo gwallt du ac mewn top bach coch wedi’i hadlewyrchu yn y nenfwd gwydr, ac yn edrych yn syth arno o sgrin ei ffôn.

* * *

Chwyrlïodd eu tacsi oddi ar y brif heol oedd yn arwain i ganol y ddinas ac i lawr rhyw lôn gul, dywyll lle roedd yr adeilada’n amlwg wedi gweld dyddia gwell. Sylwodd y ddau ar hen ffatri wag a storfa anfarth o frics coch, a’r ffenestri i gyd wedi’u malu. Oedd hi’n bosib y bydda ’na westy pedair seren mewn ardal fel hon? Daliodd lygaid Carys ac roedd golwg amheus ar ei gwynab hitha. Yn sydyn, llyncwyd y tacsi gan dwnnel oedd yn eu harwain o dan y storfa frics coch, ac Emrys bellach yn dechra teimlo panig go iawn. Edrychodd eto ar Carys, ond ddaliodd o mo’i llygaid hi’r tro yma – roedd hi’n edrach yn syth yn ei blaen heb dynnu ei llygaid oddi ar y ffordd. Yna daeth y tacsi allan o grombil y ddaear, ac o’u blaena roedd rhes groesawgar o goed olewydd yn arwain at ddrws gwesty, a chlwstwr o oleuada bach serog yn addurno pob coedan ac yn wincio’n groesawgar wrth iddyn nhw ddenig o dwllwch y twnnel.

Arhosodd y tacsi wrth y drws, a daeth gŵr mewn siwt werdd ac aur i’w cyrchu i’r dderbynfa. Talodd Emrys am y tacsi ac aeth Carys at y ddesg i arwyddo am eu stafelloedd a derbyn yr allweddi. Fel roedd Emrys yn cyrraedd y dderbynfa, canodd y ffôn symudol unwaith eto – ond roedd ei lygaid wedi'u hoelio ar nenfwd y dderbynfa, a sylwodd o ddim fod ei ffôn yn canu yn ei bocad. Uwch ei ben roedd siandelïer aur anfarth o wydr Fenis – ac adlewyrchiad ohono fo'i hun yn syllu'n ôl arno o'r drych enfawr oedd yn do i gyntedd gwesty'r Leon d'Oro.

Daeth rhyw arswyd rhyfadd drosto wrth i bosibilrwydd newydd wawrio arno. Roedd pwy bynnag oedd y tu cefn i hyn i gyd yn gwbod, felly, eu bod yn aros yn y gwesty yma, a dim ond un person yn unig *alla* fod yn gwbod hynny.

Carys!

Edrychodd yn ffrwcslyd arni'n gwenu ar y ferch yn y dderbynfa wrth dderbyn yr allweddi. Doedd bosib mai *hi* oedd wrth wraidd y cyfan . . .?

Teimlodd ei goesa'n gwegian o dano. Oedd o'n mynd i'w holi hi – rŵan? Neu aros nes bydda petha'n datblygu ymhellach? Cyn iddo gael cyfla i benderfynu dim, canodd ei ffôn eto i'w atgoffa am yr eildro fod ganddo negas.

'Stafall 135,' medda Carys, gan roi ei oriad iddo. Ond atebodd Emrys mo'i wraig, na chymryd yr allwedd. Roedd yn dal i syllu'n fud ar lun newydd ar ei ffôn. Llun o Carys yn y dderbynfa'n derbyn y goriada.

Trodd yn sydyn i edrych dros ei ysgwydd. Roedd y llun yn amlwg wedi'i dynnu o'r balconi uwchlaw'r dderbynfa.

'Emrys! Be sy?'

Rhoddodd y ffôn iddi – ond dim ond edrach yn ddryslyd ar y llun wnaeth hi, a deud dim.

'Ma'r sawl sy'n chwara'r gêm yma'n gwbod yn bod ni yma, Carys.'

'Sut . . .?'

'Sbia uwch dy ben. Ti 'di gweld y siandelïer aur yna'n rwla o'r blaen?'

Syllodd hitha i fyny – ac yna i fyw llygaid Emrys. Tybiodd

Emrys y galla fod yn ffugio'i sioc, ac eto roedd hi'n welw ac yn amlwg wedi cael braw.

'Be . . . be sy'n mynd ymlaen?'

'Cwestiwn da,' medda Emrys, gan ddal i syllu i fyw ei llygaid i geisio canfod oedd 'na unrhyw arlliw o gelwydd yn llechu ynddyn nhw. 'Pa stafall w't ti, Carys?' gofynnodd iddi'n sydyn.

'137 – pam?'

'Fedra i'm meddwl yn glir ar hyn o bryd. Dwi angan ryw funud i mi fy hun.'

'Emrys – ti'n iawn?'

'Be?'

'Ti'n actio'n rhyfadd mwya sydyn. Be sy?'

Yn amlwg doedd o ddim wedi gallu cuddio'i deimlada. Roedd Carys wedi dechra . . .

Edrychodd Emrys o'i gwmpas yn wyllt. 'Lle ma 'nghês i?'

'Be?'

''Y nghês i! Ma rhywun 'di'i ddwyn o!'

'Emrys bach – y *concierge* sy wedi mynd â fo i fyny i dy stafall di.'

'O . . . sorri . . .'

'Be *sy*'n mynd drw' dy feddwl di, Emrys?'

Penderfynodd nad dyma'r amsar i fynegi'i amheuon wrthi. Doedd o ddim yn ddigon siŵr o'i betha. Dechreuodd gerddad i gyfeiriad y lifft. 'Y llunia 'ma sy wedi 'nhaflyd i 'ddar fy echal. Dwi'm yn licio trywydd newydd y gêm 'ma.'

'Mwy na finna.'

'Ddim yn unig ma'r sawl sy'n danfon y llunia 'ma'n gwbod yn bod ni yma, mae o hefyd wedi bod *yn* y gwesty yma'i hun, a phosibilrwydd cry ei fod o'n dal yma rŵan.'

'A be sy'n gneud iti feddwl mai *fo* ydio?'

Cyn iddo gael cyfle i ymatab i'r fath gwestiwn, canodd ei symudol eto.

Llun arall.

Llun o ddrws stafall hefo'r rhif 135 arno.

18

Gorweddodd Emrys ar ei wely yn stafall 135 yn syllu'n hir ar y llun yn sgrin ei ffôn. Roedd yn hollol sicir bellach mai'r ferch yr oedd ei hadlewyrchiad i'w weld yn y gwydr yn y llun blaenorol oedd y ferch a'i twyllodd ar y cwch yn Nant Gwrtheyrn, ac a welodd o'n gynharach ar y dydd ym maes awyr Ferona. Roedd o hefyd yn eitha pendant mai'r un un oedd wedi tynnu'r llun o'r dderbynfa a'r llun yma o ddrws ei stafall – beth bynnag am weddill y llunia. Yr hyn *nad* oedd yn siŵr ohono oedd y galla Carys, ei wraig, fod yn rhan o hyn i gyd. Ond roedd un peth yn saff – mi fydda'n gofyn iddi'r cyfla cynta gâi o, ac roedd Carys ac ynta wedi trefnu i gwrdd yn y bar am damad o ginio hwyr.

Canodd y ffôn yn ei law ond ddychrynodd o ddim tro 'ma – fo 'i hun oedd wedi gosod y larwm i ganu am ddau o'r gloch y pnawn rhag ofn iddo syrthio i gysgu ar ôl bod am gawod.

Ers y cychwyn, roedd 'na un peth arall wedi chwara ar ei feddwl byth ers iddo dderbyn y negas ryfadd honno yn ei wely gefn nos, ar ddechra'r 'daith' yma. Y larwm. Roedd rhywun wedi gosod ei larwm y noson honno 'nôl yn Llan, cyn iddo dderbyn y negas i fynd allan i'r stryd. Roedd o'n dal i fethu dirnad sut y galla hynny fod wedi digwydd; mae rhywun sy'n gosod eich larwm yn amlwg wedi bod yn mela hefo'ch ffôn.

A phwy goblyn alla hwnnw fod?

* * *

Clywodd rywun yn curo'n ysgafn ar ddrws y stafall. *Damia!* meddyliodd – roedd wedi dechra pendwmpian wrth hel meddylia, a hynny ar ôl i'w larwm ganu. Doedd o ddim hyd yn oed wedi gwisgo amdano, ac yn dal yng ngŵn nos y gwesty ers ei gawod.

Daeth cnoc arall, fymryn yn gryfach y tro yma. Fentra fo ddim agor ei ddrws – rhag ofn. Safodd yn agos ato a galw'n ysgafn, 'Carys, chdi sy 'na?'

'Ia – ti'n iawn?'

'Ym . . . ydw, diolch.'

Agorodd Emrys y drws, a gweld Carys yn sefyll yn y coridor yng ngŵn nos y gwesty a golwg newydd ddeffro arni.

''Mond dŵad draw i ddeud 'mod i 'di cysgu drwy'r larwm, ac ar 'i hôl hi braidd.'

'Go dda! Finna hefyd, cofia. Gymi di banad?'

Gwenodd Carys a chamu i'r stafall. ''Neith mymryn o gwsg les inni, gei di weld.'

'Nesh i rioed feddwl bydda petha wedi troi allan fel hyn.'

'Be ti'n feddwl, Emrys?'

'Y llunia o du mewn y gwesty, yr hogan 'na – a wedyn dy ama di, Carys. Pwy fasa'n meddwl y gnawn i beth felly?'

'Ti'n dal i f'ama i?'

Ymddangosai Emrys yn anghyfforddus.

'Wyt, felly.'

'Te 'ta coffi tisio?'

'*W't* ti, Emrys?'

'Weli di fai arna i? 'Mond chdi oedd yn gwbod yn bod ni'n dŵad i'r gwesty yma – ar wahân i Olwen, a dy fam ella.'

'Sorri – ga i dy gywiro di'n fan'na? Mi o'dd y *ddau* ohonan ni'n gwbod ma i hwn roeddan ni'n dŵad. Yr unig wahaniath rhyngddan ni ydi nad ydw *i*'n dy ama *di*. Coffi i mi, plis.'

Chafodd o ddim cyfla hyd yn oed i afael yn y ddau fỳg nad oedd y ffôn wedi canu eto, a llun arall yn cael ei ddatgelu pan bwysodd y botwm yn ffrwcslyd.

Llun o bwll pysgod, a dŵr yn tasgu o bidlan rhyw geriwb bach gwyn! *Be nesa . . .?*

'Gwranda Emrys, pam na ddiffoddi di dy ffôn am eiliad?'

'I be?'

'Tra byddwn ni'n cael panad, o leia. Tan ar ôl cinio, hyd yn oed. Be 'di'r brys?'

'Ond wedi dŵad yma'r holl ffordd ma raid i ni'n dau chwara'r *gêm*, siŵr ddyn! Raid 'ni ga'l pob cliw sy bosib . . .'

'Ond o's raid inni'i chwara hi ar eu telera nhw?'

'Be ti'n feddwl?'

'Rhusio hefo bob cliw. Dawnsio i bob tiwn ma nhw'n 'i ganu. 'Dan ni'n gwbod i sicrwydd ma i'r ddrama nos fory ydan ni isio mynd, tydan?'

'Ydan . . . ond . . .'

'Er mwyn y nefoedd, diffodda fo Emrys! Jest am dipyn – *plis*.'

Edrychodd Emrys yn frysiog ar y llun o'r pwll unwaith eto cyn ufuddhau i Carys. Roedd 'na ryw synnwyr yn ei gwallgofrwydd, tybiodd. Byrlymodd y tegell a chanodd ei chwiban hefo poeriad o ddŵr berw'n tasgu o'i enau.

'Du 'ta gwyn?'

'Emrys, gymish i rioed lefrith yn 'y nghoffi?'

'Mi 'lasat fod wedi newid. Gin pawb hawl i newid, medda chdi.'

'A titha'n dal i lenwi'r teciall i'w ymylon, dwi'n gweld. Berwi galwyn i neud panad i ddau.'

'Hen gastia. Gymi di fisgit, 'ta?'

'Dim diolch.'

'Dwi am gymyd un bach.

'Ti'n dal i f'ama i, dwyt Emrys?'

'Sorri, Carys – ydw.'

* * *

Wedi i Carys fynd 'nôl i'w stafall aeth Emrys ati heb ymdroi i wisgo amdano, ond fedra fo'n ei fyw â chael allan o'i feddwl y llun o'r angel bach 'na'n piso ar ben y pysgod yn y pwll. Roedd wedi'i weld o o'r blaen yn rwla. Cyn gadael y stafall edrychodd ar y llun eto, yn fanylach nag o'r blaen. Ar wahân i'r ceriwb a'r dŵr, roedd popeth arall yn y llun dipyn yn niwlog, ac eto . . .

Oedd, roedd 'na arlliw o ryw oleuada bach yn pefrio trwy niwl y cefndir. Llifodd y cyfan yn ôl iddo mewn eiliad. *Ia* – dyna *ydyn nhw, siŵr! – y coed olewydd ar y ffordd i mewn i'r gwesty, a'r goleuada bach fel sêr ymysg y dail llwydion*! Cofiodd yn sydyn hefyd ei fod wedi clywad sŵn dŵr yn tasgu'n ysgafn fel roedd o'n dod allan o'r tacsi pan gyrhaeddon nhw, wrth iddo dalu i'r gyrrwr.

Aeth ar ei union i'r dderbynfa i aros am Carys. Mi wydda y bydda hi angan o leia chwartar awr arall i goluro a gneud ei gwallt, felly sleifiodd allan i gael cip ar y pwll pysgod. Fel arfar, galla ymlacio'n llwyr wrth wylio pysgod yn nofio, ond y pnawn 'ma doedd y *koi* aur oedd yn nofio'n hamddenol bob yn ail â chysgodi dan ddeiliach amball lili ddŵr yn llonyddu dim arno. Trodd i wynebu'r gwesty a'i lygaid yn gwibio i bobman wrth sganio ffenestri'r stafelloedd, y fynedfa a'r twnnel. Roedd yn hollol argyhoeddiedig fod rhywun yn ei wylio ond doedd yr un symudiad i'w weld yn unman.

Synnodd o ddim pan ganodd ei ffôn eto. Tynnodd o o'i bocad i weld beth fydda cynnwys y negas ddiweddara 'ma ato.

Llun.

Llun angel.

Angel ar garrag fedd.

* * *

Roedd Emrys yn ista yn y dderbynfa pan gyrhaeddodd Carys, a'i feddwl wedi llonyddu rhyw chydig. Ar ôl iddo ddod i mewn yn ei ôl, roedd o wedi mynd yn syth at y *concierge* hefo llun y garrag fedd, a hwnnw wedi deud wrtho mai dim ond un fynwant yn Ferona oedd â bedda mor urddasol â hynna – Il Cimitero Monumentale. Doedd y fynwant ddim yn bell iawn o'r gwesty – gwaith rhyw chwartar awr ar droed. Cadw i'r dde ar ôl cyrraedd Porta

Nuova a chroesi Ponte San Francesco, yna cadw i'r chwith wedi croesi'r bont a dilyn yr afon i'r chwith nes cyrraedd y bont nesa, Ponte Aleardi. Gyferbyn â'r bont fe wela fo'r Piazzale del Cimitero, a bydda mynedfa'r fynwant yn syth o'i flaen. Rhoddodd y *concierge* fap iddo, gan ddeud, 'Is very, very nice *cimitero*.'

'Thank you. Could you please call a cab for me when I'm ready to go?' Doedd o ddim am fentro ar droed.

'Certainly, sir.'

* * *

Dal i astudio'r map yr oedd o pan welodd Carys yn sefyll o'i flaen.

'Be 'di hyn?' holodd ei wraig.

'Wedi ca'l llun arall ydw i.'

'Llun o be rŵan?'

'O fedd.'

'*Bedd*?'

Pasiodd y ffôn iddi.

'"Giovanni Batista",' darllenodd Carys yn ara.

'Dwi'm yn dallt . . .'

'Yr enw ar y bedd – oeddat ti'm wedi sylwi arno fo? "Giovanni Batista" . . . ydi'r enw'n golygu rwbath i chdi, Emrys?'

'Dim oll.'

'A be ti'n neud efo'r map 'na?'

'Ma'n rhaid bod 'na batrwm i'r llunia 'ma i gyd, Carys – a finna 'fod i'w dilyn nhw.'

'Pwy sy 'di deud hynny wrthat ti?'

'Ti'm yn gweld?'

'Dwi'n gweld llun mynwant fel chditha.'

'Llun o'r cyntedd, llun o ddrws fy stafall, llun o'r pwll, a rŵan llun o garrag fedd yn gerflunia drosti mewn mynwant. Ma nhw i gyd yn f'arwain i i'r lle dwi 'fod i fynd iddo fo nesa.'

'Be ti'n fwydro, d'wad?'

'Yli Carys, mae o'n hollol amlwg, tydi? Fydd dim mwy o

negeseuon o hyn ymlaen, dim ond llunia. Dwi 'di holi'r *concierge* 'ma lle mae o'n meddwl basa 'na fynwant hefo bedda mor drawiadol â hwn. Mi enwodd o hi – y Cimitero Monumentale – ac mae o'n fodlon galw tacsi pan fyddwn ni'n barod. W't ti am ddŵad yno hefo fi?'

'Bosib iawn y do i, ond w'st ti be? Eith 'run o dy draed di na finna i nunlla cyn ca'l tamad sydyn o ginio! A wa'th 'ti *heb* â dechra dadla efo fi. Tyd!'

* * *

Bu Carys yn ddeheuig i fynd â'r sgwrs dros ginio i bob cyfeiriad ond i fynwant y Monumentale, ond roedd Emrys ar biga isio cychwyn yno gyntad ag y cyrhaeddon nhw'n ôl i'r dderbynfa. Aeth yn syth at y *concierge* i ofyn iddo archebu'r tacsi.

Pan drodd yn ei ôl at Carys, roedd hi'n sefyll yng nghanol y dderbynfa, yn syllu'n anghrediniol ar ei ffôn ei hun.

'Be sy?' gofynnodd Emrys.

''Sa well i mi fynd i chwilio am *hon*, dwi'n meddwl.'

'Dangos . . .'

Llun o galon goch enfawr oedd fel pe bai'n agor allan yn ei hanner oedd ar sgrin y ffôn. Crychodd Emrys ei dalcan wrth feddwl am ymatab ond cafodd Carys y blaen arno.

'Os 'di dy ddamcaniaeth di'n iawn, yna ma raid i minna fynd i chwilio am galon 'di'i thorri'n ddwy!' medda hi.

'Wel, dw't ti ddim yn mynd dy *hun*.'

'Be ti'n awgrymu dwi'n neud 'ta, Emrys – ffonio Mam i ddŵad hefo mi?'

Doedd ganddo ddim atab i hynna.

Canodd corn tacsi y tu allan.

'Well 'ti fynd, Emrys. Rho alwad i mi pan ddoi di o hyd i'r . . . i'r bedd.'

'Carys, dwi'm yn licio d'adal di ar dy ben dy hun.'

'Ma'r ddau ohonan ni wedi dilyn 'yn greddf hyd at rŵan, yn do? Dos di, ac mi a' inna i holi'r boi 'ma yn y dderbynfa oes gynno fo syniad lle ma cartra tebygol y galon 'ma.'

'Paid â diffodd dy ffôn o gwbwl 'ta, iawn? Gadwan ni mewn cysylltiad yn amal.'

'Ia, iawn – dos. Ma dy ddyn tacsi bach di'n dechra colli'i limpin.'

Bu ond y dim i Emrys ddilyn ei reddf unwaith yn ormod a rhoi cusan iddi, ond daeth sŵn corn diamynadd y tacsi i'w achub.

Llithrodd i sedd y tacsi'n ddyn petrusgar iawn. 'Cimitero Monumentale,' oedd yr unig beth ddudodd o cyn i'r tacsi sgrialu i dwllwch y twnnel.

19

Pum munud o siwrna oedd hi mewn tacsi o'r gwesty i'r fynwant, ond roedd yr olygfa'n newid hefo pob tro gymeren nhw. *Pob dim mor chwaethus,* meddyliodd Emrys, *pob adeilad fel tasa fo i* fod *yma*. Ond er hardded pob modfadd o'r ddinas hynafol 'ma, roedd un cwestiwn yn crafu yng nghefn ei feddwl fel tywod mewn esgid ddi-hosan. Un ofn oedd wedi'i gladdu'n ddyfn yno ers y noson y diflannodd ei ferch, a rŵan fod Meistr y Gêm yn ei arwain at fynwant, roedd yr ofn yn atgyfodi fel esgyrn Eseciel. Ai yn farw y câi ei ferch wedi'r holl chwilio? Ai bedd ei blentyn fydda pen ei daith?

Trodd y tacsi i'r dde wrth Ponte Aleardi, ac yn union fel y dudodd y *concierge* roedd porth anferthol y fynwant yn ei wynebu ym mhen draw'r Piazzale del Cimitero – stryd hir, lydan, a dwy res o goed talsyth yn ei chysgodi'r holl ffordd i'r fynedfa addurniedig hardd. Roedd 'na ddau lew marmor o boptu'r porth yn ei warchod – un yn benisal a'i lygaid yn drist, a'r llall yn dal ei ben i fyny fel tasa fo'n edrach tua'r nefoedd.

Yr eiliad y daeth allan o'r tacsi edrychodd Emrys hefyd tuag i fyny. Basa'n amhosib peidio: roedd colofna Rhufeinig cadarn yn arwain y llygaid i fyny at un gair mewn llythrenna bras oedd yn serennu o farmor gwyn rhan ucha'r porth: 'RESURRECTURIS'. Roedd arogl liliau ym mhobman a stondina bloda o bob math yn drwch o gwmpas y fynedfa. Roedd 'na'r mynd a dod rhyfedda i mewn ac allan o'r fynwant: llawer yn ymwelwyr fel ynta, ond sylwodd hefyd ar drigolion y ddinas â sypia o floda yn eu dwylo, yn amlwg yn ymweld â bedda'u hanwyliaid. Teimlai Emrys fymryn fel tresbaswr wrth ddringo'r grisia urddasol a phrysuro i mewn o'r gwres tanbaid i gysgodion y fynedfa.

Hyd yn oed o fewn muria'r fynedfa, roedd Emrys wedi'i amgylchynu hefo bloda a chanhwylla, pobol a mwy o bobol – a bedda. Pob beddfaen yn dalp bach o gelfyddyd ynddo'i hun. Ac nid yn unig bedda'r cyfoethogion a'r pwysigion oedd wedi'u haddurno'n gain: roedd rhyw addurn ar y bedd mwya distadl, rhyw arwydd o'r cariad rhyfedda, a phob un â'i gynllun unigryw ei hun. Dotiodd at y teuluoedd yn tendiad ar fedda'u perthnasa – yn penlinio, yn gweddïo, yn cofio. *Y ffasiwn barch,* meddyliodd Emrys. Yna, daeth allan trwy ben arall y porth a gweld golygfa wirioneddol anhygoel o'i flaen. Roedd y rhan yma o'r fynwant fel gardd o floda o bob lliw a llun. *Y ffasiwn urddas*.

Ond ymysg y cannoedd ar gannoedd o feddfeini oedd yn ei wynebu, sut ar wynab daear yr oedd o'n mynd i ddod o hyd i *un* bedd yng nghanol y miloedd oedd o'i flaen?

Ac yna, heb fath o urddas na pharch, canodd ei ffôn symudol. Carys yn poeni amdano, debyg? Edrychodd i weld . . .

Na, nid Carys, ond llun.

Llun ohono fo, Emrys, yn sefyll ar risia'r fynwant.

Doedd Emrys ddim yn gallu credu'r hyn wela fo. Roedd rhywun newydd dynnu llun ohono a'i ddanfon yn syth ato! Edrychodd i'r dde. Roedd hi'n amlwg mai o'r pen hwnnw i'r fynwant y tynnwyd y llun. Ond roedd y lle'n berwi o bobl yn mynd a dod. Cerddodd yn araf tua'r bedda mawr uchal lle tybia fo y gallasa tynnwr y llun fod wedi sefyll. Roedd o'n trio'i ora glas i ymddangos yn ddi-feind ond roedd ei galon yn rasio. Cyrhaeddodd y sgwaryn o fedda yr oedd o'n anelu ato, ac oedi. Roedd yr haul yn taro'n hegar ar ei war, ac eto daeth rhyw gryndod drosto pan sylweddolodd ei fod yn sefyll yn union o flaen bedd Giovanni Batista.

Roedd o wedi cyrraedd, felly. Roedd y sawl oedd 'wrthi' wedi'i gael o i'r union fan lle roedd angan iddo fod.

Edrychodd o'i gwmpas. Bydda wedi rhoi rwbath am gael rhoi caniad i Carys ond feiddia fo ddim. Roedd arno ofn colli'r arwydd nesa – a chadarnhawyd ei ofna pan ganodd ei ffôn eto.

Llun arall.

Bedd arall.

Bedd ac arno'r enw 'Luigi Dinali'. A hyd yn oed o'r llun, roedd hi'n hawdd gweld bod hwn yn fedd anarferol o fawr, a dau ffigwr mewn efydd yn addurn arno – hen ŵr yn ymestyn am goflaid hefo bachgen ifanc oedd fel 'tae o ond newydd ymddatod o'i amdo ac yn codi o'r bedd i freichia'r hen ŵr. Roedd hi'n amlwg fod y bedd yma dan do yn rwla, a fflachiodd Emrys ei olygon i bob cyfeiriad. Roedd ganddo bedwar dewis, gan fod 'na dri phorth arall tebyg i'r un y daeth drwyddo gynna. Mentrodd anelu am y porth agosa ato o'r pedwar.

* * *

Mi sylwodd yn syth ar y bedd. Roedd o'n ganolbwynt clwstwr o fedda mewn hannar cylch, bedda oedd yn saff o fod yn fan gorffwys i gyrff rhai o fyddigion pwysica Ferona. Ar un bedd sylwodd ar ddehongliad anhygoel o effeithiol o'r Forwyn Fair – fe daerech ddu yn wyn fod mam yr Iesu'n esgyn tua'r nefoedd. Welodd Emrys rioed yn ei fywyd y fath gelfyddyd a'r fath ddychymyg. Ond er hardded yr hyn oedd o'i gwmpas, roedd y cysgodion yn gneud iddo simsanu. Roedd o'n gwbod ym mêr ei esgyrn ei fod o'n agosáu. Ond agosáu at be? Craffodd yn is i lawr ac i mewn i'r cyntedd tywyll a arweniai i grombil yr adeilad tanddaearol. Rhesi ar resi o feddau wedi'u claddu *yn* y walia oedd yn creu gweddill y gofeb hynod yma. Doedd y torfeydd mawrion ddim yn mynychu'r rhan yma o'r fynwant, yn amlwg – dim ond amball un yn dod yma i oleuo cannwyll i'w hen, hen deulu falla.

Doedd Emrys ddim yn siŵr be'n union oedd yn tynnu'i sylw yn y twllwch yn y pen draw, ond fe alla weld rhyw fath o ola nad oedd yn fflam cannwyll. Cerddodd fymryn yn nes. Roedd y gola'n symud yn ôl ac ymlaen. Gola egwan, gwyn oedd o, yn wahanol iawn i ola fflam y canhwylla oedd o'i gwmpas. Roedd yn dal i basio dega ar ddega o fedda, ac yna arhosodd. Sylweddolodd yn sydyn be oedd y gola. Dyn oedd o, a ffôn symudol wrth ei glust. Gan fod Emrys yn cerddad o gyfeiriad yr haul i mewn i'r twllwch, roedd o'n ymwybodol fod y sawl oedd yno yn ei weld *o*'n dipyn cliriach.

Yna canodd y ffôn – ei ffôn symudol o 'i hun.

Dim llun y tro yma, dim ond llais dyn yn deud 'Emrys' mor oer â'r bedd.

'Pwy sy 'na?' gwaeddodd Emrys yn floesg, a diffodd ei ffôn. Diffoddodd y dyn yn y cysgodion ei ffôn hefyd. Cododd Emrys ei lais ryw fymryn i ofyn am yr eildro, 'Pwy *sy* 'na, medda fi?'

'Dw't ti'm yn 'y nabod i?'

Roedd llais y dieithryn yn hynod o debyg i lais roedd o'n ei nabod yn dda.

Nid . . .? 'Hywyn, ddim *chdi* sy 'na?'

'Digon agos,' oedd yr atab.

'*Medwyn*?'

* * *

Cerddodd Medwyn yn ara tuag at Emrys a syllodd y ddau'n fud i wyneba'i gilydd. Daeth Emrys yn ymwybodol o'r gerddoriaeth eglwysig oedd yn cael ei chwarae'n ysgafn yn y cefndir – sŵn organ, a chôr o leisia'n canu *Ave Verum* Mozart.

'Lle *ma* 'i?' gofynnodd yn wyllt.

'Dwi'm 'di dŵad yma i roid atebion i chdi, Emrys.'

'Yn y fynwant yma ma 'i? *Deud* 'tha i!'

'Dw't ti'm fel tasat ti'n gwrando arna i.'

Cododd Emrys ei lais. 'Gwranda Medwyn, ma gin i *hawl* i wbod lle ma 'i.'

'Do's gin inna ddim hawl i ddeud wrthat ti.'

'Ydi hi'n fyw? Er mwyn y nefoedd, Medwyn, deud wrtha i ydi hi'n fyw?'

'Wedi dŵad yma i ddeud wrthat ti 'mod i wedi madda ichdi ydw i.'

'*Madda*? Be ti'n feddwl – madda?'

'Dyna f'unig negas i ichdi, Emrys. Dwi 'di madda iti.'

Dechreuodd Medwyn gerddad heibio iddo ond gafaelodd Emrys ynddo. Doedd o ddim wedi dŵad yr holl ffordd i fama i gael rhyw gildwrn o faddeuant.

'Gwranda! Dw't ti ddim yn mynd o'r blydi lle 'ma heb i mi ga'l gwbod lle ma'n hogan bach i – ti'n dallt?' Yn ei gynddaredd a'i seithugrwydd doedd o ddim yn mynd i ollwng ei afael ar Medwyn.

Ond yna'n sydyn, cydiodd rhywun ynddo o'r tu ôl iddo, ei droi rownd a phlannu dwrn yn ei wyneb. Gwelodd Emrys fflach wen o ola'n pasio heibio iddo, a chyn iddo golli'i ymwybyddiaeth yn llwyr, gwelodd Medwyn yn gadael hefo dyn mewn siwt ddrud yr olwg, a'i wallt du wedi'i glymu'n gynffon.

20

Wydda Emrys ddim am ba hyd y buo fo'n gorwadd ar lawr oer y Cimitero Monumentale, ond roedd o'n gwbod ei fod o wedi cael clec filain ar ei ên gan fod y boen, wrth iddo symud, yn saethu drwy'i ben. Roedd o hefyd wedi taro'i dalcan wrth ddisgyn ar y marmor a chymerodd beth amsar iddo gofio be oedd wedi digwydd iddo. Llwyddodd i godi ar ei draed toc, a dechra cerddad er mwyn trio mynd allan o'r fynwant yr un ffordd ag y daeth o i mewn.

Tarodd bob pocad yn gyflym â'i ddwylo. Roedd ei ffôn symudol wedi diflannu! Yna cofiodd ei fod o'n gafael ynddo pan gafodd ei daro, ac aeth yn ei ôl yno mor gyflym ag y galla fo. Ar ôl cyrraedd aeth ar ei bedwar yn drwsgwl i chwilota â'i freichia ar hyd y llawr. Daeth o hyd i'w ffôn yn ddau ddarn yn ymyl lle roedd o wedi syrthio. Brasgamodd tua'r goleuni, a thrio trwsio'r ffôn wrth lusgo heibio i'r bedda diddiwadd. Sylwodd o ddim y tro yma ar yr holl arwyddion o gariad di-ben-draw oedd yn llenwi'r lle.

* * *

Wedi cyrraedd y porth, mi steddodd yn y cysgod yn pwyso ar y trista o'r ddau lew. Rhoddodd ganiad i Carys ond doedd hi ddim yn atab. Chwifiodd ar y tacsi cynta i basio, a rhedag tuag ato pan arafodd hwnnw.

'Hotel Leon d'Oro, per favore.'

'Sì.'

Galwodd rif Carys eto a rhoi ochenaid o ryddhad wrth gael atab tro 'ma, ond nid llais Carys oedd ar ben arall y lein.

'Buona sera!'

Llais dyn oedd yn ei gyfarch.

'Helô?' medda Emrys mewn penbleth.

'Scusi?'

'Who's speaking, please?'

'Mi dispiace.'

'Who are you? Whose phone is this?'

'Può parlare più lentamente.'

'Is Carys there with you?'

'Scusi. Non parlo inglese.'

'Listen . . .'

Ond roedd y sawl oedd y pen arall wedi diffodd y ffôn. Be ddiawl oedd yn digwydd? Roedd Emrys yn methu meddwl yn glir erbyn hyn, ac wrth i'r tacsi wau drwy'r traffig oedd yn dod o bob cyfeiriad ar Piazzale Porta Nuova, canodd ei ffôn eto.

Llun arall.

Yr un llun o'r galon ag roedd Carys wedi'i dderbyn yn gynharach.

Pan gyrhaeddodd y tacsi'r gwesty, dangosodd Emrys y llun i'r gyrrwr. 'Sì,' medda hwnnw'n syth. 'Sì.' Cofiodd Emrys ryw chydig eiria o'i lyfr ymadroddion.

'Dov'è?' mentrodd, gan obeithio ma gofyn 'lle mae o?' yr oedd o.

'Sì! La Tomba di Giulietta.'

'Vorrei cipolle?' bustachodd Emrys.

Gwenodd y dyn tacsi gan fod ei gwsmar newydd ofyn am rwbath tebyg i lond plât o nionod. Ond doedd Emrys ddim yn gwenu. Edrychodd eto yn ei lyfr ymadroddion, ond roedd y gyrrwr wedi deall.

'You like to go to Tomba di Giulietta, sì?'

'*Sì!*' medda Emrys mewn rhyddhad, 'Tomba di Giulietta, grazie.'

Er bod y dyn tacsi newydd yrru Emrys o'r fynwant i'r gwesty, ac er bod hwnnw newydd ofyn iddo am blatiad o nionod a bod gan y cradur lwmp fel wy'n codi ar ei dalcan, ddaru'r dyn tacsi ddim dadla hefo'i gwsmar. Roedd ei deithiwr yn amlwg mewn cyflwr go ddrwg, a pherla o chwys yn rhedag i lawr ei dalcan. Syllodd arno eto yn ei ddrych.

Oedd, roedd golwg wirioneddol boenus arno. Falla'i fod o wedi disgyn a tharo'i ben, a'i feddwl mewn cyflwr o anghofrwydd? Wel, cyn bellad â bod ganddo bres i dalu . . . meddyliodd y gyrrwr, cyn troi'r car am y Lungadige Capuleti.

* * *

Talodd Emrys am ei dacsi ac yn syth â fo i'r amgueddfa. Siomedig braidd oedd hi o'r tu allan; roedd o wedi dychmygu y bydda adeilad oedd yn gwarchod beddrod Juliet, o bawb, wedi bod dipyn mwy trawiadol na hyn. Harddwch y ddinas, ac yn enwedig y rhyfeddod o fynwant, oedd wedi gneud iddo ddisgwyl mwy, falla. Ond buan iawn y bydda fo'n gweld bod tu *mewn* yr adeilad yma'n stori hollol wahanol i'w du allan.

Ond y peth cynta a'i trawodd oedd cerflun coch, modern o galon agored ar ganol y lawnt werdd yng ngerddi'r hen leiandy. Y galon yn y llun gan Carys! Chwiliodd trwy'i lyfr pocad am Ferona a gweld ma' merch – Piera Legnaghi – oedd wedi llunio'r gwaith, ac ma'i deitl oedd *A cuore aperto* ('Â chalon agored'). Darllenodd ymlaen: 'The sculpture, inspired by the legend of Romeo and Juliet, was conceived to transmit a message of universal love. The heart, symbol of love, peace, solidarity and tolerance is, in fact, open to the world to show that only if every individual is willing can humanity be healed.'

Geiria! meddyliodd Emrys. *Digon hawdd* deud *petha fel hyn* – *eu* gneud *nhw sy'n anodd.*

* * *

Doedd o ddim yn siŵr iawn pam roedd o yma. Oedd o'n mynd i gael arwydd arall – cliw arall – ai peidio? A lle ddiawl oedd Carys? Ddylia fo fynd at yr heddlu? Ond hyd yn oed tasa fo'n mynd, faint elwach fasa fo a fynta heb fwy na llond dwrn o eirfa? Mi gafodd ddigon o draffath i ddal pen rheswm hefo plismyn yn ei iaith ei hun pan ddiflannodd Mari Lisa. Oedd hi'n bosib bod Carys wedi colli'i ffôn symudol, ac ma'r sawl oedd wedi'i ffeindio oedd wedi'i atab o gynna . . .?

Negas arall.

Llun arall.

Llun o wal yn llawn graffiti mân, mân.

Rhaid bod y wal yn yr amgueddfa yma, meddyliodd yn gyflym, gan y bydda wedi cael siwrna seithug fel arall. Aeth at un o'r tywyswyr a'i holi ynglŷn â'r llun. 'Sì . . . sì,' medda hwnnw, a phwyntio i gyfeiriad y gladdfa. Cerddodd trwy'r ardd fechan, dwt oedd yn arwain y 'teithiwr talog' at risia'n mynd lawr at y beddrod. Dychmygodd Emrys deulu Juliet yn dilyn ei chorff i lawr i'w gorffwysfa ola heb sylweddoli bod eu merch yn dal yn fyw, a heb unrhyw ddirnadaeth o'r cariad oedd yn llosgi yn ei chalon. Teimlodd y boen yn ei ên ond anwybyddodd yr hyn oedd yn chwara ar ei feddwl.

Wrth iddo deithio'r un daith â'r Capiwletiaid gynt i lawr y grisia llwyd at y beddrod, teimlodd hi'n oeri'n sydyn yno, a chafodd yr un ias yn union ag a gafodd yn y fynwant. Ond eto, roedd hi'n braf peidio cael yr haul yn cosbi'i gorun yn ddidrugaradd.

Aeth i gyfeiriad y beddrod, a dyna lle roeddan nhw – cannoedd ar gannoedd o negeseuon gan gariadon yn un stremp o graffiti dros y walia. Er ma dyfais i ddenu twristiaid oedd y gladdfa, fwy na thebyg, ac o bosib na welodd y selar oer yma'r un corff erioed, roedd Emrys yn dal i synnu bod hawl gan neb i sgwennu ar walia mewn amgueddfa. Yna daeth dau gwpwl allan o'r beddrod wefus yng ngwefus. Clywodd eu chwerthin ar y ffordd allan wrth i'w lygaid gynefino â lled-dwllwch y gladdfa. Gwyn eu byd . . .

Cafn hirsgwar yng nghanol y stafall oedd gorweddfan debygol Juliet, ac un lili fawr wen wedi'i gosod ynddo. Roedd arogl y lili'n tu hwnt o gry mewn lle mor fach ac aeth Emrys i deimlo'n benysgafn. Arogl y lili, ei ddryswch, a'r newid sydyn yn y tymheredd newydd ei daro. Gwnaeth ymdrech i sadio mymryn ar ei benysgafndod trwy anadlu'n ddyfnach – a dyna pryd sylwodd o bod 'na un person yn y stafall yn gwisgo jîns a thop bach coch.

Craffodd. Ia, hi oedd hi! Chwiliodd yn ei ben am gyfarchiad.

''Bell iawn o Nant Gwrtheyrn, ydach chi ddim?'

Syllodd hitha'n ôl arno ynta cyn deud, 'Yn bellach byth o Fwlchtocyn.'

'Be 'di'r gêm, Rhiain?'

'Dwi'm yn 'ych dallt chi.'

Clywodd Emrys ei dymar yn codi. Roedd o wedi blino ar yr holl siarad mewn damhegion. Roedd hi'n bryd i rywun ddeud y gwir plaen wrtho bellach.

'Peidiwch *chi* â dechra rhoid atebion sgript opera sebon i mi. Dwi isio eglurhad – dallt?'

'Eglurhad am be, 'dwch?'

'Am bob dim – am yr hyn ddigwyddodd ar y cwch, pam ces i fy ngadal yn Llanddwyn, pam ydw i yma rŵan. Be 'di'r gêm, medda fi?' Daeth sŵn bygythiol i'w lais ond atebodd y ferch mono fo.

Clywodd sŵn traed yn y stafall drws nesa a daeth dyn mewn siwt a'i wallt du wedi'i glymu'n gynffon i sefyll wrth yr unig allanfa, a daeth rhyw dawelwch dros y lle. Roedd arogl persawr drud, dynol arno oedd yn ddigon i foddi arogl y lili. Pwysodd y ferch ar y wal, yn dal i syllu ar Emrys.

'Pam ti mor gas, Emrys?' gofynnodd.

'Tydw i ddim.'

'Pam ti mor bigog 'ta?'

'Dwi'm *yn* bigog.'

'Ti'n swnio'n bigog iawn i mi.'

'Lle ma Carys?'

'Be wn i?'

'Lle ma Mari Lisa? Be 'dach chi 'di neud iddi?'

'Be 'nest *ti* iddi fasa'n nes ati.'

'Be ti'n feddwl?' Daeth y sŵn bygythiol yn ei ôl.

'Mi dorrist 'i chalon hi.'

‘A pwy ddudodd hynny wrthat *ti*?’

‘Chdi.’

‘Fi?’

‘Ti’m yn cofio? Ar y cwch? Mi ddudist ti wrtha i’r noson honno ma chdi oedd ar fai.’

‘’Nes i?’

‘Co’ fel gogor gin ti, ma raid.’

‘Be arall ti’n gofio am y noson honno? Ti’n cofio deud rhibidirês o straeon wrtha i am dy fam a dy dad a dy nain?’

‘Ydw.’

‘Celwydd oedd y rheiny i gyd hefyd, mwn?’

‘Naci. Gwir bob gair. Dyna ddoth â Mari a finna at ’yn gilydd yn y lle cynta.’

‘*Lle ma ’i*?’

‘Yr angan am gariad. Angan teulu.’

‘Ma hi yma, dydi?’

‘Dim ond un peth arall sy gen i i’w ddeud wrthach chdi, Emrys.’

‘Be?’

‘Eirlys ydi f’enw iawn i.’

‘Pam deud celwydd am dy enw wrtha i, er mwyn dyn?’

‘Mi ’nes i gwarfod Mari Lisa ar gwrs drama ym Milan.’

‘*Dwi angan gwbod lle ma hi.*’

‘Ddaethon ni’n ffrindia. Ffrindia agos iawn. Wel, yn naturiol – dwy Gymraes, yn bell iawn o adra. ’Run diddordeba. ’Run oed. Gwreiddia’r ddwy ohonon ni ym Mhen Llŷn. Mi glosion ni’n syth bìn.’

‘*Pam* na ddudi di wrtha i lle ma ’i?’

‘Am nad ydw i’n gwbod lle ma ’i.’

‘Celwydd arall?’

‘Na.’

‘Ond siawns na fedri di ddeud wrtha i ei bod hi’n fyw.’

‘’Mond hyn *fedra* i ddeud wrthat ti Emrys. Fydd Carys ddim yn y gwesty heno.’

‘Lle ma hi ’ta?’

‘Ond mi fydd hi yn y perfformiad nos fory.’

‘Be ’dach chi ’di neud iddi hi?’

‘Ti’n dal ddim yn gweld, nagwyt? Ti wir ddim yn gweld lle ma hyn yn arwain.’

‘Wrth gwrs nad ydw i’n *gweld*! Sut ddiawl ma modd imi weld os na *ddudith* rhywun wrtha i?’

Cychwynnodd Eirlys am yr allanfa a symudodd y dyn hefo’r mwng i neud lle iddi fynd allan gynta.

‘Taswn i’n dy sgidia di, mi awn i’n ôl i’r gwesty rŵan. Ma gen ti ddrama go faith o dy flaen nos fory. Lot o waith gwrando.’

Ac allan â nhw.

Roedd Emrys yn ddigon doeth i beidio galw ar eu hola a mynnu mwy o atebion. Mi fydda ganddo chwip o glais ar ei dalcan bora fory fel roedd hi.

Cychwynnodd drwy’r fynedfa a sylwi ar rwbath gwahanol ar furia’r cyntedd. Roedd un wal wedi’i gorchuddio â sticeri bach melyn fel y rhai oedd ganddo yn y siop i adael negeseuon i Olwen. Edrychodd ar un ohonynt a’i ddarllan.

‘Ti’n cnesu’ oedd y negas arno.

Dyna oedd ar bob un ohonyn nhw.

21

Roedd ei wely'n un cybolfa o gynfasa a chlustoga y bora wedyn, fel tasa fo wedi bod yn ymladd hefo'i gydwybod a'r llew carrag a'r Leon d'Oro i gyd hefo'i gilydd trwy gydol y nos.

Roedd o wedi loetran fymryn yn rhy hir yn y bar y noson cynt, yn ail-fyw helyntion ei ddiwrnod ac yn teimlo nad oedd o fymryn nes i'r lan. Pam roedd o'n cael ei gadw yn y niwl fel hyn mor hir? Pam mynd â Carys oddi wrtho? A lle ddiawl roedd Medwyn yn ffitio yn hyn i gyd? Fo a'i 'fadda'! A pham oedd Rhiain mwya sydyn wedi troi'n Eirlys? Ac i be? Be *oedd* hyn i gyd?

I ychwanegu at ei ansicrwydd, roedd o ar ei ben ei hun. Mi fydda wedi bod o help cael trafod hyn i gyd hefo Carys. Cwmni i dreulio noson mewn gwesty braf, rhannu potelad o win da dros bryd o fwyd, a rhoi'r byd cymhleth 'ma yn ei le. Roedd o angen rhywun hefo fo i roi'r darna at ei gilydd, a'r cyfan oedd ganddo oedd potelad o win coch oedd yn mynnu cymylu petha'n waeth byth yn ei ben.

Penderfynodd fynd am frecwast cyn cael cawod. Llenwodd ei blat yn y stafall frecwast ond fedrodd o neud fawr mwy na chyffwrdd blaen ei fforc yn y bwyd. Ceryddodd ei hun am fynd am yr ail botelad 'na o win. Yfodd ddwy banad o goffi du fel y fagddu, a llyncodd ddwy dabled lladd poen. Falla bydda cawod boeth yn lleddfu peth ar y gwayw oedd yn dal i saethu drwy'i ben a'i ysgwydd.

Wedi'r gawod aeth am dro i ganol y ddinas. Cerddad a cherddad gan sylwi ar fawr o ddim. Talodd am docyn i fynd i weld yr Arena anferth ar y Piazza Bra. Filoedd o flynyddoedd yn ôl roedd ymladdwyr yn dŵad i'r fan yma i ladd ei gilydd. *A rŵan rydw inna yma'n lladd amsar,* meddyliodd Emrys. A dyna wnaeth o drwy'r bora. Cicio'i sodla a mwytho'i gur pen. Chanodd 'na 'run ffôn a dderbyniodd o 'run negas gan neb.

Aeth yn ei ôl i'r gwesty, taro'r larwm ymlaen ar ei symudol a chysgu fel mochyn tan bump o'r gloch. Mi ddeffrodd ryw funud *cyn* i'r larwm fynd, a neidio i'r gawod. Cawod glaear braf yn golchi ymaith olion ei ddiwrnod chwyslyd, di-ddim.

* * *

Ond heno, mi *fydd* 'na rwbath yn digwydd, medda fo wrtho'i hun wrth osod allan ei ddillad ar y gwely. Crys cotwm ysgafn, glas gola, a phâr o drowsus glas tywyll o'r un defnydd. Pâr o sandala du heb 'run hosan ar gyfyl ei draed. Roedd yn gas gan Carys ddyn yn gwisgo sana hefo sandala; mi ddalltodd yn fuan iawn yn eu perthynas na chymra hi ddim teyrnas am gerddad i lawr stryd gefn hefo dyn yn gwisgo 'socs a sandals'. Ddalltodd o rioed pam – dim ond ufuddhau.

Doedd o'n dal ddim yn gwbod be'n union fydda'n ei ddisgwyl o heno yn y Teatro Romano, ond roedd o'n siŵr o un peth – nid yr un dyn fydda fo'n gadael y theatr. Roedd y cyfan wedi bod yn adeiladu tuag at hyn. Roedd y llwyfan wedi'i baratoi, y goleuo wedi'i gynllunio a'r plot wedi'i sgwennu. Y cyfan fydda'n rhaid iddo fo neud fydda ista 'nôl a gwylio. Ac ymatab, wrth gwrs. Roedd o wedi sylweddoli hynny wrth droi a throsi neithiwr. Ym mêr ei esgyrn, mi wydda y bydda pawb yn aros i gael gweld be fydda'i adwaith o.

* * *

Roedd wedi archebu'r tacsi at hannar awr wedi chwech, a chyrhaeddodd hwnnw ar y dot. Roedd y theatr ryw hannar milltir i'r gogledd o'r Cimitero Monumentale, felly roedd rhan gynta'r daith tuag yno'n weddol gyfarwydd i Emrys.

Mi wydda y bydda'r theatr awyr agored a godwyd gan y Rhufeiniaid ar lan ogleddol afon Adige yn y ganrif gynta OC yn gefnlen ddelfrydol i ddrama sy'n agor yn Athen, ac mi *oedd* hi. Roedd cynllunydd y ddrama wedi ychwanegu rhes o bileri anfarth mewn hannar cylch i ychwanegu at naws y gofod perfformio, ac roedd 'na dylwyth teg eisoes yn chwara a chasglu bloda a chreu cadwyni fel roedd y gynulleidfa'n cyrraedd.

Roedd Emrys wedi prynu dwy raglen a dau wydriad o win ar ei ffordd i mewn. Pan ddaeth o hyd i'w sedd, sylwodd nad oedd Carys yno. Doedd o ddim yn synnu – nid un o rinwedda Carys oedd cyrraedd unrhyw le ar amsar. Doedd o'n dallt fawr ddim ar y rhaglen ar ei lin, ond roedd y llunia'n ddigon difyr.

Roedd hi'n tynnu am hannar awr wedi saith a doedd 'na ddim golwg o Carys. Roedd y theatr yn gyfforddus lawn, a'r sedd wrth ei ochor yn teimlo'n wacach wrth y funud. Roedd y tylwyth teg wedi diflannu o'r llwyfan erbyn hyn a'r Atheniaid yn meddiannu'r gofod. Tywyllodd y gola a dechreuodd rhai o'r cast chwara offerynna, ac ymffurfiodd llys Theseus a Hippolita.

Lle ddiawl ma' hi? meddyliodd.

Daeth Egeus ymlaen i'r llwyfan a chwyno wrth Theseus fod Hermia, ei ferch, yn anufudd ac yn mynnu rhoi'i serch i Lysander yn erbyn ei ewyllys. Roedd Emrys yn gyfarwydd â byrdwn yr olygfa ond roedd clywad y ddrama mewn iaith estron fel petai'n cael mwy o effaith arno – yn codi'i synhwyra i lefel uwch. Doedd dim rhaid gwrando ar y geiria bron, dim ond teimlo'r angerdd.

Cariad Hermia, angerdd Lysander, annhegwch Theseus, dallineb y tad. Lle *roedd* Carys nad oedd hi yma i rannu hyn hefo fo? Ond cyn iddo gael cyfla i ddyfalu rhagor fe neidiodd rhywun i'r sedd wag wrth ei ymyl. Roedd ar fin deud wrthi fod y sedd wedi'i chadw pan sylweddolodd mai un o'r tylwyth teg oedd yn dawnsio ar y llwyfan ar ddechra'r ddrama oedd hi.

Roedd ei gwallt yn felyn, felyn, a rhyw ddeiliach wedi'u plethu drwyddo a cholur yn drwch ar ei gwynab. Doedd ganddi ddim ond ychydig o frwgaij yn wisg. Bu bron iddo lewygu pan welodd fod ganddi datŵ uwchben ei botwm bol – dagr bychan a 'Mam' wedi'i sgwennu arno. Cyn iddo fedru craffu dim rhagor fe dywyllodd y llwyfan, a daeth gweddill y tylwyth teg at y pileri i'w troi o amgylch ar gyfar yr hyn oedd i ddigwydd nesa.

O fewn eiliada roedd y llwyfan wedi'i drawsffurfio'n goedwig hudol, a daeth Puck ymlaen i neud ei gampa. Neidiodd y dylwythan deg o'r sedd wrth ymyl Emrys a dechra glanna chwerthin, ond yr hyn a loriodd Emrys yn llwyr oedd ei bod wedi troi ato a sibrwd rwbath yn ei glust cyn codi ac ymuno yn y chwara ar y llwyfan.

O fewn dim, roedd y gynulleidfa wedi'i hudo gan y goedwig, ac roedd golygfa gynta'r ail act wedi dŵad i'w therfyn cyn i Emrys lawn sylweddoli be oedd yn digwydd. Thynnodd o mo'i lygaid oddi ar y ferch drwy'r olygfa, ac er bod ganddi wallt melyn a thrwch o golur, doedd ganddo ddim amheuaeth nad ei ferch o, Mari Lisa, oedd yno'n dawnsio ar y llwyfan o'i flaen. Dim math o amheuaeth – gan ei bod wedi sibrwd 'Poeth!' yn ei glust.

Ddaeth Carys ddim ar ei gyfyl trwy gydol hannar cynta'r ddrama, ac arhosodd Emrys yno yn ei sedd yn crio'n dawal iddo'i hun heb wrando ar air yn chwanag o'r ddrama. A phan ddaeth hi'n amsar yr egwyl, ddaeth neb ar ei gyfyl eto.

* * *

Pylodd y gola a chychwynnodd yr ail act. Daeth y llymeitwyr yn ôl i'w sedda ac yn eu plith yr oedd Carys. Gafaelodd yn dynn yn llaw ei gŵr a gwenodd Emrys arni trwy'i ddagra.

'Lle ti 'di bod? Ti 'di colli'r tamad gora.'

'Naddo 'sdi, Emrys. Welish i'r cwbwl o'r seddi cefn.'

'Pam diflannist ti o 'mywyd i, Carys?'

'Dwi'n ôl *rŵan*, tydw?'

'Lle oeddach chdi neithiwr 'ta?'

'Hefo'r tylwyth teg . . .'

22

Roedd Emrys yn methu dallt pam na chafodd o fynd yn syth i gefn y llwyfan i gofleidio'i ferch ar ddiwadd y perfformiad. Onid dyna fydda wedi bod y peth naturiol iddo'i neud? Pam roedd angan mynd yn syth yn ôl i'r gwesty? Roedd Carys wedi gneud rhyw esgus tila fod 'na dacsi'n aros amdanyn nhw ger y theatr, ac ma'r peth nesa yn y 'drefn' oedd eu bod nhw ill dau i fynd yn ôl i'r Leon d'Oro. Ond roedd y gêm drosodd rŵan, oedd hi ddim?

Yn raddol, mi wawriodd ar Emrys nad oedd hynny'n wir. Mi gyrhaeddon y gwesty ac roedd llawenydd Carys fel 'tae o'n pylu dipyn. Edrychodd ynta i fyw ei llygaid. 'Be sy?' medda fo, a chymysgedd o bryder ac o siom yn ei lais.

'Tydi hi ddim yn barod i siarad eto, Emrys.'

'Pam? Dwi'm yn dallt.'

'Mi ddoi di i ddallt.'

'Ddim isio 'ngweld i ma hi?'

'Mewn rhyw ffordd, ia.'

'Ond Carys . . .!'

'Ma hi isio amsar.'

'Amsar i be?'

'Llawar o betha.'

Ystyriodd Emrys cyn holi ymhellach.

'Ers pryd?'

'"Pryd" be?'

'Ers pryd ma hyn i gyd wedi bod yn mynd ymlaen?'

'*Dwi* ddim yn dy ddallt *di* rŵan.'

'Yr holl drefnu 'ma, Carys. Chdi sy tu cefn iddo fo i gyd?'

'Naci!'

'Ond mi oeddach chdi'n gwbod?'

'Peth ohono fo, oeddwn.'

'A Medwyn, ma'n amlwg?'

'Rhywfaint.'

'Ddim Hywyn a Nesta hefyd?!'

'Dim ond yn ddiweddar iawn, iawn.'

'Ond pam?'

'Isio i chdi ddallt oeddan ni.'

'Ond tydwi'm *yn* dallt. Dwi'm yn dallt pam na fedra i rŵan hyn ga'l cofleidio fy merch fy hun, a gneud i fyny am y pedair blynadd uffernol o'i cholli hi. Pam 'dach chi'n dal i 'nghadw i allan yn yr oerfal?'

'Ma hi 'di newid, Emrys.'

'Be ti'n feddwl – newid?'

'Ddim yr un Mari Lisa ddaw adra â'r un a'th allan dros riniog y drws 'cw.'

'Mi wn i hynny, gwn?'

'Na, dwi'm yn meddwl dy *fod* ti'n gwbod. Dwi'm yn meddwl 'mod i fy hun wedi dallt yn iawn eto. Ond dwi'n gwbod ei bod hi'n dal i 'ngharu i.'

'Sut gwyddost ti hynny?'

'Mi ddangosodd datŵ imi.'

'Welish inna hwnnw. Uwchben ei botwm bol hi. Ond be amdano fo?'

Daeth rhyw saib llawn mudandod i'r sgwrs. Nid tawelwch – roedd 'na ormod o sŵn ynddo i fod yn dawelwch. Plygodd Carys ei phen.

'Be . . .? Sgynni hi ddim *ail* datŵ? Dyna ti'n drio'i ddeud wrtha i, Carys?'

'Isio iti wbod ei bod hi'n fyw oedd hi, dyna i gyd.'

'Be ti'n awgrymu? Nad ydi hi'n 'y ngharu i? Nad ydi hi wedi madda i mi?'

'Emrys . . .'

'Dyna ti'n drio'i ddeud wrtha i? Bod hyn i gyd wedi'i drefnu 'mond er mwyn deud wrtha i fod fy merch i'n fyw?'

''*Mond* bod dy ferch di'n fyw?'

'Pa les i mi fydd hynna os na cha i 'i maddeuant hi hefyd?'

'Mae o'n mynd i . . .'

'Mi ddyliwn i fod y dyn hapusa yn yr holl fyd heno. Ond *tydw* i ddim.'

'Na . . . na, fedra i ddallt hynny.'

'Pan afaelist ti'n 'yn llaw i yn y theatr heno, mi o'n i ar ben y byd.'

'Oeddat ti?'

'O'n i wir yn meddwl bod fy hunlla i drosodd. 'Mod i wedi dŵad drwyddi. Bod y nos tu cefn imi.'

Dechreuodd igian crio – ac roedd ei grio'n cyffwrdd Carys i'r byw. Roedd o'n ddyn oedd wedi bod ar siwrna faith, ddyrys, a ddim eto'n sylweddoli ei fod o yn ymyl y lan. Tosturiodd wrtho. Gafaelodd yn ei law.

'Ond *ma* hi drosodd, Emrys. Ma hi'n g'leuo. 'Mond nad w't *ti* eto wedi agor dy lygaid i weld ei bod hi.'

Anadlodd Emrys yn ddyfn. Roedd o'n hesb o ddagra. Edrychodd ar ei wraig ac ystyriodd am y tro cynta ers sbel fod ganddi hitha deimlada hefyd – ei bod hitha, fel fynta, wedi teithio 'nôl o safn Uffern ac wedi'i chlwyfo gan hyn i gyd.

'W'st ti be? Am ryw eiliad heno mi feddylish i fod pob dim yn mynd i fod yn ôl fel roeddan nhw,' medda fo toc.

'Tydi clocia'm yn mynd am yn ôl, Emrys. Ddim ond mewn llyfra barddoniaeth a ffuglen.'

'Nag'dyn, debyg.'

'Be oeddat ti'n gychwyn ei ddeud jest rŵan?'

'Feddylish i am un eiliad wallgo . . .'

'Ia?'

'Feddylish i dy fod ti . . .'

''Mod i'n be, Emrys?'

'Wedi . . . madda imi.'

Gwasgodd hitha'i law o eto.

'Mi *ydw* i 'di madda iti. Y brifo, y meddwi, y ffraeo – dwi 'di madda bob dim.'

'Liciwn i feddwl 'mod i'n ddyn newydd, Carys.'

'Wel wyt, dwi 'di gweld . . .'

'Ond dw't ti'm isio *dau* ddyn newydd yn dy fywyd, w't ti?'

Tro Carys oedd hi rŵan i fod yn y niwl go iawn. 'Sgen i'm syniad be sgen ti rŵan, Emrys.'

'Y tro hwnnw ddois i i dy weld di i Lys Meddyg, yn y tacsi, i drefnu ar gyfar Ferona.'

'Be amdano fo?'

'O'dd 'cw ddyn diarth hefo chdi.'

'Oedd 'na?'

'Est ti allan am swpar hefo fo. Oedd o wedi gadal 'i gês yn y consyrfatori.'

Gwenodd Carys yn annwyl a rhoi'i llaw ar foch Emrys.

'Doctor Hughes ti'n feddwl?'

'Dwn 'im. Yr oll dwi'n gofio ydi'ch gweld chi'n cofleidio cyn i mi ganu'r gloch. A wedyn pan glywish i o'n dy wadd di allan am swpar, mi feddylish . . .'

'Mi roist ti ddau a dau hefo'i gilydd a gneud deg – dyna 'nest ti, Emrys. Rhuthro i greu atebion cyn dallt be oedd y sym.' Gafaelodd yn dynnach yn ei law. 'Wedi dŵad draw i ddeud wrtha i fod canlyniada profion Mam yn glir oedd o. Mi afaelish amdano am 'mod i mor falch o dderbyn y newyddion. Mae o'n hen ffrind i'r teulu – ac yn ddyn priod hapus hefo pedwar o blant!'

Caeodd Emrys ei lygaid a rhoi rhyw ebwch fach o ryddhad.

'Ti'n gweld, dw't ti'm yn datrys petha'n iawn. Mwy nag w't ti wedi datrys heno'n iawn eto. Ti'n gweld yr ochr ddu i betha bob gafal – methu gweld bod 'na ddwy ochor i bob ceiniog.'

'Be ti'n awgrymu ddylwn i 'i neud?'

'Gafal amdana i.'

'Be?'

'Glywist ti fi'n iawn. Gafal amdana i. Argol fawr, Emrys, yn yr Eidal w't ti, cofia – ddim yn Rhydyclafdy!'

Gwenodd Emrys a gafael yn dynn am ei wraig a'i

chusanu'n angerddol. Roedd o wedi aros mor hir am hyn. A Carys hitha'r un modd.

Am un eiliad fechan, ogoneddus o braf, teimlodd Emrys fod y cloc *wedi* troi 'nôl. Ond yna'n sydyn, cododd Carys a deud, 'Reit – dwi'n mynd am 'y ngwely.'

'*Rŵan*?'

'Ia, rŵan.'

'Ond . . .'

'A ma gin titha waith i' neud.'

'Be?'

'Er mwyn ca'l y darlun yn gyflawn, Emrys. Er mwyn troi'r cloc 'na'n ôl gora medri di.'

'Dwi'm yn dallt eto.'

''Nei di ddim, chwaith, nes llwyddi di i ddadberfeddu hon.'

Rhoddodd Carys damad o bapur yn ei law ac un frawddeg wedi'i sgwennu arni:

I Carys ag Emrys. Mae Mari Lisa yma yn Ferona.

'Ia, ond . . .'

'Dwi'n gwbod be ti'n mynd i' ddeud, ond paid â brysio i neud dy syms. Y frawddeg fach yna arweiniodd di yma, a'r un frawddeg yn union arweinith di adra hefyd.'

Rhoddodd Carys gusan dyner ar ei dalcan. 'Nos da.'

A fyny â hi i'w stafall, gan adael Emrys mewn penbleth llwyr.

Oedd 'na negas gudd arall yn y frawddeg gyfarwydd? *Amhosib*, meddyliodd.

Ac eto – be arall fedra fo fod?

23

Roedd y siwrna'n ôl i Gymru'n ymddangos yn un hir iawn. Dechreuodd lusgo pan ddaeth cyhoeddiad ar y *tannoy* ym maes awyr Ferona yn deud bod eu ffleit i Fanceinion wedi'i gohirio.

Wrth iddyn nhw ista yng nghanol eu cyd-deithwyr yn aros am gyhoeddiad pellach, ymlafnio hefo'i 'frawddeg' ar y darn papur fuo Emrys. A phan gyhoeddwyd y gallen nhw rŵan fynd i giât pymthag, doedd o ddim mymryn nes i'r lan. 'Hwn fydd dy allwedd di i'r atebion coll,' oedd Carys wedi'i ddeud – a gwrthod deud dim mwy na hynny.

* * *

Setlodd yn ei sedd ar yr awyren, a gofyn yn sydyn – '"Calfaria" ydio?'

'Be?'

'Un o'r geiria. "Calfaria" ydio?' Cofiodd ei bod hitha, yn y dechra bron, wedi cynnig yr un gair.

'Bosib,' gwenodd ei wraig. Doedd o byth yn siŵr pryd oedd Carys yn tynnu'i goes, ond yna gafaelodd hi'n dynn yn ei law ac mi wydda ei fod o ar y trywydd iawn.

'Dwi'n iawn i ddeud fod "geirie" yn un ohonyn nhw hefyd?'

'Ti'n mynd braidd yn hy rŵan, dwyt?'

'Ydio yna, Carys? Plis deud wrtha i.'

Gwasgodd ei law eto.

'"Soar"?'

Wasgodd hi ddim.

'"Aros"?'

Gwasgu.

'"Ynys?"'

Dim.

'Be am "Emrys"?'

Gwasgu.

'A "Mam"?'

Gwasgu hir, hir.

Bu Emrys yn dawal am yn hir iawn, yn symud gair fan yma a newid gair fan acw. Yna darllenodd ei frawddeg newydd yn dawal: *A mam Emrys sy'n Calfaria yn aros am y geirie.*

Plygodd ei ben.

Doedd o ddim am fentro gofyn i Carys a oedd o wedi'i datrys hi. Roedd ganddo ormod o ofn ei fod o'n rhusio'i syms unwaith eto.

24

Treuliodd fora trannoeth yn ei wely. Roedd Olwen wedi cynnig dal ati i ofalu am y siop tra oedd o'n dŵad dros ei benwsnos.

Roedd wedi penderfynu peidio sôn gair wrthi am Mari Lisa nes bydda'r cyfan wedi'i ddatrys a llinynna'i stori'n gyflawn. A phan aeth o i'r siop yn y pnawn, wastraffodd Olwen ddim amsar cyn dechra'i holi'n dwll am ei benwsnos o 'ymchwil' yn yr Eidal, ac ynta'n rhaffu celwydda am ryw nofal y dechreuodd o ei sgwennu am ddyn mewn mynwant anfarth yn Ferona yn chwilio am lofrudd oedd yn llechu yno rhwng y cerrig – a hitha'n gwrando arno a'i cheg yn llydan agorad.

'Ma hi'n *swnio*'n stori dda, beth bynnag.'

'Wel . . . ydi.' Yna saib, cyn i Olwen fynd ar drywydd arall.

'Sut oeddat ti'n gweld 'rhen Dwynwen? O'dd hi 'di pwdu hefo chdi am fynd a'i gadal hi, a chditha byth bron yn mynd o'r lle 'ma?'

'Ches i fawr o groeso, cofia. Alice Barbar wedi'i sbwylio hi'n racs, ma raid!'

'O, Emrys bach . . . chlywist ti ddim?'

'Naddo – clywad be?'

'Mi fuo farw'r hen Alice 'chan. Nos Wenar – y dwrnod roeddat ti'n mynd.'

'Taw â deud! *Alice* . . .? Be gafodd 'rhen dlawd – trawiad?'

'Neb yn gwbod. Mynd yn dawal yn 'i chwsg, meddan nhw.'

'Nefi wen.'

'Ac yn Calfaria ma hi'n gorffwys. Cnebrwn yno fory.'

'Yn Calfaria? Ond thwllodd Alice Barbar rioed gapal yn 'i bywyd!'

'Mi oedd hi byth a hefyd yn sôn am Dduw, yn toedd?'

'Wel oedd, 'ran hynny. Mi oedd hi 'fyd.'

* * *

Digon penisal oedd Emrys ar ôl cyrraedd adra o'r siop ddiwadd y pnawn. Roedd o wedi ffonio Carys i ofyn pryd oedd angan iddo fynd i'r capal ond roedd hi wedi gwrthod atab ei alwad.

Roedd peth o'r darlun wedi syrthio i'w le erbyn hyn, ond roedd o 'mhell o fod yn gyflawn. Wedi holi Carys ar yr awyren mi wydda bellach ei bod hi wedi bod yn y pictiwr o'r cychwyn.

Hi wnaeth y trefniada ar gyfar Ferona, wrth gwrs, ac mi helpodd hefyd yn Nant Gwrtheyrn, siŵr o fod. Mari a'i ffrind Eirlys (roedd o'n mynnu meddwl amdani fel 'Rhiain' o hyd!) oedd wedi trefnu pob dim yn yr Eidal – ac mi gafodd ar ddallt gan Carys mai cariad Eirlys oedd y dyn hefo'r mwng. Hyd yma, wydda fo ddim pwy oedd y dyn yn y cwch, na phwy oedd wedi bod yn gyfrifol am greu'r saga yma yn y dechra cynta. Oedd 'na 'Feistr'? *Pwy* oedd y Meistr?

Canodd ei ffôn.

Dim ond un gair – 'Rŵan'.

Carys oedd wedi danfon y negas ac roedd Emrys yn gwbod bod yn rhaid iddo fynd yn syth. Doedd ganddo ddim *dewis* peidio mynd i'r capal heddiw, p'run bynnag. Roedd wedi casglu dyrnad bach o floda o'r ardd i'w rhoi ar arch Alice.

* * *

Roedd drws Calfaria'n gilagorad a mentrodd i mewn. Synnodd mor fach oedd yr arch. Rhoddodd y tusw wrth ochor ei henw ar gaead yr arch. 'Rhoddion rhad Duw, Alice bach,' sibrydodd, ac roedd deigryn yn ei lygad.

Ond nid fo oedd yn gneud y sŵn crio yng nghyntedd y capal chwaith. Edrychodd ar y grisia oedd yn arwain i'r galeri a sylwi bod rhywun yn eistedd yno.

'Olwen . . .? Be *ti*'n neud yma?'

'Fedri di'm dyfalu, Emrys bach?'

'Dyfalu? Dwi'm yn . . .'

'Gest ti fy negas i, gobeithio?'

'Pa negas?'

'Gin Carys, dy wraig. Mi weithist ti o allan, ma raid, neu fasat ti ddim yma.'

Roedd Emrys yn fud. Edrychodd ar ei chwaer, a gwelodd ryw angan enbyd yn ei llygaid.

'Mam?'

Nodiodd Olwen ei phen a'r dagra'n powlio i lawr ei gruddia. Cododd ar ei thraed.

'Ia, Emrys,' medda hi'n dawal, 'fi 'di dy fam di.'

Mentrodd gam yn nes at ei mab, a chychwynnodd Emrys tuag ati hitha. Un cam arall ac roedd y ddau'n gwasgu'i gilydd mewn coflaid angerddol.

'*Mam*!'

'Emrys bach . . . *ma* ddrwg gin i.'

'Ond . . . pam na fasach chdi wedi deud?'

'Fedrwn i ddim. Mi es ar fy llw na ddudwn i ddim wrth neb – byth.'

'Ond pam?'

'Hogan ifanc o'n i. Ifanc a gwirion a thros fy mhen a 'nghlustia mewn cariad hefo hogyn oedd dipyn yn hŷn na fi. Rhys oedd ei enw fo, a phan ddaeth Nhad a Mam i wbod amdanon ni mi aethon nhw'n wallgo a 'nghadw i dan glo yn y tŷ am fisoedd. Erbyn hynny roedd hi'n amlwg 'mod i'n feichiog. Mi cadwon fi yno yn y tŷ nes bydda fy mabi'n cael ei eni. Yr unig gyfla gawn i i fynd allan o'r tŷ 'na fydda mynd am dro i lawr at yr afon tu ôl i'r tŷ, lle fedra neb 'y ngweld i. Yr afon oedd yr unig ddihangfa i mi – ac un bora, a finna'n agos at esgor, mi es i lawr at yr afon a phenderfynu ma hi hefyd fydda 'nihangfa i o 'mhoen. Ond wrth imi fentro i'w dyfroedd, mi ddechreuodd y poena. Ac yno, yn yr afon, y cest ti dy eni. A Mam yn dy fagu fel ei mab ei hun er mwyn celu'r gwir – a'r cywilydd – yn y capal a'r pentra.'

Bu Emrys sbel go dda cyn medrodd o ddeud dim.

'Pam deud wrtha i rŵan 'ta?' gofynnodd o'r diwadd.

'Dy weld ti'n gneud yr un camgymeriada. Gweld y byddat titha wedi chwalu dy deulu'n llwyr os na ddeuat ti at dy goed. A sylweddoli mai fi sy wedi bod yn gyfrifol am hyn i gyd.'

'Ond pam ti'n deud hynny, Ol?'

'Am na chest ti rioed gariad pan oeddat ti'n blentyn, Emrys. Theimlist ti rioed dynerwch mam nac addfwynder tad yn lapio amdanat ti.'

'Naddo . . . dwi'n gwbod. Ond mi fuost *ti*'n dda wrtha i, yn do?'

'Ro'n i'n ysu am ga'l dy fagu di. A Mam yn benderfynol nad o'n i i greu cwlwm rhy dynn hefo chdi. Roedd pobol yn ama digon fel roedd hi, medda hi.'

'A finna'n gwbod dim byd.'

'Dyna pam gnes i chwilio'r deyrnas am Mari Lisa. Troi pob carrag. Chwilio a chwalu trwy bob gwefan, a galw pob llinell gymorth oedd ar gael.'

'*Chdi drefnodd y cwbwl?*'

'Ca'l gafal ar Medwyn trwy Hywyn 'nes i yn y diwadd. Deud fy stori i gyd wrth Medwyn, a fynta'n fy arwain i 'mlaen o'r fan honno. Mi wyddwn na alla hi byth fod yn siwrna hawdd i ti nac i Mari, felly roedd yn rhaid trefnu'ch taith yn ôl at eich gilydd yn ofalus. Mi wyddwn gymint o loes fydda 'na yn ei sgil – i ti'n arbennig.'

'Ond tydan ni'n dau ddim yn ôl – ddim fel roeddan ni, Ol.'

'Na, dim eto, dwi'n gwbod. Ond mi ddowch.'

'Ydi hi'n gwbod?'

'Pwy?'

'Mari Lisa. Ydi Mari'n gwbod . . . amdanat ti?'

'Wrth gwrs 'i bod hi! Fuos i yn y bedydd, hyd yn oed.'

'*Bedydd*?'

'Dylan Emrys – eu mab nhw. Ti'n daid, i chdi ga'l dallt!'

Teimlodd Emrys wên yn chwalu drosto. '*Ydw* i?'

'A finna'n hen nain, dallta!'

Ar waetha'r difrifwch o'u cwmpas, torrodd y wên yn chwerthin afreolus.

* * *

Pan ganodd ffôn symudol, aeth Emrys yn reddfol i'w atab ond doedd dim math o negas ar ei sgrin. Tynnodd Olwen ei ffôn ei hun o bocad ei chôt. 'Nid chdi ydi'r unig un sy'n ca'l negeseuon, i ti ga'l dallt.' Edrychodd ar y negas dan wenu.

'Gin bwy?' gofynnodd Emrys.

'Carys.'

'Carys! 'Dach chi rioed yn llawia o'r diwadd?'

'Ymhell cyn i chdi ama, ma'n amlwg.'

'Be ma hi'n ddeud?'

'Deud bod dy ferch ar ei ffor' adra. A Carys isio iti wbod bod Mari 'di gofyn iddi neud apwyntiad iddi ga'l tatŵ.'

'O diolch . . . diolch, Ol!'

''Mond ti ddallt un peth, cofia. I Langefni yr eith hi. Dwi'm yn meddwl y daw hi ar gyfyl Bryn Llan.'

'Na, na – dwi'n dallt. Diolch iti.'

Clywodd Emrys sŵn corn yn canu tu allan.

'Well 'ti fynd, Emrys. Ti 'di disgwl amdani'n ddigon hir.'

'Dau beth arall, Ol, cyn mynd.'

'Yn sydyn 'ta. Fydd nacw isio'i swpar.'

'Chdi osododd y larwm ganol nos?'

Nodiodd Olwen ei phen.

Oedodd Emrys cyn mentro gofyn yr ail gwestiwn iddi. Cwestiwn fu'n tagu yng nghefn ei wddw ers blynyddoedd maith.

'A Nhad – pwy oedd o? Un o *le* oedd o?'

Gwenodd Olwen. 'Sgotwr o Forfa Nefyn. Fo a'th â chdi bob cam at yr iot y noson y cychwynnist ti ar dy siwrna.'

* * *

Mi wydda rŵan fod ei siwrna ar ben, a'i fod yn ei gorffan hi yng nghwmni Meistres y Ddefod. Roedd y cylch yn gyfan, a thaith newydd sbon yn agor o'i flaen.

A'r cwbwl wedi gorffan yma, yng Nghalfaria – ac ym mreichia'i fam.